U0520169

象棋的故事

Schachnovelle

[奥]斯蒂芬·茨威格 著　庞文薇 译

© 中南博集天卷文化传媒有限公司。本书版权受法律保护。未经权利人许可，任何人不得以任何方式使用本书包括正文、插图、封面、版式等任何部分内容，违者将受到法律制裁。

图书在版编目（CIP）数据

象棋的故事 /（奥）斯蒂芬·茨威格 (Stefan Zweig) 著；庞文薇译 . -- 长沙：湖南文艺出版社，2024.7. -- ISBN 978-7-5726-1903-8

I. I521.45

中国国家版本馆 CIP 数据核字第 20245BB712 号

上架建议：畅销·经典

XIANGQI DE GUSHI
象棋的故事

著　　者：[奥]斯蒂芬·茨威格
译　　者：庞文薇
出 版 人：陈新文
责任编辑：张子霏
监　　制：董晓磊
策划编辑：公瑞凝
特约编辑：紫　盈
营销编辑：木七七七_
版式设计：梁秋晨
封面设计：梁秋晨
文字支持：忻慧之
内文排版：百朗文化
出　　版：湖南文艺出版社
　　　　　（长沙市雨花区东二环一段 508 号　邮编：410014）
网　　址：www.hnwy.net
印　　刷：三河市百盛印装有限公司
经　　销：新华书店
开　　本：875 mm×1230 mm　1/32
字　　数：215 千字
印　　张：9.75
版　　次：2024 年 7 月第 1 版
印　　次：2024 年 7 月第 1 次印刷
书　　号：ISBN 978-7-5726-1903-8
定　　价：49.80 元

若有质量问题，请致电质量监督电话：010-59096394
团购电话：010-59320018

目录

- 001　奇妙之夜
- 073　逃亡：日内瓦湖畔的插曲
- 085　看不见的珍藏：德国通货膨胀期间的一段小插曲
- 105　里昂的婚礼
- 119　旧书商门德尔
- 155　无形的压力
- 201　巧识新艺
- 245　象棋的故事

奇妙之夜

Phantastische Nacht

1914年秋，奥地利龙骑兵团预备役中尉弗里德里希·米歇尔·冯·R男爵在拉瓦－罗斯卡亚之战①中阵亡。后来，人们在他的写字台抽屉里发现了一个密封包，里面装着本篇后文提到的笔录。他的家人只是匆匆扫了一眼，就根据标题猜测这是男爵的文学习作。他们讲出猜测后就把东西交给我检查，并且让我来决定是否公开发表。以我个人之见，这绝对不是什么虚构小说，而是这位陨落的中尉真真切切——每一个细节都千真万确的亲身经历。在此，我将姓名隐去，不做任何修改和添加，把这篇深入灵魂的自我剖析原原本本地发表出来。

---

① 拉瓦－罗斯卡亚之战：1914年9月9日，俄国第五集团军在拉瓦－罗斯卡亚地区的奥地利第一集团军和第四集团军防线上打开一个宽达六十千米的缺口，并从这里向加利西亚推进，迫使奥军全线溃退。——译者注（以下若无特殊说明，均为译者注）

*

今天早上，我突然想到，应该把那个奇妙之夜写下来，留给自己看，这样才好依照天然顺序，有条理地把整件事情纵观一遍。自从这个念头冷不防地出现的那一刻，我就感受到了一种难以言喻的冲动，非要把那次奇妙的经历落在纸上不可。尽管我也怀疑，自己根本没有能力将那件事的奇妙之处描述出哪怕一丝一毫。那些所谓艺术天赋，我是一条都不占，也从来没练习过文学创作。除了在特蕾西亚学校的时候随便写过几篇玩玩，就再也没有尝试过创作。就比如说，我从来不知道有没有某种可以后天习得的特殊技巧，能让人同时将连续发生的外界事件与内心投射整理得清清楚楚。我也扪心自问，自己是否有能力可以句句用词得当，同时赋予词语正确的内涵，获得我在读真正善于写作之人的作品时那种无影无迹的平衡。但我写下这些，只是为了给自己看，而且这些事情连我自己都解释不清，就更加无法保证别人能看得懂。这只能算作一次尝试，试着把那件始终让我牵肠挂肚、将我折磨得越发痛苦不安的事情做个了断；试着把它固定在纸上，展示在我面前，以便我从各个角度去理解把握。

我从未对任何一个朋友提起过此事，主要是因为我感觉，我无法让别人理解事情的本质；除此之外，还因为一丝羞耻感——我竟会被这样一件意外的事情搞得心神不宁、神魂颠倒。因为整件事说来也不大。可当我写下这句话的时候，我已经开始感觉到，对一个没有经过专业训练的人来说，在写作中权衡用词的分量和择出合适的表达，是多么困难的一件事，即使是最简单的词，也难免模棱两可，带有歧义。就比如我刚刚说这件事"不大"，当然只是相对而言。在关乎整个民族与其命运的惊天动地的大事件面前，它自然是小巫见大巫。而且从另一个角度来讲，在时间意义上，事情确实不大，毕竟整个过程只持续了不到六小时。但是对我而言，这件在普遍意义上不大、不重要、没意义的事，却意味着太多。甚至事到如今，尽管已经过去四个月，可每每想起那个奇妙的夜晚，我仍会为之心潮澎湃。我必须调动所有心力，才能将其藏于胸中。每小时，每一天，我都在回味每一个细节，因为从某种程度上来说，它是我整个人生的支点，我所做的、所说的一切都在不知不觉中任它摆布，我所想的一切都无非是把这件从天而降的事情一遍又一遍地重温，并且借助重温的手段来确信其为我所有。十分钟前刚动笔的时候，有一个问题我还没想通，现在倒是突然清楚了：我之所以要把这段经历写下来，只不过是为了将其白纸黑字、实事求是地固定在我面前，我好去再一次感受它，体味它，同时从精神层面真正理解它。我之前写道，自己写下此事是想要做一个了断，那完全是错的，是假的；实际上恰恰相反，那段经历太过匆匆，我只想让它变得更加生动逼真，让它带着温度和呼吸留在我身边，把它永远拥抱在怀里。哦！我一点都不担心自己的记忆会变淡，忘记那个闷热的下午和那个奇妙的夜晚哪怕一分一秒。我不需要任何标志和任何里程标，就能在记忆中把那几小时走过的路一步一步重新走一遍。我就像在梦游一样，无论白天还是黑夜，随时随地都能找回那片地方，每一个细节都能看得清清楚楚，只不过能看见的只有我的心，而不是我那脆弱的记忆。我可以在纸上描绘出那时春天满眼青绿中每一片树叶的轮廓，正如尽管此时正值秋日，我还能淡淡地感受到栗树开花时那柔和的芬芳如尘埃般漫天飘散。所以说，我现在再一次去描绘那几小时，不是因为害怕忘记，只是乐意寻回。现在，我再次把那一天的经过从头到尾清清楚楚地为自己展示一遍，那么为了不陷入混乱，我就必须努力克制住自己，毕竟，我一去想那些细节，就忍不住激动雀跃，从心底涌出一阵狂喜，沉浸在某种陶醉之中。我只得去堵住那些回忆的画面，免得它们混作一团，只给我留下一片色彩斑斓与光怪陆离。时至今日去重温那段经历，我仍会觉得炽热如火。那一天，1913年6月7日，我在中午叫了一辆出租马车……

不过，我再次感觉到自己不得不中途停一停，因为我又开始恐于每一个词语的模棱两可、词义不明。这是我第一回试着把整件事情连起来叙述，现在我才意识到，把一切游移不定的事物联系为一体有多么困难，可游移不定不正是一切生命的意义吗？我确实也写下了"我"这个字，方才也说"1913年6月7日，我在中午叫了一辆出租马车"。可这句话大概也是表意不清的，因为那时的"我"，也就是1913年6月7日的"我"，和如今的"我"完全是两个人了，尽管一切仅仅过去了四个月，尽管我现在住的还是当时那个"我"住的房子，尽管我还拿着同一支笔在同一张桌子上，用同一只手写字。可正是由于那段经历，如今我已经从当时那个人身上脱离开来了，现在是站在外部的一个视角冷漠地去看他，仿佛一个陌生人。我大可以把他描述为一个玩伴、一名同志、一位朋友，可我只是了解他很多细节，知道他的不少大事，但那个人却再也不是自己了。我可以谈论他、训斥他、谴责他，却完全感觉不到，他就是曾经的我本人。

那时的我，由内至外和社会同一阶级的大多数人没什么区别。大家把这一阶级，尤其是我们在维也纳的这群人，称为"上流社会"。对此，我倒没有感到特别骄傲，而是觉得再自然不过了。我现在已经三十六岁，父母都已早早地离世。他们在我快成年的时候，给我留下了一笔可观的遗产，数目足以让我从那时起就不必再考虑收入和职业的问题。于是我做了一个自己都想不到的决定，这个决定让当时的我颇为不安。那时恰逢大学课业修满，面临未来职业生涯的选择。或许是因为家庭关系，也或许是因为我早就十分渴望稳定上升、静心沉思的生活，我本来应该选择去当公务员，可既然现在父母的遗产尽数到了我手上，生活忽然有了保障，不用再担心失业，即使欲望多多、追求奢华也没什么问题，再加上我从来不受好胜心的困扰，于是决定先随意过几年，观望观望，等着看看，到哪天真找到了能发挥价值的领域，真被某样工作吸引住了再说。然而，这种观望和等待一经开始，就再也没有停下，毕竟我没有什么特殊追求，在自己小小的愿望圈子里，一切都已经得到了满足。维也纳这座城市柔情纵欲，甚至把沿街散步、走马观花、附庸风雅都变成了一种艺术的尽善尽美和生活的终极目标，真可谓登峰造极。我逐渐把投入实际工作的想法忘得干干净净了。那些优雅、高贵、有钱、帅气又轻视功名的男子该有的满足感，我一分不少。我会尽情在紧张刺激却不至危险的环境中赌博，会去打猎，会经常换着花样旅行郊游，没过多久就开始带着行家的细致挑剔和艺术偏好来扩充自己这种安逸的小日子。我开始收集珍稀玻璃物品，倒不是因为对此抱有激情，而是因为感觉自己不必费力工作就能获得完美与知识，暗自高兴。我的房间里摆着意大利巴洛克绘画、卡纳莱托风格的风景图，都是从旧货贩子那里搜集来的，或者在拍卖会上满怀狩猎的紧张激动，却不涉足危险的心情竞拍到手的。品质音乐会我几乎一场不落，当代画家的工作室里常有我的身影，有时候只是出于兴趣，但审美永远在线。在追求女人这方面，我也成功过不少次。其实在这一点上，我也有某种神秘的收集癖——追，却从不动心。于是我积累了许多值得回忆的宝贵经历，渐渐地也从单纯享受升级成了行家能人。总之，我这人故事不少，这些经历都给我一天天的日子添上了愉悦的色彩，让我感觉生活真是丰富多彩。我开始越来越喜欢这种温暖惬意的氛围，它似乎是专门为青春活泼又从来没有经历过人生冲击的年轻人准备的。我几乎已经不会再产生新的欲望了，毕竟就算生活一片风平浪静，一些微不足道的小幸福都可以使我熙熙而乐。甚至小到精挑细选出一条领带都能让我开心，而读一本好书、进行一次自驾郊游、与佳人相伴一小时，更是能让我感到全身心地愉快。当然最让我感到幸福的是，像我这样活着，就仿佛是一件处处适合的英伦风西装，绝对不会引起社会的关注。我觉得自己的人缘应该不错，大家见我出现，都会感到愉悦；大部分认识我的人应该都会说我是一个快乐的人。

我现在也不知道，当时那个人，也就是我现在正在努力回忆的那个人，是不是也和别人一样，觉得自己是一个快乐的人。毕竟现在每当我试着从那段经历里寻找一种更加完善、更加充实的意义，都感觉自己几乎完全不可能在追忆里给出评价。但我可以很确定地说，自己当时是绝对不可能不快乐的，依然是像之前那样，愿望几乎个个满足，生活基本有求必得。但正是因为我已经习惯了命运赐予我万物，自己伸手接受就好，也不会向其再多索取什么，这就导致我渐渐缺失了一定的紧张感，生活也开始丧失活力。在那种半梦半醒的时刻，不知不觉中就出现了某种渴望，这种渴望在我心里涌动。倒也不是真正的愿望，而是对能有愿望的渴望，想要追求更强烈、更放肆、更有野心、更欲求不满的东西，想要活得更加热烈，甚至可能是经受一点痛苦。我用了太多太高明的手段，把所有的阻力从生活中排除出去。但少了这些阻力，我的活力也就衰弱了。我注意到自己的欲望越来越少，越来越弱，感情开始变得麻木，或许最好应该这样表达：我开始承受灵魂萎靡之苦，忍受无法热情生活之痛。一开始，我是从一些小小的苗头上看出来不对劲的：我注意到，自己去听歌剧、去参加较大型的社交活动的次数越来越少；订购了一些能够给我触动的书，我坐在桌前，一字不落地一连读上几周；虽然还是会机械地收集一些喜欢的东西，买买玻璃器物、古典艺术品之类的物品，但买回来以后却再也不会去排序整理，甚至意外购得了一件搜寻已久、极为稀有的好物，我也不会特别开心了。

不过，要说我是从什么时候真正意识到自己这种过渡性的轻微灵魂活力衰竭，那真是一个特定的机缘巧合，我至今还记得清清楚楚。那是一个夏天——也是由于那种对任何新鲜事物都提不起兴趣的诡异倦怠感——我留在维也纳。突然,一个女人从某处疗养地给我寄来一封信。我和她建立亲密关系已有三年,我甚至可以坦言:我爱她。这封信足有十四页,页页透着激动的心情。她说这几周在疗养地认识了一位男子,他在很多地方——嗯,甚至可以说是各方面都成了她的人,打算今年秋天就结婚,所以我和她之间的那种关系必须断干净。她说,想到和我共度的那段时光,她一点都不后悔,甚至还有些幸福。她还说关于我的回忆会成为她过往生活中最美好的东西,陪伴她步入婚后的新生活。她希望我能原谅她如此仓促地做下决定。她将最近的事情开诚布公地告知我之后,这封情绪激动的信才开始进入真正动人的恳求环节。她求我不要生她的气,不要因为这突如其来的回绝而太过痛苦,不要试着强行留住她,也不要做出伤害自己的蠢事。一行行文字越发激昂。她希望我能找到一个更好的女人以寻得慰藉,希望我能马上回信,因为她真的很担心我收到这封信以后会情绪低落。最后,她还在附言里用铅笔匆匆写道:"别做傻事,请理解我,请原谅我。"我读着这封信,开始只是被她的消息震惊到了,后来再读一遍的时候,却生出了一丝愧疚,而愧疚又很明显地迅速升级成了内心的惶恐。因为我的情人想当然地预设我会出现各种强烈而自然的情感,可实际上我心里没起一丝波澜。这封信一点都没有让我感到痛苦,也没惹我生气,至于强行挽留或者自残的念头,更是一秒都没有出现过。而我这种冷漠现在已经发展到了极其古怪的地步,甚至把我自己都吓住了。有这样一个女人,她相伴了我好几年,她温暖有弹性的身体曾经把我贴得那么紧;多少个漫漫长夜,她的呼吸融入我的呼吸中。现在，她要离我而去了，而我却毫无波澜，一点也不反对，一点也不想把她夺回身边。她借着本能，给我预设了有真心的人自然而然都应出现的感情波动，我却半点都没有。直到这一刻，我才头一回意识到，我的麻木已经发展到这般地步了。我就仿佛在闪闪的流水上漂流，没有束缚，也没有生根。我很清楚地明白，内心如此冷漠，已然和死人无异，虽尚未笼罩着腐烂的恶臭，却已经僵硬到无可挽回，冷漠到恐怖骇人的地步，什么感情都体会不到了。此时此刻，我离真正的肉体死亡、外人可见的凋零也不远了。那一个小插曲之后，我便开始留心观察自己和那种诡异的情感僵化，宛如病人观察自己的病情。后来没多久，我有一个朋友去世了。我一边跟在他的棺材后面走，一边倾听自己的内心：永远失去了这个从童年时期就亲密无间的挚友，我的心里会不会涌起悲伤，我的意识会不会泛起涟漪？但什么都没有。我觉得自己就像一个玻璃制品一样，万种光芒皆可穿透我，却不会在我的内心停留一刻钟。在这个时候，以及很多类似的时刻，尽管我用尽全力去尝试感知，甚至有时候会用各种理性的理由来说服自己去体会，但心灵僵化了，就是什么回应都没有。大家离我而去，女人来了又走。这种感觉仿佛雨打窗户，我坐在屋里，旁边紧挨着一个人，可我俩之间却隔了一堵玻璃墙，我做不到用意志将其打碎。

虽然已经清晰地感觉到了这个问题，但它并没有真正给我带来焦虑。因为之前也提到过，即使是涉及本人的事，我也只是漠然接受而已；即使是对痛苦，我也没有足够的感情去体会了。对我来说，就算灵魂有缺陷，只要外表上看不出来，我就知足了，这就好比男人阳痿只会在亲热的时刻暴露出来。在社交过程中，我常会故做惊讶诧异的样子来假装热情，会几乎条件反射一般夸张地表现自我，而这一切都是为了掩饰自己的内心有多么冷漠无情、死气沉沉。表面上，我似乎还过着之前那种熙熙而乐、无拘无束的生活，没有任何转变。日复一日，月复一月，时间悄悄过去，不知不觉已是几年。有一天早上，我突然在镜子里看到自己的鬓角添了一缕白发，忽觉青春岁月慢慢流逝，自己正在步入另一个世界。别人称为"青春"的东西，在我心里早就不在了。所以，与之告别并没有什么特别值得心痛的，毕竟我也没那么热爱自己的青春。我那倔强的情感，对自己也保持着沉默。

由于这种来自心底的停滞不动，我的生活虽然充满了各种各样的事情，但就是越过越千篇一律。日子一天天排着队过去了，毫无起伏；树上的叶子一天天生长，又变黄。而我现在想再次为自己描述的那独一无二的一天，刚开始也是一样的，毫无特别之处，我的心里丝毫没有感觉到一丝预兆。那是1913年6月7日，我起得比平时晚，某种从学生时代起就不知不觉一直跟着我的"周日"的感觉忽然开始回荡。我洗了澡，读了报，又翻了几本书。夏日的阳光热情地闯进房间，暖暖的，成功诱惑了我去外面散步。我按着老习惯，横穿渠边的林荫大道，不时有熟人和朋友同我打招呼或寒暄几句。随后，我就在朋友家吃了午饭。下午，我拒绝了所有邀约，因为我特别喜欢在周日留出几小时的自由时间，什么都不安排，完全依凭兴之所至，心之所喜，或者突发奇想，任性度过。吃完饭，我从朋友家出来，穿过环路，欣赏着阳光照耀下的城市之美。初夏给这座城市抹上了浓妆，这实在让我心悦。五彩缤纷的大街上，行人看上去个个都兴高采烈，沉醉在美妙的周末氛围中。有不少东西吸引了我的注意力，尤其是那柏油马路中间的大树添了新绿，增了新高，密密匝匝地遮出一片阴凉。虽说这条路我几乎天天走，可看到今天这样熙熙攘攘的人群，我突然觉得仿佛看到了一个奇迹，并且不由自主地产生了一种想要亲近自然、亲近光亮、亲近色彩的渴望。我带着一丝好奇，想起了普拉特公园。现在正值春末夏初，树木就像身着绿装的巨型男仆，站在车来车往的大道两侧，伸出自己白色的花冠，一动不动地罩在梳妆整齐的优雅行人头顶。可以说是出于习惯，也可以说是为了立刻实现自己突然萌发的想法，我招呼了近处一辆朝我驶来的出租马车。车夫问我去哪儿，我回答"普拉特公园"。"是去看赛马吗，男爵先生？"他谦恭地应了一声。我这才想起来，今天是时下极为流行的德比马赛预赛日。在这一天，整个维也纳的上层人士会齐聚普拉特公园。我一边上马车，一边想："这么大的日子都能耽误，甚至不记得，要是放在几年前，那可真是稀奇了！"仿佛病人稍微动一下就能感觉到自己的伤口，这种忘性再一次让我感觉到自己深深困于冷漠的僵硬麻木之中。

我们到普拉特公园的时候，主街上几乎没人。这里没有了平日的车水马龙，只剩几辆出租马车匆匆驶过，留下一段嗒嗒的马蹄声，仿佛在追寻某些看不见的耽误了的时间——赛马想必早就开始了。车夫在驾驭台上转过身来问我，需不需要跑快点。但我叫他让马慢慢走，因为我不在意迟到。赛马我看得多了，参加赛马的人也见得不少，准时到场对我来说已经不再重要了。反倒是坐在车厢柔软的坐垫上，仰望蓝色天空,感受氤氲着椴树清香的微风轻轻吹过,如同站在甲板上感受海风拂面;一个人静静地观赏美丽茂盛的栗树,看它们时不时地把几簇小花送给温暖怡人的风去玩,又看着风把它们轻轻扬起,旋转,随后放手,让它们在大街上聚成白白的一团,这些才更符合我慵懒的性情。我任凭马车把自己晃来晃去,闭上双眼感受夏天的气息,不带一丝紧张地感受自己的心情逐渐振奋,被人带向前方,实在是让人愉悦。说真的,马车到达赛马场停在门口的时候,我还觉得有点遗憾。我多想掉头回去,再晃一会儿,再多感受一会儿这柔软的初夏之日。不过已经迟了,马车停在了赛马场门口,闷闷的咆哮声扑面而来。位于楼梯上的看台后面,低沉的嗡嗡声如海水般回荡。我还没看见发出这一阵喧闹声的涌动的人群,就不由自主地想起了奥斯坦德①。在这座低地城市,沿着小小的侧巷一路朝上走向滨海大道,当风带着咸味,锋利地呼啸而过时,人们就会先听到沉闷的隆隆声,然后才能瞥到宽广无垠的灰色海面,其上浮着泡沫,翻起雷鸣般的巨浪。想必有一场比赛正在进行,不过在我和那片有马匹飞驰的草坪之间,有一片斑斓色彩在嗡嗡作响,仿佛其内部有一股浓烟似狂风骤雨般横冲直撞,那是一大群观众与赌徒。虽然看不见跑道,但是我能清清楚楚地从大家越发高涨的热情中,感受到赛事阶段的推进:骑手肯定已经出发很久了,最初的乱糟糟一团已经有了分化,有几人在前面一争先后。眼前的人群爆发出一阵阵尖叫,激动地呼喊着。我虽然无法亲眼

---

① 奥斯坦德:比利时的西部城市。

看见场上的情况，他们的反应倒玄妙地让我参与了体验。根据他们转头的方向，我能知道骑手和马匹现在来到了草坪弯道，因为一大群人仿佛共同组成了一条伸长的脖子，越来越激动、越来越整齐地转向一个我看不见的视点。千百个嘶哑的声音齐吼，让这条脖子放开喉咙怪叫，发出汩汩声，仿佛海浪拍岸，越激越高。这股浪潮不断攀升、膨胀，占满整片空间，直冲冷漠的蓝天。我望向几张脸。一张张面孔全都变了形，仿佛体内某处在痉挛；一双双眼睛直勾勾地盯着前方，闪着光芒；嘴唇紧咬，下巴贪婪地向前伸出，鼻翼像场上的赛马一样翕动。我保持着清醒，观察着这些人难以自持地陶醉其中，觉得既有趣，又可怕。在那几张脸旁边，有个男人站在椅子上。他原本衣冠得体、风度翩翩，平日应是面容俊美，现在却仿佛被看不见的恶魔附身了一般，一边撕心裂肺地怒吼，一边向空中挥舞手杖，像是在鞭打什么东西催它向前。他的整个身体——在旁人看来，简直说不出有多搞笑——也随着赛马的飞驰，在狂热地快速颠簸。他像是踩在马镫上，脚跟在座位上不停地一上一下跷动；右手把手杖舞作马鞭，一再对着空气乱挥；左手好像抽筋了一样，把一张白色彩票攥成皱巴巴的一团。四周越来越多张这样的白色彩票开始随风飘散，就好像有一台泡沫喷射机把它们喷到了这一片涨势不停、喧闹奔腾的灰色洪流上空。现在，八成是有几匹马来到了转弯处，前后咬得很紧。一瞬间，隆隆的嘶吼声分作了几拨，喊着两个、三个、四个人的名字，聚成几堆的观众叫嚷着、嘶吼着，气势简直不输战吼。这种吼叫似乎是他们排遣赌瘾的阀门。

我就站在这片癫狂的隆隆声中央,冷静漠然,就像打雷一般轰鸣的海浪里矗立着一块岩壁,而且事到如今,我依然能精准地说出自己在那一刻是什么感觉。

最初是觉得所有这些奇形怪状的手势可笑至极,随后是对这种粗鲁的情感嗤之以鼻。但还有一些别的感觉,是我不太愿意承认的,就是我对这种激动和热情有一点嫉妒,微微有些羡慕这种沉浸于狂热的生活的人。我想,到底要发生什么事情,才能让我激动、狂热成这般模样,以至于整个身体都在燃烧,虽心中不情愿,但声音就是难以控制地喊出喉咙?我想不到获得哪笔巨款能让我如此高兴,想不到哪个女人能让我如此欲火焚身——没有的,没有任何东西能把我从僵化的情感里拯救出来,投入如火的热情!或许面对一柄突然扣动扳机的手枪,我的心会惊诧一秒,但不会咚咚猛跳,不会像现在身边千千万万的人那样,为了一大笔钱而狂跳不止。现在,肯定有一匹马十分接近终点了,上千人异口同声的嘶吼声越发尖锐,此刻更是像一根拉紧的琴弦马上就要绷断。在一片混乱中,只剩下一个人的名字直冲云霄。随后,音乐响起,人群突然溃散。一局结束,战局已定,紧张的气氛化作旋涡般软绵绵振荡的余波。人们刚刚还像一束激情的火焰,现在已经四下散开,分作几群,各自走着、笑着、聊着,平静的面庞又从酒神狂女迈那得斯的面具后面浮现出来。之前,赛马的混乱把这几千人融成了炽热的一团。而现在,大家又按照社会阶层,自动分成几组,一会儿聚在一起,一会儿分散开来。认识我的与我打招呼,不认识我的则冷漠却礼貌地与我相互观察打量。女人们互相审视着对方新做的礼服，男人们向女人们投去色眯眯的目光，追求享乐的好奇本就是无所事事的人的本职工作，现在这种好奇开始在这里大显身手了。大家都在找人、数数，检查着谁到场、谁缺席，衣着是否足够优雅。大家刚刚从心醉神迷中清醒过来，就已经不知道他们社交的目的究竟是闲逛的插曲，还是赛马本身。

我从这熙攘杂乱的人群中央穿过，不时与人打招呼、说谢谢，香水和优雅的气息在这万花筒似的混乱之中萦绕飘浮着，我畅快地呼吸着，这到底也算是我所生活的环境。微风从普拉特公园的小河上吹来，从夏日晒得暖暖的森林里拂来，越发地欢快。它们时不时地把气息送向人群，抚过女人的衣物，好似在调情。有几个熟人想与我攀谈，美女演员黛安远远地在包厢里朝我点头，似乎是在邀请我过去，但我没有去任何人身边。今天，我丝毫没有兴趣和上流社会的任何人说话。以他们为镜子看自己，我已经看得无聊了。我只想好好看戏，感受那种沙沙作响的兴奋感在几小时内愈演愈烈。毕竟，他人的兴奋对冷漠无情的人来说，正是最好的表演。几个漂亮的女人从我旁边走过，她们的胸脯在薄纱下一步一晃，我厚颜无耻地盯着她们看，心中却没有一点贪欲。她们感觉到了自己被人充满肉欲地上下打量，仿佛已经被放肆地脱去衣服，脸上半是尴尬，半是愉快，窘态尽显。见她们这般模样，我甚至还有点想笑。其实，谁都没有撩动我的心弦，我故意在她们面前表现成这样，只是为了某种消遣。我表演出自己有那种想法，操控她们的想法，能让我开心；用眼睛感受她们的身体，体会那诱人的震颤，实在是很有意思。因为正如每一个内心冷漠的人一样,我感觉最勾魂的享受莫过于挑起别人的温情,逗得对方春心荡漾,而不是点燃自己的热情。我只喜欢去感受那些绒毛般柔软温暖的身体,感受女人的性感。不是说我喜欢真正的热情,我只是喜欢刺激别人,而不让自己兴奋起来。所以,这一次,我也在步道上走着,接受她们的目光,又将其像羽毛球一样轻轻丢回去,对那些女人都是欣赏而不动手,感受而不用心,只是让这场不温不火的情欲游戏给自己稍稍加加温而已。

不过就算是这样,没过多久我也倦了。来来往往的永远是同一批人,我都已经把那些面孔和身姿记下来了。附近有张椅子,我便过去坐了下来。旁边的人群里又掀起了一阵新的骚动,开始越发不安地颠簸,从我身边经过的人都脚步匆匆,显然是新的一轮比赛要开始了。我毫不关心,软绵绵地坐在原地,微微沉醉在吞云吐雾之间,欣赏着烟圈打起白色的小卷,朝着天空飞去,越来越淡,越来越淡,最后像一小朵云彩,消失在初夏的蓝天里。正是在这一刻,那段独一无二的、至今还深深影响着我一生的经历开始了。我可以极其精准地确定具体时间,因为那时我恰巧看了一眼手表——时针与分针交叉,形成一个"十"字。我带着漫不经心的好奇盯着手表,看秒针如何在一秒之内与时针完全重叠。那是 1913 年 6 月 7 日下午三点三分。我手里夹着烟,盯着白色的表盘,全身心沉浸在这幼稚可笑的观察之中。这时,我听见背后传来一个女人的大笑,笑声是如此尖锐而兴奋,那是从情欲的火热丛林里迸发出来的笑声,柔情蜜意又大惊小怪,正是我所喜欢的。我不由自主地想要回过头看她一眼。她那纯粹的情欲肆无忌惮地闯入了我无忧无虑的白日梦，宛如一块闪闪发光的白石掷入了一片泥泞发霉的池塘。但是我强行忍住了。那种精神游戏，那种绝对安全的小小心理实验给我带来的古怪乐趣常常占据我的大脑，现在却逼我克制住自己。我暂时不想先看那阵笑声的源头，而是先带着一种期待的快乐，用自己的想象勾画出这个女人，画出她的脸、她的嘴、她的咽喉、她的脖颈、她的胸脯，把一个能发出如此笑声的、活生生的女人展现在面前，这岂不更刺激？

她现在显然就站在我身后很近的地方。笑完，她又开始说话。我饶有兴致地听着。她讲话稍微带点匈牙利口音，语速很快，语调灵动，元音发得很长，仿佛在唱歌。靠她说的话来把她这个人具象化出来，靠想象尽量使她的形象丰满起来，真的特别有意思。在脑海中，我赋予了她乌黑的头发、乌黑的眼睛、有着性感曲线的宽阔嘴唇，牙齿应是洁白坚固的，鼻子应是细长小巧的，鼻尖上翘，鼻翼微微翕动。我给她的左边面颊点上一颗美人痣，手里添上一根小棍，笑得兴起时，她会拿它轻轻抽自己的大腿。她说个不停，每说一句话，我的想象里就闪电般快速地给她的形象新添一笔细节：少女般微微隆起的胸脯，深绿的长裙上斜夹着一枚闪闪发亮的别针，亮色的帽子上插着一根白鹭羽毛。画面越来越清晰，这个陌生女人站在我背后，我明明看不见，却似乎已经能感受到她整个人，就仿佛我的瞳孔中有一块曝光板，她就站在上面。但我不想转过身去，只想让想象的游戏继续下去。一股情欲的涓涓细流与肆无忌惮的白日梦杂糅交织，我闭上双眼，心中确信，如果我睁开眼睛转头看她，一定会见到一个和脑中的幻象完全重合的形象。

　　就在这一刻，她走到了我的面前。我情不自禁地睁开双眼，却一下失落得有点恼火。我完全猜错了，现实和我想的一点都不一样，甚至还讽刺般地截然相反。她的长裙不是绿色的，而是白色的；身材一点也不修长，反而富态丰满，胯骨宽阔；圆润的脸上也没有任何一个地方长着我想象的美人痣；头发呈金红色，而非黑色；头上戴了一顶盔形帽子。我想象中的特征跟她真实的形象一点都对不上，但这个女人还是很美。尽管我愚蠢虚荣的好胜心受了挫，不想承认她的美，可她还是美得令人拜服。我几乎带着敌意地抬头看她，可不管心里再怎么抵触，我还是感受到了一阵强烈的性感诱惑从这个女人身上散发出来——感受到一种渴望，一种兽性，在她结实、柔软又丰腴的肉体里散发出来，勾引着我。她又开始放声大笑了，露出洁白坚实的牙齿。不得不承认，这种性感热辣的笑声和她丰腴的身体摆在一块儿，真是浑然一体。她的一切都是那么热烈，那么诱人——高高挺立的酥胸，大笑起来向前伸出的下巴，锐利的目光，弯弯的鼻子，还有那只把伞牢牢杵在地上的手。在她身上，我看见了女性的元素，原始的力量，刻意而浓烈的诱惑，她是由肉身化成的欢愉烽火。她身边站着一位优雅中略带花哨的军官，时不时极力劝着她什么。她认真地听着，时而微笑，时而大笑，时而反驳几句，但这一切都不是重点，因为她一边交谈，一边四下扫视，鼻翼翕动，似乎关注着所有人：她在吸引所有从周围经过的男人，说得更明白一点，基本上是人群里的每一个年轻男子的注意、笑颜和目光。她的眼神在不断地游走，时而沿着看台搜寻着什么，以求之后哪一刻忽然欣喜地认出某个人，向其致意；时而一边微笑着假装认真倾听军官说话，一边左右扫视。只有我，由于被她身边的人挡住了，所以虽然在她的视野范围内，却没有被她的目光触及。真是让人恼火！我站了起来，她却依然没有看到我。我靠近一点，她却在这时又望向看台了。我于是下定决心向她走去，对着陪在她身边的人脱帽致意，然后邀请她来我身边坐坐。她吃惊地望了我一眼，一道充满笑意的亮光闪过她的眼睛，谄媚似的弯出一丝微笑。可随后，她浅浅道了一声谢，拉过椅子，却没有坐下，而只是用她丰腴圆润、露出整条小臂的手温柔地支撑在椅背上，微微弯下身体，好让自己的身段完全呈现在我眼前。

对自己之前没有猜对她样貌的怒气早就被我抛到九霄云外，现在，我只沉醉在与这个女人的调情之中。我后退了几步，来到看台墙边。在这里，我能随心所欲地将目光锁定在她身上，却不引起旁人的注意。我倚着手杖，搜寻她的目光。她注意到了，稍稍朝着我的观察点转了转身体，却把一切都表现得似乎是不经意之间的动作；对我毫不设防，偶尔还稍加回应，却并不觉得回应我是一种义务。她的眼睛不断四顾，触及一切，却什么都不去紧紧抓住——她那暗暗的微笑，是只给我一个人的，还是大家都有？太难区分了。可正是这份难以捉摸令我痴迷。在赛马中场休息的时候，她的目光如闪光灯般朝我闪了一下，其中似乎写满了承诺，但她也用这对熠熠生辉的眼睛，不加任何选择地回应他人向她投来的目光，她这样做只是出于卖弄风情、游戏人生的兴致罢了。而最重要的是，她在整个过程中，完全没有耽误自己假装饶有兴趣地倾听身边军官的谈话。这一连串激情的动作里，藏着某种极致的肆无忌惮，满是技巧的卖弄风骚，或者说呼之欲出的过分性感。我不由自主地朝她靠近一步：她那冷漠的放肆也传递到了我的身上。我不再看着她的眼睛了，而是以一个内行人的目光，从上到下打量她，用眼神撕开她的长裙，感受她的裸体。她跟随着我的目光，丝毫没有觉得受到侮辱，还微笑地看着喋喋不休的军官，嘴角勾起一道涟漪。可我注意到，她那抹会心的微笑是在表示自己接收到了我的意图。现在，我的目光游到她那双藏在白色长裙下若隐若现、小巧可爱的玉足上。她懒洋洋地垂下眼眸，审视般地扫了一眼自己的长裙，下一秒，她就仿佛不经意间地抬起一条腿，把脚搁在椅子的第一条横木上。长裙展开，我于是看见了裙下的过膝长袜。而与此同时，她投向身边那军官的微笑似乎也添了一丝嘲讽与恶意的味道。显然，她与我调情正如我与她调情一样，是不动真心的。不过，我不得不钦佩，甚至还有一点嫉恨对方的胆大妄为和技艺之精湛。毕竟，她一面掩人耳目地悄悄向我展示自己的性感，一面谄媚地和身边的军官窃窃私语——同一个人，既给予，又收取；而两个动作又都只是游戏。我是真的愤怒了。别人展示这种带着恶意、工于心计且冷漠的性感恰恰是我最恨的，因为对我这种清醒无感的人来说，如此表现简直无异于兄弟姐妹之间的乱伦。可话说回来，我又很兴奋，或许更多的是出于憎恶，而不是出于情欲。我肆无忌惮地走过去，用眼神野蛮地抓住她。"我想要你，漂亮的小东西。"我的表情毫不掩饰地传达着这样的意思。我的嘴唇肯定是下意识地动了一动，她微微一笑，有点轻蔑，扭过头去避开我的目光，甩了一下礼服，遮住露出的脚。可是下一秒，她漆黑的眼眸又闪着光朝我看过来，但随即转了过去。很显然，她的冷漠与我不相上下，甚至更胜一筹。我们两个人都是在不带感情地玩弄着陌生人的情欲，这种激情本身只不过是人为画出来的火花。可在这沉闷的日子里，即使是刻意画出来的火花，到底还是好看的，能玩一玩也还算愉快。

忽然一下，她脸上的激情全然不见，闪烁的亮光熄灭了，刚刚还在微微笑着的嘴角勾起了一道愤怒的皱纹。我顺着她的目光看过去：一个矮矮胖胖的男人，步履匆匆地朝她走来，皱巴巴的衣服显得整个人臃肿笨拙，他激动得满脸是汗，额头沁湿，正窘迫地拿着手帕不停地擦着；头上的帽子在匆忙中被挤歪了，侧边露出了几乎全秃的脑袋。我下意识地感觉到，他要是摘下帽子，头上必定布满了豆大的汗珠。这人看着真让我恶心。他戴着戒指的手上抓了好大一把彩票，兴奋得直喘粗气，看都不看他夫人一眼，一上来就直接用匈牙利语高声与那位军官讲话。我立刻就知道了，他是一个狂热的赛马赌徒，算是比较高级的马贩子。对他来说，赛马就是人生唯一的乐趣，就是杰出事业的代名词。随后，肯定是他的夫人训了他几句——毕竟显然，他的出现不仅让她感到尴尬，连她最基本的安宁也被搅乱了——他似乎是按照夫人的意思整了整帽子，向她绽放出一个快活的笑容，并温柔地轻拍了一下她的肩膀。她很反感这种夫妻间的亲密举动，气得柳眉倒竖。在军官面前——可能更重要的是，在我面前——这种亲昵让她非常尴尬。他似乎面露歉意，又用匈牙利语对军官说了两句话，军官报以一个友善的微笑。随后，那男人挽起他夫人的胳膊，温柔中带着一点低三下四的味道。我感觉到，那个女人对在我们面前与丈夫举止亲昵感到羞愧。我又想嘲笑一下，又觉得恶心，五味杂陈地欣赏她受尽屈辱。不过她马上又振作起来，一边温柔地挽着丈夫的胳膊，一边朝我瞥来一道讽刺的目光，仿佛在说："看到了吧？拥有我的人是他，而不是你。"我又生气，又厌恶，真想转身离开，好让她看看，我对这么一个庸俗又胖墩墩的夫人可是一点也不感兴趣。但是她太诱人了。我站着没动。

就在此时，一阵尖厉的哨声响起，赛马开始了。刹那间，整个叽叽喳喳、昏昏沉沉、呆呆愣愣的人群像是被震了一下似的，又从四面八方拥向前面的栅栏，一时间场面混乱不堪。我花了好大力气，才好歹没有被人潮卷走。我想趁着混乱留在她身边，或许还能找到机会，向她投去至关重要的一眼，抓一下她的手，或者随着性子做一个我自己都还没想好的荒唐举动。于是，我在匆匆往前赶的人群中坚持不懈地向她靠近。这时，她矮胖的丈夫正好径直挤过来，显然是想在看台上抢个好位置。我俩撞个满怀，各自被对方猛地顶了出去。他那顶松松垮垮地戴在头上的帽子飞到了地上，手里的彩票也没抓紧，红的、蓝的、黄的、白的，在空中画出一道弧线，像五彩斑斓的蝴蝶飞上天空，落到地上。他瞪了我一会儿。我本能地想要道歉，但嘴唇仿佛被某种恶意封住了。于是，恰恰相反，我冷冷地看着他，眼里略带着一丝放肆无礼又侮辱人的挑衅。有那么一秒，他的怒气上涌，面色涨红，但怯懦之下，只得把愤怒压抑下去，目光游移不定地闪烁了一下，遇上我的目光，就随即懦弱地缩了回去。他又盯着我的眼睛看了一秒——那种胆怯真是令人难忘，甚至还有点动人——随后便缩起身子走开了。他没走几步，又似乎突然想起了自己的彩票和帽子还在地上，于是弯下腰，去捡彩票和帽子。他夫人松开了他的手臂，毫不掩饰自己的怒火，狠狠地瞪着我，思绪翻腾，满脸通红。我饶有兴致地看着，不难感觉到，她真恨不得一拳挥过来。而我依然站在那里，冷漠淡然，毫不关心，微笑地看着那个肥胖的男人气喘吁吁地弯着腰，在我脚边爬来爬去捡彩票，却没有一点上去帮忙的意思。他弯腰的时候，衣领像老母鸡蓬松的毛一样凸了出来，通红的脖子上挤出一条宽宽的肥肉褶子，每动一下都要喘几口粗气。看着他上气不接下气的样子，我不由得想到了一些难登大雅之堂且令人反胃的东西：我开始想象他和妻子同房的场景了。我畅想得过于纵情，她已经气得近乎难以遏制，我竟还冲着人家微笑。此刻，她站在那里，面色苍白，心烦意乱，几乎控制不住自己了。我终于从她那里捕捉到了一丝真情实感：恨，抑制不住的狂怒！真想把这恶作剧般的一幕无限延长啊！冷冷地看着那个胖男人样子痛苦地把彩票一张一张捡起来，我心中觉得有趣。我的喉咙里像是住了个古怪的魔鬼，一直在咯咯笑个不停，总想要放声大笑——我真想爆发出一声大笑，或者拿根棒子挠一挠那团发痒的软肉。我属实记不起来自己还有哪次像现在这样恶念熏心，耀武扬威地羞辱一个卖弄风骚的女人。

这个倒霉鬼似乎终于基本收拾好所有皱皱巴巴的彩票了，现在只剩一张蓝色的，飞得比其他都远，竟正好落在我面前的地板上。他喘着粗气转过身来，用那双近视的眼睛找了半天，鼻子上全是汗，夹鼻眼镜都滑到鼻尖了。我突然想恶作剧一下，故意捣蛋，利用他转身的这一秒让他再那样可笑地费力找一会儿；无意间，我放任自己像小学生一样肆意妄为，快速把脚往前一挪，踩在那张彩票上。这样一来，只要我不想让他找到，无论他再怎么努力，也不可能找到彩票了。他坚持不懈地找啊找啊，时不时停下来歇一会儿，一遍又一遍地数着手里那些厚厚的彩色纸片：显然还有一张——就是我脚底下的那张！——总也找不到。在一片喧闹的骚动声中，他又打算找一遍，这时，他的夫人脸上带着愠怒之色，痉挛一般猛地躲开我轻蔑的斜视，再也抑制不住自己狂怒的焦躁。"拉尤斯！"她突然居高临下地大喊一声，那男人好像一匹听到军号的战马，猛地站了起来，随即又一次探头探脑地望向地板。——我简直觉得脚底下那张彩票在挠我痒痒，差点忍不住笑出声来。——然后，他听话地转身面向夫人，而她难以掩饰地匆忙把丈夫从我身边拉走，隐没进越发沸腾骚动的人群中。

  我待在原地，完全没想跟上去。对我来说，这段插曲已经结束了。那种情欲的刺激感已经怡然地消融在了快活的气氛中，一切兴奋感从我身上溜走，除了那种突发奇想的恶意带来的强烈满足，还有恶作剧成功带来的厚颜无耻又近乎狂妄的自满，其他什么都没有留下。人群密密匝匝地在前面挤来挤去，激动的氛围一浪接一浪，形成了一整股脏兮兮的黑色波涛，朝着围栏涌去。但我根本不想往那边看，我早觉得无聊了，已经开始考虑，是去克里伊奥①呢，还是回家？可我刚下意识地向前迈出一步，就发现那张蓝色彩票还躺在地上。我把它捡了起来，放在指尖把玩，不知道该怎么处理。我隐约觉得应该把它还给那个叫"拉尤斯"的男人，这样就能创造一个绝妙的机会，可以认识一下他的妻子。可我也意识到，她对我已经完全没有吸引力了，这次艳遇带给我的短暂激情早就在我冰封已久的心中冷却下来。和他的妻子有过一连串刀光剑影、如饥似渴的眼神交换，我已别无他求。和那个大矮胖子共享一个女人的身体，想想也实在令人反胃。神经战栗已经成了过去式，现在我只有一丝懒洋洋的好奇和幸福的放松感。

不远处有张椅子，孤零零地被人遗弃在那边。我悠闲地坐下，点燃一支烟。众人在我面前又燃起了激情，我甚至没有去听。有意思的事情再来一遍，就没意思了。我懒散地看着烟雾升腾，想着自己两个月前坐在梅拉诺吉尔芙海滨廊道，遥望瀑布飞溅。那边和这里完全一样：那儿也有一种越来越响的咆哮声，听了不会让人热血沸腾，也不至于让人黯然心凉；那儿也有一种毫无意义的喧嚣声，直冲寂静无声的蓝天。现在，赛马的热情达到了顶点，雨伞、帽子、手帕宛如泡沫在人群的黑色浪潮上飞舞，各种声响再次混作一团，整群人共同组成的一张大嘴再次发出一声尖叫——只不过发音变了。我听见一个名字，一千次、一万次被兴奋地、愉悦地、狂喜地、拼命地喊出："克

---

① 克里伊奥：维也纳普拉特公园的一部分。

雷西！克雷西！克雷西！"然后一瞬间，那根绷紧的弦又一次断了。（重复那么多遍，连激情也会变得单调无聊！）音乐响起，人群散去。显示板上挂出了获奖号码。我不自觉地看了一眼。第一个数字是7。我又机械地看了一眼指间的蓝色彩票——正巧也是7。

我不禁笑了。彩票中了，拉尤斯押对了。这样看来，我的坏心思还夺走了那个胖子的钱。忽然间，我的兴致又回来了。现在我很好奇，自己的恶意之举到底偷走了他多少钱。我头一回开始仔仔细细地观察这张厚卡纸——是一张二十克朗的彩票，拉尤斯押的正是中奖号码，数目八成不小。我没再多想，只是顺从好奇心的驱使，任凭自己被步履匆匆的人群推向兑奖台。我被人挤进不知哪条队伍，排到了就出示彩票，两只瘦骨嶙峋的手匆匆摸了一把，就把九张二十克朗的纸币拍在大理石桌板上给我，而我甚至连柜台后面的那张脸都没看清。

就在那一瞬间，当钱，真正的钱，那叠蓝色的纸币确确实实放在了我面前时，笑声突然凝固在了我的喉咙里。一种不快随即涌上心头。我下意识地把手缩了回来，生怕碰到那些本应属于别人的钱。我本想把钱留在台面上，可身后有人开始催了，他们迫不及待地想拿到自己的奖金，我别无选择，只好强忍着厌恶，尴尬地用指尖捏起钞票。我只感觉有一团蓝色的火焰在手中燃烧，于是不由得摊开手掌，仿佛拿着钱的手不属于我。我瞬间意识到了情况的致命性：这个玩笑已经违背了我的本意，变成了一个正派绅士的预备役军官不该干出来的事情。我犹豫要不要告诉别人真正赢钱的人是谁，毕竟我拿走的钱不是匿名的，而是施展诡计骗来的，属于偷来的赃款。

四周嗡嗡作响，人群在兑奖台前推推搡搡。我仍是一动不动地站在原地，手掌摊开。我该怎么办？我先是最自然不过地想到：去找真正赢钱的人，向他道歉，并把钱物归原主。可是我做不到，至少当着那名军官的面，我做不到。我毕竟还是一名预备役中尉，一旦承认，我恐怕会立即丢了军衔，因为即使彩票是我捡到的，拿去兑奖依然是不正当的行为。我也想过听任手指的本能，让它们抖得再厉害一点，把钱揉成一团丢出去。但是在如此拥挤的一大群人当中，这么干太容易被发现了，很难不引起怀疑。但不管怎么说，我都绝不想把别人的钱放在身上哪怕一秒，即使是先塞进自己的钱包，之后再给别人，那也不行。从小父母、老师就给我灌输了手脚要干净的意识，如同穿衣也必须干净一样，所以哪怕只是稍稍碰一下这把钞票，我也会觉得恶心。处理掉！只要处理掉这些钱就行！这个念头在我心中灼烧，处理掉，不管丢到哪里去，只要别放在我身上就好！我情不自禁地开始左顾右盼，无助地环顾着周围有没有藏身之处，有没有可能确保自己不被任何人关注。这时，我突然注意到大家又开始拥向兑奖台，只不过这次他们手里拿的不是彩票，而是纸钞。我念头一转，突然解脱了：把钱丢回去，还给那个恶毒的意外，丢回那个吞噬一切的咽喉，它现在又开始把新的赌注——银子、纸币同样贪婪地吞了下去。嗯，这就对了，这样就真的解脱了。

我匆匆走了过去，甚至可以说是跑过去的，奋力挤进人群。只有两个人先到一步，排在我前面。第一个人已经站在赌马收款台前了，我才想起，自己还说不上来该赌哪匹马呢。我贪婪地听着周围的人讨论。"您打算押拉瓦乔尔？"其中一个人问。"当然押它了！"他身边的人回答。"唉，您不觉得，泰迪也有机会吗？""泰迪？没可能！初次亮相就看得出它完全不行了，它只是样子唬人而已。"

我如饥似渴地把这句话吞进了肚子。照这样说来，泰迪不怎么样咯，肯定赢不了？我立刻决定就押它了。我把钱塞了过去，说了刚刚听来的"泰迪"这个名字，就押它赢。柜台后面伸出一只手，丢给我几张彩票。我的手上一下子就多了九张，而不是一张红白相间的厚卡纸。虽说尴尬难受的感觉依然没有消失，但至少不像攥着一把皱巴巴的现金那样，让我感到如坐针毡，仿佛被钉在耻辱柱上。

我又感觉轻松了，几乎进入了无忧无虑的境地：现在，钱已经处理掉了，艳遇里不愉快的部分也解决了，一切又变成了一场玩笑，就像事情刚开始那样。我懒洋洋地坐回了自己的椅子，点上一支烟，悠闲地开始吞云吐雾。不过我没坐多久，就站起身来，走了一圈，然后又坐了下来。真奇怪，愉快的白日梦就这样结束了。某种紧张感沙沙作响，刺进我的四肢。刚开始，我以为是因为自己在担心可能在擦身而过的人群中碰到拉尤斯和他的夫人。可转念一想，他们又从何得知，这些新彩票本该属于他们呢？也不是因为人群的躁动打扰到了我，恰恰相反，我密切地观察着所有人，看看他们会不会再次向前拥挤。我甚至突然发现自己一次又一次地站起身来，去看比赛开始时高高升起的旗帜。事情就是这样——我坐立不安，如芒在背，心急如焚地期待着比赛赶紧开始，期待着这件令人痛苦的事情尽快尘埃落定，永远了结。

一个手拿赛马报的报童从我身边走过。我把他拦下，买了一份报纸，开始在一堆用陌生行话写成的难以理解的单词和提示中找来找去，最后终于找到了"泰迪"这个名字，也找到了骑手的名字、马匹的主人，还有红白相间这一代表色。但我到底在感兴趣个什么劲？我恼火地把报纸揉成一团，丢出去，站起来，又坐下。我一下子感觉浑身发热，不得不拿出手帕擦一擦汗水沁湿的额头，还觉得脖子被衣领勒得生疼。比赛怎么还没开始？

终于，铃响了，人群匆匆拥过去。就在这一秒，我忽然感受到了一阵惊恐，我听见这铃声，就好比被一阵闹铃声将自己从梦中惊醒，猛地从椅子上跳起来，椅子都被我撞翻在地。我匆忙走过去——不，是跑着过去的——手里攥紧彩票，贪婪地直冲进人群，仿佛有一种汹涌而来的恐惧将我吞噬，生怕去得迟了，耽误了什么重要的事情。我野蛮地把别人推到一边，挤到前面的栅栏那里，不顾一位女士正要坐下，一把将她的椅子抢了过来。看着她惊异的目光，我立刻意识到自己有多失礼、多狂妄。这位女士恰好是我的老相识，R伯爵夫人，她柳眉倒竖，愤怒地盯着我。可我又羞愧又倔强，只是冷冷地避开了她的目光，跳上椅子，望向赛马场。

绿茵场上，一小群跃跃欲试的马匹挤在远处的起点，矮小的骑手费力地把它们控制在起跑线后面，他们看起来像五颜六色的波里希内儿①。我想立刻从这一群人和马中认出自己下了注的那一组合，但我的

---

① 波里希内儿：法国木偶剧中的小丑，鸡胸龟背，大长鼻子，声音沙哑尖锐，爱吵闹。

眼睛没经过专门的训练，色块在我眼前闪烁着，如此热烈，如此光怪陆离，我完全分辨不出哪一匹马是红白相间的颜色。就在此时，铃声又响了一下。马匹像七支彩色的箭离弦而出一般，穿进绿色的跑道。如果能够静下心来，单纯从美学的角度去观察这些苗条矫健的马匹是如何奔腾而出——几乎蹄不着地，弹簧一般飞过了草地，那该是多么美妙的体验！可我现在什么都感觉不到，只想拼命认出自己选的马和骑手，咒骂自己为何不带一个双筒望远镜过来。我用尽全力弯腰探身，可还是只能看到四五个色彩斑斓的小点，如飞虫一般模模糊糊混成一个球，除此以外什么都看不见。过了一会儿，我发现马群的队形慢慢有了变化：来至弯道处，那灵动的一群马像楔子一样逐渐拉长，其中有一匹脱颖而出，把大部队甩在后面，而后方原本聚集的队伍则开始松散开来。比赛越发激动人心：奔腾中，马匹三三两两分作几群，像彩色纸条似的，前后粘连成平平的一条；一会儿这一匹昂首领先，一会儿那一匹又一个猛子冲了上去。我不由自主地把整个身体都探了出去，仿佛自己模仿这种灵动跳跃、激情刺激的动作，就能帮它们提速，就能和它们一起飞奔。

四周人们的热情越发高涨。几个经验丰富的老手肯定在弯道处就早已认出了马匹的颜色，在混乱沉闷的嘈杂声中，几个名字如耀眼的火箭一样直冲云霄。我旁边站着一个人，狂热地举起双手，见到一匹马露出了脑袋，他重重地跺起脚，用令人心悸的声音尖厉地发出胜利的呼喊："拉瓦乔尔！拉瓦乔尔！"我一看，这匹马的骑手身上的比赛服闪着蓝色的微光。我顿觉一阵怒火攻心：获胜的竟然不是我的马！

听着旁边讨厌的家伙把"拉瓦乔尔！拉瓦乔尔！"喊得越发尖锐，越发大声，我的耐心一点点被耗尽，心中愠怒，恨不得一拳砸进他不断发出尖叫的黑洞洞的大嘴里。我气得浑身发抖，周身发烫，感觉自己每时每刻都有可能干出丧失理智的出格举动。等一下！还有一匹马紧紧咬在第一名后面，也许是泰迪呢？有可能，很有可能——这种希望让我重新燃起了热情。我仿佛真的看见有一条闪闪发光的手臂高举在马鞍上空，又有什么东西落下，嗖嗖地抽打着马屁股，好像是红色！可能是它，一定是它，一定是，错不了！可那混账骑手为什么还没把它赶到前面去？再来一鞭子啊！再抽一下啊！好，现在已经非常接近了！现在只有一步之遥了！凭什么是拉瓦乔尔赢？拉瓦乔尔？不可能，拉瓦乔尔赢不了的！胜者不是拉瓦乔尔！是泰迪！泰迪！冲啊！泰迪！泰迪！

突然，我被什么东西猛地拉回了现实。什么？那是什么？是谁在这么喊？是谁在怒吼"泰迪！泰迪！"？原来是我自己。激情正当头，我忽然被自己吓坏了，想控制一下自己，收一收情绪，狂热得正兴起，却有一种羞耻感突然涌上心头，折磨得我好痛苦。可我无法将目光移开，因为两匹马追得难舍难分，那该死的拉瓦乔尔让我恨得两眼冒火，而紧挨着它的一定是泰迪。周围的人正用更加尖厉、更加震耳欲聋的声音叫着："泰迪！泰迪！"我刚刚稍微清醒过来一秒，他们的尖叫又把我拽回了激情中。它应该能赢，必然是它赢！没错，此刻，从飞奔的拉瓦乔尔身后，有一个头冒了出来，超出一步了！两步！哦！现在可以看到马脖子了！——钟声响起，欢呼的高喊、绝望的悲叹、愤怒的狂吼在一瞬间同时炸起，混作一团。刹那间，那个我渴望已久的名字响彻云霄，直逼苍穹，随后又落了下来，此时不知何处响起了音乐。

我觉得热血沸腾，浑身湿透，心脏怦怦直跳，于是从椅子上下来。我激动得头晕目眩，不得不坐下休息片刻。一种从未有过的狂喜涌遍全身：分明是纯属偶然的事件，竟完全顺从我的意志而发展，这种感觉简直让我高兴得昏了头。我试图假装这匹马获胜是违背了自己的意愿，假装自己宁愿输了那笔赌注，但我实在代入不了这种心境。说实话，我也不敢相信自己会变成这样，感觉四肢仿佛被一种强大的神秘力量牵引着，它正在把我拽向某处。我知道它要把我带去什么地方：我想看见胜利，感受胜利，把握胜利；我想要钱，很多很多钱，我想感受大把大把的蓝色纸钞在手上哗哗作响。这种想法好似一股暖流，沿着神经向上淌入大脑。一种从未有过的邪恶欲望侵入我的内心，羞耻心放弃了抵抗，我向这种欲望屈服了。一站起来，我就立刻急匆匆地直奔兑奖台，野蛮地弯着手肘左推右撞，在柜台前等候兑奖的人群中间挤来挤去，不耐烦地把别人全都推到一边，只想看到钱，要亲眼看见钱的真面目。"赶着去投胎啊！"身后有个被推出去的人咕哝了一句。我听见了，但没想还嘴。我已经急躁得令人难以理解，有点病态，甚至开始发抖了。终于排到我了，我的双手贪婪地把一捆蓝色钞票狠狠抓过来，颤抖着数了数，兴奋极了——一共六百四十克朗。

我心急如焚地把钱塞到自己的口袋里。随即想到：继续赌，要赢更多，要好多好多钞票。那张赛马报被我放在哪儿了？啊，一时激动，不小心丢掉了！我左顾右盼，看在哪里能再买一份。这时，大家忽然四散开去，拥向出口。兑奖台关了，飘扬的旗帜降了下去，我感到一阵莫名的惊恐——比赛结束了，刚刚看的是今天的最后一局。一时间，我愣在原地，随后突然十分恼怒，仿佛受了天大的委屈。全身的神经刚刚紧绷、跳动起来，多年未有的热血刚刚翻涌起来，一切却就这样停止了，我简直接受不了。可抱着虚妄的幻想硬要抓着希望不放也是无济于事，只会越做越错。五彩斑斓的人群出去得越来越快，只有几人还留在里面，已经能看见地上被人践踏的草坪泛出绿光了。渐渐地，我意识到自己一脸紧张地在此逗留实在可笑，于是拿起帽子，走向出口。至于手杖，显然刚刚在兴奋之中，被我落在栅栏旁边了。一个仆役跑到我面前，谄媚地朝我脱帽致意，我告诉了他我的马车号，他把手做喇叭状放在嘴边，朝广场对面喊了一嗓子，马车随即"嗒嗒"地快速向我奔来。我让车夫沿着主干道慢慢走。此刻，激动的情绪开始舒舒服服地消退，我忽然很想在脑中重现一下整个场景。

另一辆马车突然加塞到我们面前。我下意识地看了一眼，随即又自觉地移开目光。是那个女人和她的胖丈夫。他们没有注意到我，而我立刻感到一阵恶心，如鲠在喉，仿佛做坏事被人当场抓住了一样。我真想大吼一声，让车夫快马加鞭，赶紧离他们远一点。

栗树大街的绿色堤岸上，五颜六色的出租马车如花船一般搭载着夫人小姐，我们这一辆的橡胶车轮转得飞快，一颠一颠地从它们中间穿行而过。空气湿润甜美，夜色降临，晚风初凉，尘土中不时飘来淡淡的清香。可之前那种惬意梦幻的感觉却回不来了：遇上这个受我欺骗的男人，我难堪得感觉身体仿佛被撕开一道口子，一股冷风穿入缝隙，一阵恶寒突然灌进了我过热的激情。现在，我再次冷静地思考了一下整件事，忽然就理解不了自己了：我，一名绅士，上流社会的一员，一名预备役军官，备受尊敬，竟然在没有遇到困难的情况下，拿了捡到的钱，把它塞进了自己的钱包，甚至还生发出了某种贪婪的喜悦，觉得很有意思。还有什么借口能为我开脱？我，一小时前还是一个规规矩矩、清清白白的人，现在却已经偷了东西。我是个小偷。马车在轻快地向前小跑，我一面这样想着，似乎是为了喝止自己，一面不自觉地随着马蹄踢踏的节奏，低声对自己进行宣判："小偷，小偷！小偷，小偷！"

可说来也是稀奇，我该如何描述眼下发生的一切呢？一切都是那么莫名其妙、离奇诡异。但我很清楚，现在事情过去了，我没有进行任何掩饰。那时每一秒的内心感受，每一次的思想波动，至今还异常清晰地印在我的脑子里，这是我三十六年人生中从未有过的体验。但我也不敢去刻意清醒地描述这段荒唐经历的前因后果，去表达这种惊人的情感波动。嗯，我甚至不敢确定，世界上有没有哪位诗人、哪位心理学家能把一切讲得合乎逻辑。我只能按事情发展的顺序把它简单记录下来，事情意想不到地出现，我只能忠于现实。

嗯，我就这样自言自语地说着"小偷，小偷！小偷，小偷！"。随后，诡异的一刻出现了，这一刻是完全空白的，什么都没有发生，而我——唉！好难啊！我该怎么表达？——而我只是倾听着，倾听自己的内心。我刚刚对自己进行了传唤、指控，现在，这个被告该回答法官的问题了。于是我倾听着，等待事情发生——却什么都没有发生。我原本期待着"小偷"这个词能吓醒自己，让我陷入难以名状的悔恨与羞愧之中，起到鞭笞的作用，可它竟然什么都没有唤醒。我耐心地等待了几分钟，然后弯下腰，好更贴近自己的内心——我清楚地感觉到，在这倔强的沉默下，仿佛有什么东西在蠢蠢欲动——我继续倾听，热切地期待着回音，期待着自我谴责之后必然会出现的恶心、愤慨、绝望的呼喊。还是一样，什么都没有发生，什么回应都没有。我于是又冲着自己说："小偷，小偷！"这回声音很大，想要最终唤醒自己耳背又麻木的良知。依然是什么回应都没有。突然，仿佛有一根火柴唰地被划亮，高举在心中昏暗的幽幽空谷，在意识的一道刺眼的闪光中，我认识到：自己只是想要感到羞愧，但并没有真正感到羞愧。在某种程度上，我内心深处甚至为这种愚蠢的行为感到莫名其妙的骄傲和愉快。

怎么可能会这样？我奋力反抗起来。现在，我是真的被自己吓到了。我反抗这种突如其来的认知，但这种感觉迅速涌上心头，疯狂膨胀，激起惊涛骇浪。不对，在我血液中热烘烘发酵着的不是羞耻，不是愤慨，也不是自我厌恶，而是喜悦！醉人的喜悦在我心中灼灼燃烧，还闪耀着刺眼的纵情之火，因为在那几分钟里，这么多年来，我第一次感觉到自己真正地活着，我的感觉只是麻木了，但至少还没有死去；漠然处世只是我的面具，在这层风蚀沙化的表面下，仍有一眼滚烫的热情之泉在神秘地流淌。而现在，偶然事件的魔杖将其触动,这股泉水立刻汹涌澎湃地喷进我的心田。在这片会呼吸的宇宙之中,在我心里——即使是在我这种人的心里,世间万物也同样如神秘莫测的火山核心一般,仍在翻涌燃烧,有时还会在欲望的旋涡中爆发。连我这种人,也依然活着,也充满了邪恶、热烈的欲望。激情的风暴扯开了一扇门,我的内心深处被打开了。我感觉幸福得天旋地转,呆呆地凝视着内心这个未知的世界,既害怕,又高兴。马车悠悠地载着我堕入梦境的身体穿过小市民的世界,我却慢慢地,一个台阶一个台阶地往下走,走进自己的人性深处。在这条寂静的走廊里,我无比孤独,只有意识里那根被忽然划亮、高举空中的火柴在闪着耀眼的光,带我飞升仙境。身边无数的人在嬉戏欢闹,谈天说地的声音此起彼伏,我却在心中寻找那个迷失的自己,在沉思的神奇走廊里摸索岁月。失落的记忆忽然从我那面落满灰尘、模糊难辨的镜子里浮现出来。我想起来了,读小学的时候,我从同学那里偷过一把小刀,看着他四处寻找,见人就问,费尽力气却徒劳无果的样子,那时我心里魔鬼般的快乐简直和现在一模一样。我突然就明白了一些性生活过程中神秘的狂风骤雨,明白自己的激情只是被社会的胡思乱想、绅士的狂妄自傲扭曲了,践踏了。可即使是在我这样的人心里,在心底最深处,生命的热流也和别人一样,会在掩埋藏匿的水井和管道里奔流不息。哦!原来我一直活着,只是不敢大胆地去活。是我自己把自己束缚住了,一直在躲着我自己。而现在,压抑已久的力量爆发了出来。生活啊!那丰富多彩、强大到难以言喻的生活征服了我。现在我知道了,我依然眷恋着生活。仿佛一个第一次感觉到胎动的女人,我是那样幸福而惊喜地感觉到了所谓真实——怎么可能用别的词汇来描述呢？——感受到了生命中不掺一丝虚假的东西在心中萌发。我感觉到——写下这些文字，我几乎有些羞愧——像自己这样一个死去的人，是如何突然重新绽放出了生命之花；血液在血管里翻涌，鲜红而躁动；在一片温暖中，感情悄悄舒展开了画卷；我长成了一颗无名之果，不知是苦是甜。在赛马场明亮的灯光之下，在成千上万人悠闲懒散的喧闹之间，唐豪瑟①式的奇迹在我身上展开：我开始重新有了感觉，那根枯枝又开始变绿，发芽。

另一辆车从旁边经过，里面有位先生向我打招呼，喊我的名字。显然，他第一次和我打招呼的时候，我没注意到。我满脸不悦地直起身子，方才还沉浸在甜蜜的涓涓细流之中，现在突然被打扰，我气得要命，毕竟这是我所经历过的最深沉的梦境。但我看了那个打招呼的人一眼，立刻就从梦境里彻底剥离开来：那是我的朋友阿尔方斯，小学的时候我俩玩得很好，他现在当了检察官。我突然意识到：这个曾经与你兄弟相称的人，现在突然一下有了支配你的权力。一旦他知道你犯了什么罪，你就算是落在他手心里了。一旦他知道了你干过的事，他肯定会立刻把你从车上拽下去，拽出整个温暖舒适的小资生活，推进铁窗后那个沉闷的世界三五年，推下生活的深渊，让你与那

---

① 唐豪瑟：德国作曲家理查德·瓦格纳的歌剧《唐豪瑟》中的主人公。歌剧讲述中世纪德国游吟诗人唐豪瑟受到美艳的爱神维纳斯的诱惑，在维纳斯堡纵情声色，不能自拔。当他厌倦了这种生活，又重返人间。在瓦尔特堡的赛歌会上，唐豪瑟加入罗马朝圣者的行列，请求"赎罪"而不得。得知唐豪瑟没有被赦免，他尘世中的恋人伊丽莎白祈愿，不惜牺牲自己的生命，换取唐豪瑟的救赎。

些被苦难的皮鞭抽进这油腻肮脏的牢房的小偷为伍。这种恐惧又冰冷的魔爪抓住了我颤抖的指关节，却只有一秒；让我心脏停搏，却也只是一瞬——随后，即使是这样的想法，也演化成了热融融的感觉，变成了一种难以置信的、厚颜无耻的骄傲，驱使着我自鸣得意、近乎冷嘲热讽地打量着周围其他人。我暗自思忖着：你们这群人，现在一个个都带着亲切甜美的微笑和我打招呼，以我为同类，要是知道了我其实是个什么样的人，那笑容不知会怎样冻结在嘴角呢！你们必然会轻蔑而愤怒地用手掸飞我的问候，就仿佛掸掉一坨污泥。但是，在你们排挤我之前，我已经把你们驱逐出我的生活了：今天下午，我早已让自己从你们那寒冷僵化的世界里跳脱出来。在你们的世界里，我只是一枚齿轮，一枚在巨型机器上默默运转的齿轮，在活塞的推动下冷酷无情地滚动，自命不凡地绕着自己打转。我陷入了一个深渊，连我自己都不清楚那是什么。但在这一小时里，我比你们圈子里任何透明空洞的年岁都更加鲜活。我不再属于你们，再也不是了！我现在游离在外，或置身云端，或深陷山谷，但再也不会站在你们资产阶级舒适生活的平坦沙滩上了。人在善恶欲念中的一切，我都头一回感受到了。而你们，永远不会知道我在哪里，永远也认不出我。你们这些人啊，知道我的秘密吗？

我，一个衣冠楚楚的绅士，一面在一辆辆马车之间穿行而过，一面冷着脸和大家问好道谢，我该如何表达自己在那一刻的感受？！我的假面，那个外表还是从前那个我的人，还在感受、辨认各式各样的面孔，而实际上，我的内心却在轰鸣着震耳欲聋的音乐。我不得不努力压抑自己，才不至于在这雷鸣般的喧闹声中尖叫出声。我深深地感觉到，这股内心的洪流折磨着我的躯体，心脏在胸口痛苦地悸动，必须像一个即将窒息的人一样，用手使劲按住，才能稍有缓解。可是，痛苦、快乐、惊吓、恐怖或遗憾，我没有感到任何一种情感是割裂分离的，一切融为一体。我只觉得，自己还活着，还在呼吸，还有感觉。正是这种最简单的东西，也就是我多年以来都没有感受过的原始感情，让我如痴如醉。在我三十六年的人生中，从未有哪一秒像那一刻一般飘然如梦，让我欣喜若狂地感觉到自己充满生气。

一阵轻微的颠簸后，马车停了下来。车夫勒住了马，在座位上转过身来问我，要不要往回家的方向走。我晕晕乎乎地从梦里醒来，抬眼看了看林荫大道，这才惊觉自己做了多久的梦，沉浸在醉意蒙眬里耗费了多长时间。天色已暗，柔和的晚风在树冠间起伏飘荡；空气微凉，栗树悄悄散发出晚香；树梢后面，明月蒙着面纱洒下闪闪银光。差不多了，也该玩够了。可现在还不能立刻回家，我不要回到那个熟悉的世界！我准备给车夫付钱，掏出钱包，点了点钞票。这时，仿佛有一股轻微的电流将我击中，指尖到手腕整个麻痹了：我的内心深处肯定还有某些东西醒着，是那个自惭形秽的旧我的残余。那位垂死的绅士，良心还在抽搐，而手却已经兴高采烈地点起了赃款。我一高兴，出手就变得很阔绰，看着车夫连声道谢，我忍不住笑了：你要是知道了真相，又会怎样?!马套上笼头，车向前驶去。我目送着它离开，就仿佛站在船上，回望曾经幸福生活过的海滩。

四周人声呢喃，欢声笑语，音乐萦绕，我一时间站在原地，如梦初醒，不知所措。当时大概是七点，我下意识地拐弯去了萨赫尔公园。通常，我从普拉特公园出来，总要和朋友结伴去那儿吃饭，车夫也知道在附近哪个点让我下车合适。可我的手刚要碰到高级花园餐厅的栅栏门把，我就立刻阻止了自己：不行，我还不想回到原来那个世界。奇迹般的躁动才神秘地充满了我的内心，不能让那些懒散的闲聊将其冲走。这段奇遇像一根链条似的绑在我身上几个小时，我不想让这闪闪发光的奇迹离我远去。

不知从何处传来了沉闷杂乱的音乐，我忍不住循声而去。今天，什么东西都在吸引着我，我觉得完全听任偶发事件的摆布倒也颇为有趣，在汹涌澎湃的人海中昏昏沉沉地漂流，倒也不失奇妙魅力。我的血液在一锅粥一样稠密的人群旋涡中发酵：一瞬间，我整个人精神起来，人们的呼吸、灰尘、汗水和烟草混在一起，散发出刺鼻呛人的味道，让我的感官更加敏锐，神志更加清醒。在之前，甚至就在昨天，我还将这一切视为庸俗、下流和没教养的东西，对其嗤之以鼻。我身为一位整洁考究的绅士，有生以来对凡此种种，都以一种高高在上的姿态避之不及。但现在，它们却奇迹般地吸引着我发现新事物的本能，我仿佛第一次体会到自己与这种动物性的、刻在基因里的、卑鄙下流的感受有血浓于水的关系。就在这里，在这座城市的渣滓之间，在士兵、女仆和暴徒之中，我感受到了某种难以理解的幸福自在。我贪婪地呼吸着空气中酸臭的味道，周围人的推推搡搡、挤来挤去让我感到愉悦。我怀着强烈的好奇心，期待着接下来的时光又将带着我这个失去意志的人飘向何处。从普拉特游乐园传来尖锐刺耳的钹声和铜管乐器声，且离我越来越近。管弦乐队狂热而单调地演奏着僵硬的波尔卡①、隆隆的华尔兹，其间还夹杂着小摊位发出的嘭嘭闷响声、嘶嘶嗤笑声、醉汉的咆哮大吼声。在让人眼花缭乱的灯光之间，我看见儿时的旋转木马在树丛间转来转去。我在广场中央停了下来，让整片嘈杂声涌进我的心灵，冲刷我的双眼、灌满我的双耳。这一浪接一浪的噪声，这地狱般的混乱场面让我倍感舒适，因为在这片旋涡里，藏着某种能抑制我内心洪流的东西。我仔细看着：看女仆坐着秋千荡到半空，裙子被风吹得蓬起，尖锐的咯咯笑声就像在与人亲热时那样一刻不断；看屠夫一面咧嘴大笑，一面把重重的榔头"哐当"一声丢到磅秤上；看叫卖小贩扯着嘶哑的嗓子，做着猴子模样的手势，在管弦乐队喧闹乐声的衬托下，晃晃悠悠越走越远。而这一切，又都与吵吵嚷嚷、优哉游哉的人群交织在一起。众人沉醉在铜管乐的吵闹纷杂和灯光的闪烁摇曳，还有大家欢聚一道的其乐融融之中。自我从梦里清醒过来，我便忽然能体会到别人的生活了，能感受这座人口数百万的城市的热潮，能感受就在周日的短短几小时，它是如何将自己的燥热与压抑全盘倾注出去，如何充实自我，唤起某种沉闷的、动物的，却又不知何故，呈健康的、冲动的享受。渐渐地，由于周围人温暖热情的身体不断挤过来，摩擦、接触我的身体，我开始感觉到他们的热量也传入了我的体内。刺鼻的气味让我难以松弛，神经全都绷得紧紧的，每种感官都在头晕目眩之间与喧嚣欢闹周旋，我体会到了那种迷乱的

---

① 波尔卡：一种捷克民间舞蹈，节奏活泼跳跃，在第二拍的后半拍上常做稍微停顿的装饰性处理。

麻醉，又将必然与其交织出现的各种强烈欲望也全都体验一遍。多年来，也许是有生以来第一次，我感受到了大众，也就是所谓"人"的力量。这种力量把欲望传到了我这个游离在世界之外的人身上。仿佛有一道大坝决堤了，某种东西从我的血管里奔涌而出，冲进这个世界，又按着节奏涌了回来。一种全新的贪念涌上心头：要熔化隔在我与他们之间的最后一层硬壳。我热切地想要和这个温热拥挤的陌生人群亲密结合。怀着男性的欲望，我投入这个火热巨大的躯体的怀抱；又怀着女性的欲望，我敞开心扉接纳每一次触碰、每一声呼唤、每一个诱惑、每一回拥抱。现在我明白了，我和当年朦胧虚幻的少年时代的我一样，心中仍存有爱，还有对爱的渴求。哦！尽管进去！进到生机勃勃中去吧！不管以哪种方式，总之要和其他人那样，与那个颤抖的、大笑的、轻松的机器联系在一起。尽管冲进去，涌进他们的血管中！在一片混乱之中变得微不足道、无名无姓，化作全世界垃圾尘垢里的一条蠹虫，像周围所有人一样，在这片小池沼里成为一个欲望悸动、闪闪发光的存在。尽管进入这个充实的世界，跳进这个永不停歇的旋涡中去，拉开满弓的弦，把自己像一支箭一样射向未知，射进共同的天堂。

我现在明白了，那时我是醉了。旋转木马上铃铛的敲击，女人在男人抚弄下轻巧的欢笑，杂乱无章的音乐，衣服窸窸窣窣的摩擦，一切在我的血液中沸腾。每种声音都尖锐地刺进我的耳膜，又亮着红光，抽搐着闪过我的太阳穴。每感受到一次触碰，每接收到一个眼神，我的神经就莫名其妙地兴奋起来，就像晕船一样。可一切又都融合在一起，令人头晕目眩。这种状态太复杂了，我无法用语言形容，或许打个比方能描述得较为接近事实：可以说，我的大脑充斥着噪声、吵闹、感情；我的身体过热，就像一台机车，为了释放过大的压力，带着所有轮子疯狂地运转，却还是逃不过中心锅炉随时随地都有可能炸裂的命运；我沸腾的血液在指尖颤抖，在太阳穴突突直跳，在喉咙翻涌，最后在前额塞住不动。我忽然就从多年的情感冷漠中解脱了出来，一下跌入了灼人的狂热之中。我觉得现在必须敞开心扉，用一句话，或者一个眼神，昭告天下，一吐为快，释放身心，沉湎不醒，化身普通老百姓，摆脱原来那个自己。不管怎样，我必须把自己从沉默的坚硬外壳中解救出来，这层壳已经将我与温暖、奔涌、鲜活的元素隔开太久了。几小时过去了，我一句话都没有说，一个人的手都没有握过，一个问询、关切的眼神都没有感受到。经过那一系列事情的震撼，我心里反抗沉默的躁动越积越多。我在成千上万人之间飘摇，温暖的体温和交谈的话语从四面八方而来，冲刷着我，丰富多彩的生活用它盘绕的动脉将我紧紧缠住——我从未像此刻一样，感到如此亟须交谈分享，需要有一个人在我身边。我仿佛一个漂在海上即将渴死的人，看见——每看一眼，都是在加剧我的痛苦——每分每秒，左右两边的陌生人稍一接触，就如汞珠嬉戏着汇成一团似的结伴而行。我看到小伙子和陌生的姑娘擦肩而过，刚开口搭讪说了第一句话就挽上了人家的手臂。我看到大家是如何找到彼此，走到一起的：只需旋转木马前的一声问候，擦肩而过时的一个眼神，就足以让几个陌生人开启一段谈话，几分钟后或许他们又会散开，但这样的联结、结合、交谈,恰是现在我每一条神经都在炽热地向往着的。看着这些,我羡慕得要命。纵然我在社交场合如鱼得水,十分健谈,广受欢迎,形象良好,但我还是吓得魂不附体,羞得不敢和任何一个丰乳肥臀的女仆搭讪,生怕对方嘲笑我。甚至如果有人偶然看了我一眼,我都会垂下眼睛,心中却充满了想与他说一说话的渴望。我到底想要从别人那里得到什么?我自己都说不清,可我就是再也无法孤身忍受激情灼烧之苦了。但是大家的目光都是在我身上扫一眼就过去了,每道目光都从我这里滑过,却没有人想要深入感知我。有一回,一个十一二岁、衣衫褴褛的男孩走到我附近。在灯光的映照下,他的目光炯炯有神,是那样渴望地久久凝视着摇摆转圈的木马。他薄薄的嘴唇张开着,仿佛在企盼。显然,他没有钱上去坐一坐,只能从其他人的高喊和欢笑中感受快乐。我用力向他挤过去,问道——哎,我的声音为什么抖个不停,尖厉得简直可以用刺耳来形容?——"不想上去骑一骑吗?"他抬起头,怔住了——为什么?为什么!——他一下子面色绯红,一句话也没说,慌慌张张地跑开了。就连一个赤脚的穷小孩都不想靠我帮忙获得快乐!我想,自己一定是有什么非常奇怪的特点,让我无法融入任何地方,而是如同一滴浮在流水上的油花,在密密麻麻的人群中游离独立。

但我没有放弃——不能再一个人待下去了。我的双脚在沾满灰尘的漆皮鞋里灼痛,喉咙被腾起的烟雾熏哑。我环顾四周:人流如织的小巷左右两侧矗立着几家饭店,仿佛绿色小岛,饭店里铺着红色的桌布,摆着原木的长凳,上面坐了几个人,他们面前摆着几杯啤酒,手里架着充满周日气息的弗吉尼亚雪茄。我被眼前的景象深深吸引：在这里，几个陌生人坐在一起聊天，与四周狂热的气氛比起来，此处倒算比较安静。我走进店里，一张桌子一张桌子地看过来，最后找到一张桌子，边上坐着一户市民阶级人家，那是一个胖墩墩的手工业师傅带着妻子和两个活泼的小女孩，还有一个小男孩。他们跟着节奏摇头晃脑，聊天说笑，那种怡然自得、逍遥自在的神情感染了我。我礼貌地向他们问好，走近一把椅子，问是否可以坐在这里。他们的欢笑声戛然而止，沉默了片刻，似乎都在等别人先表示同意。然后，那位妻子带着几乎惊愕的神情慌忙说："请便！请便！"我坐了下来，桌上立马陷入了令人难受的沉默。我随即感觉到，自己坐在这里，一下就破坏了他们无拘无束的好心情。红格子桌布上油腻腻地粘着盐和胡椒粉，我都不敢把视线从上面移开，但我感觉他们全都在用诧异的目光看我。我立马意识到——可是已经太晚了！——自己穿的是德比套装，戴的是巴黎大礼帽，青灰色的领带上镶嵌着珍珠，在这种面向仆人的饭店里，我显得太过优雅了，高贵的气质、奢华的香水立刻给我引来了充满敌意和不解的目光。那一家五口的沉默压得我越发喘不过气来，我带着苦涩的绝望，一遍又一遍地数着桌布上的红格子，羞耻感将我紧紧缠住，我不敢突然起身离开，也不敢抬起自己写满尴尬的眼睛。终于，服务员来了，端上一杯沉甸甸的啤酒，我这才稍稍得到了解脱。有了酒，我终于能挪动一下手，趁着喝一口的当儿，战战兢兢地沿着酒杯边缘瞟一眼那些人。讲真的，他们五个都在看我，虽然不带恨意，却有一种无言的诧异。他们意识到，眼前这个人闯入了自己沉闷的世界。他们以其天真的本能感觉到，我来这里是想索取或寻找什么不属于我那个世界的东西，驱使我来到这里的不是爱情，不是兴趣，不是简单想来享受一下华尔兹、啤酒，或者在周日安安静静坐一坐的感觉，而是某种他们无法理解、抱有怀疑的欲望，这就好比旋转木马前的小男孩不相信我的馈赠，好比外面的纷纷扰扰中，千百个不知名的人下意识地怀着敌意，对我的优雅高贵、彬彬有礼避之不及。而我却觉得，如果现在能和他们说上一句不怀恶意、简简单单、发自内心、真正有人情味的话，旁边那位父亲或者母亲就会来搭腔，两个小女孩就会冲着我撒娇微笑，我还能带着那个小男孩一起去小摊上玩射击，和他共享童趣。五分钟或十分钟以后，我就能挣开自己的束缚，投入小市民聊天的轻松氛围中，得到稳稳的，甚至恭维的亲密——但就算是这么简单的一句话，开启一段交流的第一句话，我都找不到。一种虚假、愚蠢，却又强得能压倒一切的羞耻感扼住了我的喉咙。我垂下眼睛，像个罪犯似的坐在属于这些普通老百姓的餐桌旁。想到自己的强行出现打扰到了他们周日最后的快乐时光，我就沉浸在痛苦之中。靠这样硬着头皮坐在那里，我为这么多年来所有的冷漠傲慢忏悔。在那些岁月里，我与成千上万张这样的桌子擦肩而过，从成千上万个兄弟般亲切的普通人身边，看都不看一眼就走了过去，满脑子想着在那个狭小的高贵圈子里博偏爱、求成功。我觉得，在我心里那条通向他们的平坦大道，那些与他们交流的不带偏见的语言，早已被封进了一堵墙，而在眼下这种被人抛弃的时刻，我恰恰最需要它们。

在今天之前，我一直自诩自由逍遥，现在却痛苦地蜷缩着坐在那里，一遍又一遍地数着桌布上的红格子，直到服务员过来才敢抬眼。我把他喊住，结了账，站起来，礼貌地打了声招呼，面前是几乎没喝的酒。众人友好而惊讶地也向我道了谢。我不用回头就知道，现在只要稍稍向他们展示一下自己离去的背影，气氛就立刻会重新变得活跃起来。我这个异类一被排除出去，其乐融融的聊天圈子就会立刻成型。

我再次投身人群的旋涡，只不过现在更加贪婪、火热、绝望。刚刚那段时间里，遮天蔽日的大树下，人群已经松散开了一点，不再像之前那样密密麻麻地推来搡去，拥向旋转木马的光环里去了，更多人现在来到了广场的最外围，影影绰绰地快步行走。原先那人群中翻涌的、低沉的、喷发着欲望的声音，现在也被分割成了许多细小的碎片。每当猛烈而粗暴的音乐从不知何处乍起，仿佛要把逃离的人们再拉回来，这些声响就会被压抑下去。现在，另一幅场面展现在我眼前：孩子们拿着气球和彩色纸屑走在回家的路上，先前从四面八方拥来的一户户人家也已经离开了。现在随处可见酩酊大醉的酒鬼在怪叫，颓废堕落的小伙子从侧面巷子里游荡出来，仿佛在寻找什么。就在我被钉在那张陌生人的饭桌上的一小时里，这个稀奇古怪的世界沦落至平平无奇。不过，与先前那种资产阶级其乐融融的周日氛围比起来，我恰恰更喜欢现在这种幽幽闪着放肆、危险之光的气氛。我本能地嗅到，这里也有一种类似的热切欲望。看着这些行为可疑的社会弃儿大步流星地走着，我隐约看见了自己的影子：他们恐怕也正怀着悖动的心情，企盼在这里经历一次火花璀璨的奇遇，一场电光石火的刺激吧？即使是他们，那群衣衫褴褛的小伙子，游荡的步伐也是那样奔放、自由，我羡慕得要命。我站在旋转木马的柱子边，喘着粗气，迫不及待地想把沉默的压力、孤独的痛苦从体内排出去，却又动弹不得，无力呼喊，说不出一句话。我只是呆呆地站着，呆呆地凝望广场，看着它被周围反射过来的灯光照得一闪一闪。我就那样站在光明的小岛上凝视黑暗，傻傻地期待着有人被亮光吸引，会转过身来看我一眼。但每个人的眼睛都只是冷冷地从我身上滑过。没有人关心我，没有人解救我。

我，一个教养良好、举止优雅的社会名流，一个丰衣足食、自力更生，与这座拥有百万人口的城市里的精英为友的人，那天晚上在普拉特公园吱吱作响、不停摇晃的旋转木马前站了整整一小时；同一首跟跟跄跄的波尔卡，同一曲磨磨蹭蹭的华尔兹，同一批愚蠢的彩色木马头从我身边旋转而过，而我犟头倔脑，出于一种非要命运服从自己意志的神奇感觉，就是一动不动地站在原地。我知道，但凡我试图向任何人描述和解释这件事情，对方都会觉得我疯了。我也知道，自己在那一小时里的所作所为是毫无意义的。但这份毫无意义的坚持里蕴藏了一丝紧张，是一种浑身肌肉陡然收紧的感觉，大部分人可能只有在高空坠落或者临死之际才能体会到。我空虚的往日生活一瞬间全都朝我涌了回来，塞满整个胸腔，一直堵到嗓子眼。我想留在这里，站着不动，直到有人能和我说句话或给我一个眼神来将我拯救，这种毫无意义的妄想深深折磨着我，可这种折磨却也让我感到享受。我以站在那里的方式赎罪，不过，与其说是在赎盗窃罪，不如说是在赎将往日人生过得乏味、冷漠和空虚之罪。我发誓，在看到命运宽恕我的征兆之前，绝不离开。

斗转星移，夜色渐浓。小摊上的灯一盏接一盏地熄灭了，黑暗于是如涨潮般向前涌去，吞没草坪上的光点。我所伫立的这座明亮的小岛越来越孤独，我看了一眼手表，人已经在颤抖了。再过一刻钟，斑斑驳驳的旋转木马就要停下了。它们痴呆的脑门上，那些红红绿绿的灯泡即将熄灭，兀自欢奏的管风琴声即将消失。然后，我就将陷入彻头彻尾的黑暗，在树叶沙沙作响的静夜里独自站立，全然被世界排挤在外，沦为弃儿。我眺望那片昏暗广场的眼神越发不安。现在，非常难得才能看到一对归家的情侣步履匆匆，或者是几个喝得醉醺醺的小伙子跟跟跄跄走过。可是在那里，在阴暗中，仍有隐藏的生命在微微颤动，躁动不安，拨人心弦。有时，几个男人路过，黑暗中就传出轻轻的口哨声或者砸嘴声，他们于是会被这种招呼吸引，转身走入黑暗。接着，阴影里就会传来女人的窃窃私语声。有时，一阵风吹过，带出丝丝尖锐的笑声。渐渐地，在黑暗的边缘，在广场的明亮光束照不到的地方，笑声变得更加肆无忌惮，可过路人中，一旦有警察的尖角头盔在路灯的光线下一闪，那笑声就立马缩回黑暗深处。然而，警察继续巡逻，刚走远些，那些幽灵般的影子就又出来了。现在，人潮退去，而她们，夜世界最后的渣滓，残存的烂泥，又胆大包天地离灯光那么近，我已经能清清楚楚地看见她们的轮廓了：那是几个妓女，一群世界上最贫穷、最受排挤的人。她们没有属于自己的床铺，白天动的心情,企盼在这里经历一次火花璀璨的奇遇,一场电光石火的刺激吧?即使是他们,那群衣衫褴褛的小伙子,游荡的步伐也是那样奔放、自由,我羡慕得要命。我站在旋转木马的柱子边,喘着粗气,迫不及待地想把沉默的压力、孤独的痛苦从体内排出去,却又动弹不得,无力呼喊,说不出一句话。我只是呆呆地站着,呆呆地凝望广场,看着它被周围反射过来的灯光照得一闪一闪。我就那样站在光明的小岛上凝视黑暗,傻傻地期待着有人被亮光吸引,会转过身来看我一眼。但每个人的眼睛都只是冷冷地从我身上滑过。没有人关心我,没有人解救我。

我,一个教养良好、举止优雅的社会名流,一个丰衣足食、自力更生,与这座拥有百万人口的城市里的精英为友的人,那天晚上在普拉特公园吱吱作响、不停摇晃的旋转木马前站了整整一小时;同一首跟跟跄跄的波尔卡,同一曲磨磨蹭蹭的华尔兹,同一批愚蠢的彩色木马头从我身边旋转而过,而我犟头倔脑,出于一种非要命运服从自己意志的神奇感觉,就是一动不动地站在原地。我知道,但凡我试图向任何人描述和解释这件事情,对方都会觉得我疯了。我也知道,自己在那一小时里的所作所为是毫无意义的。但这份毫无意义的坚持里蕴藏了一丝紧张,是一种浑身肌肉陡然收紧的感觉,大部分人可能只有在高空坠落或者临死之际才能体会到。我空虚的往日生活一瞬间全都朝我涌了回来,塞满整个胸腔,一直堵到嗓子眼。我想留在这里,站着不动,直到有人能和我说句话或给我一个眼神来将我拯救,这种毫无意义的妄想深深折磨着我,可这种折磨却也让我感到享受。我以站在那里的方式赎罪，不过，与其说是在赎盗窃罪，不如说是在赎将往日人生过得乏味、冷漠和空虚之罪。我发誓，在看到命运宽恕我的征兆之前，绝不离开。

斗转星移，夜色渐浓。小摊上的灯一盏接一盏地熄灭了，黑暗于是如涨潮般向前涌去，吞没草坪上的光点。我所伫立的这座明亮的小岛越来越孤独，我看了一眼手表，人已经在颤抖了。再过一刻钟，斑斑驳驳的旋转木马就要停下了。它们痴呆的脑门上，那些红红绿绿的灯泡即将熄灭，兀自欢奏的管风琴声即将消失。然后，我就将陷入彻头彻尾的黑暗，在树叶沙沙作响的静夜里独自站立，全然被世界排挤在外，沦为弃儿。我眺望那片昏暗广场的眼神越发不安。现在，非常难得才能看到一对归家的情侣步履匆匆，或者是几个喝得醉醺醺的小伙子跟跟跄跄走过。可是在那里，在阴暗中，仍有隐藏的生命在微微颤动，躁动不安，拨人心弦。有时，几个男人路过，黑暗中就传出轻轻的口哨声或者砸嘴声，他们于是会被这种招呼吸引，转身走入黑暗。接着，阴影里就会传来女人的窃窃私语声。有时，一阵风吹过，带出丝丝尖锐的笑声。渐渐地，在黑暗的边缘，在广场的明亮光束照不到的地方，笑声变得更加肆无忌惮，可过路人中，一旦有警察的尖角头盔在路灯的光线下一闪，那笑声就立马缩回黑暗深处。然而，警察继续巡逻，刚走远些，那些幽灵般的影子就又出来了。现在，人潮退去，而她们，夜世界最后的渣滓，残存的烂泥，又胆大包天地离灯光那么近，我已经能清清楚楚地看见她们的轮廓了：那是几个妓女，一群世界上最贫穷、最受排挤的人。她们没有属于自己的床铺，白天睡在床垫上,一到晚上就开始不安分地游荡。为了小小一块碎银子,她们就能在黑暗中的随便某处向任何人献出自己被人"用坏"、饱受凌辱、骨瘦如柴的身体。她们永远在被警察追捕,被饥饿的本能或者一些无赖驱赶,永远在黑暗中游荡,既是猎人,也是猎物。她们像饿狗一样朝着灯火通明的广场一路嗅过去,搜寻男人的气息,寻找被遗忘抛弃的人。她们可以通过赐予男人欢乐来骗得一两个克朗,好去平价咖啡馆里买一杯热红酒,维系一下黯淡无光的生命之火,反正这点火苗很快就要在医院或监狱里熄灭了。她们是渣滓,是周日人群膨胀性欲的最后臭水——我怀着无限的恐惧,看着这些饥饿的身体如幽灵般地从黑暗中冒出来。但即使是在这种恐惧中,我仍感受到一种神奇的快感。因为即使是站在这样一面肮脏透顶的镜子面前,我仍能辨认出那些被我遗忘的东西,那种沉闷含糊的感觉:这是一个深不可测的沼泽世界,很多年前我就已经走过,现在它又闪着幽幽的磷光回到我的记忆中。这个奇妙之夜忽然在我面前展开了画卷,让我这游离世外的人一下打开了封闭的心灵,过去那些最黑暗的东西,人性中最隐秘的部分在我心里瞬间全都展现出来!隐约有一阵感觉袭来,童年的碎片重回我的脑海:怯生生的目光忍不住好奇被吸引过去,不安地紧盯着那样一具身体。我想起了那样一个时刻:我第一次跟着一个女人,踩着吱吱作响、阴冷潮湿的楼梯,上了她的床——突然间,仿佛一道闪电劈开了夜空,那段尘封时刻里的每一个细节都清清楚楚地展现在了我的眼前:挂在床头的俗气油画,戴在她脖子上的护身符。我感受到了那时的每一丝肌肉纤维,那混沌不清的性冲动,反感厌恶的本能和少年破处的骄傲。这一切都在一瞬间涌遍了我的全身。我忽然觉得头脑无比清晰——该如何描述啊，这种无穷感！——一下子全明白了：我对她们充满了如此炽热的同情，正是因为她们是生活最后的渣滓。经过刚刚犯罪行为的刺激，我的本能让我发自心底地感受到了这种饥不择食的渴望。这种感觉和我在那个奇妙之夜的状态是多么相似，也是带着一样的犯罪冲动，接受每一次触碰，拥抱每一个碰巧与我擦肩而过的陌生欲望。我仿佛被一块磁铁吸引住了，装着赃款的钱包忽然开始在我胸前灼灼燃烧。我终于感觉到，黑暗中有生命，有人，是柔软的、会呼吸、会说话的人，或许他们也想从我这里得到点什么，而我恰恰在一门心思地等待着奉献自己，在想要接触他人的狂热意愿中心急如焚。我一下子明白了驱使男人去找妓女的动力是什么：不只是因为热血沸腾，不只是因为欲望膨胀，更多的是因为害怕孤独，恐惧那种可怕的陌生感。这种恐惧在你我之间早已堆砌如山，而我只是今天恰巧引爆了情绪，第一次将其察觉。我还记得上一次出现这种沉闷的感觉是在什么时候：英国，曼彻斯特，一座钢铁之城。昏暗无光的天空下，嗡嗡的噪声四起，一如城市地下的铁路，而与此同时，四周弥漫着孤独的冰雾，透过毛孔直刺入骨髓。我在那边的亲戚家住了三周，每到夜晚，就只身徘徊于酒吧、俱乐部，一次又一次地出入金光闪闪的音乐厅，只为了感受一丝温暖的人气。有一天晚上，我觅得这样一个人，她满口的乡音俗话我根本听不懂，可转眼间，我就和她置身于一个房间里，从对方陌生的嘴唇里啜饮着欢笑，温暖的身体近在咫尺，写尽了人世间的亲近与柔软。再一转眼，一切又都消融了，冰冷黑暗的城市，暗淡嘈杂的孤独空间，只有一个不认识的人站在那里，等待每一个走来的人，准备将其融化，化开一切冰封的慰藉。等一切结束以后，就又能自由地呼吸了，即使身处钢铁地牢，也能感受到生命的微光。对那些孤苦无依，被深深禁锢在自己内心的人来说，能知道，甚至只是微微预感到，自己的恐惧还有一根救命稻草，纵使她已经被不知多少双手玷污，纵使她已经人老珠黄、目光呆滞，纵使毒锈已经将她侵蚀，但至少还可以紧紧抓住——知道这一点是多么美妙！而我在最孤独的时候，恰恰把这件事忘得干干净净。那天晚上，我跌跌撞撞摆脱孤独的时候，完全忘记在最后的某个角落，总有最后的人仍在等待，等着每一次机会以奉献自己的身体，等着用她们的喘息排解每一分孤寂，等着通过平息每一股燥热来换取一小笔报酬。可她们时刻准备着，把自己生而为人最大的礼物拿出来，在这样巨大的付出面前，那一小笔报酬永远显得太过微不足道。

身边的旋转木马再次嗡嗡地奏响了铜管乐。最后一圈了，等这黑暗中盘旋的最后一束光熄灭，周日就将结束，沉闷的一周又将开始。可是没有人再来了，木马在疯狂地空转；售票处满脸疲态的女人一通乱抓，计算着当天的收入；跑腿的小男孩拿来了钩子，准备等最后一圈转完，就把咔咔作响的百叶片拉下来遮住小摊。只有我，只有我一个人，还站在那里，倚着柱子，望着空空荡荡的广场。广场上又有些蝙蝠般翩翩飞舞的身影掠过，和我一样在寻寻觅觅、苦苦等待，可陌生却在我们之间隔开了一段难以逾越的空间。不过就在这时，其中一人肯定是注意到了我，因为她慢慢朝这儿走来，走得很近了，我才能垂下眼睛看清她的样子：身材小小的，瘸了腿，应该是患有佝偻病；没戴帽子，身穿毫无品位的艳俗又廉价的轻便女服，裙摆下露出一双已经穿烂了的舞鞋。她浑身上下一整套衣服可能都是从小摊贩或者收废品的人那儿一件件入手的，一开始就破旧不堪，又时常风吹雨淋，或者在草地上做爱时被压在身下。她挪过来，脸上带着谄媚的微笑，在我身边停下脚步，尖锐的目光如鱼钩一般抛向我，微微一笑以示邀请，露出一口坏牙。我一口气没喘上来，动弹不得，不敢直视对方，又逃不掉：我好像被催眠了，感觉眼前有一个人满眼觊觎地在围着我转，想要得到我。我只需讲一句话、做一个手势，就终于能摆脱这种可怕的孤独、被人遗弃的痛苦。可我丝毫无法动弹，就像靠在身后的那根柱子一样木然，在某种淫欲的感觉中晕晕乎乎的。当时，旋转木马的乐曲已经拖着疲惫的步伐蹒跚而去了。我只觉得，她近在咫尺，想得到我。我稍稍闭了一会儿眼睛，感受着这种来自黑暗世界的人性磁力涌遍全身。

　　旋转木马停了下来，华尔兹舞曲哽咽了一声，发出了最后的呻吟。我睁开眼睛，恰好看见身边那人转身要走。显然，在一个木头人身边等待，她已经觉得烦了。我心中一惊，浑身发凉。在这个奇妙之夜，她是唯一一个向我走来、向我敞开心扉的人，我怎么就让她走了？身后的灯光灭了，百叶片哗啦啦落下。一切都结束了。突然——啊！这股忽然在心中喷发的热浪，我该称之为什么？又当如何描述？——突然之间——是的，它就是来得那么猝不及防，那么热烈滚烫，那么鲜红夺目，就仿佛胸中有一根动脉瞬间爆裂——忽然之间，我这个骄傲自大、不可一世，被深深禁锢在冷酷的社会尊严中的人，心中爆发出了一个幼稚的，但对我来说又是胆大包天的愿望，像无声的祈祷，像一阵痉挛，又像一声哭喊：我希望那个脏兮兮的患佝偻病的小妓女能回一下头，让我能和她说上两句话。我没有追上去，不是因为自己太过骄傲——我的骄傲早就被新的感情碾得粉碎，践踏在地，冲刷干净了——而是因为我太过软弱，不知所措。我就呆呆地站在那里，浑身颤抖，支离破碎，仿佛孤身一人立于黑暗的刑柱。自少年时代以来，我就从未像这样等待过，只有一天傍晚，我站在窗前，恰好看到一个陌生女人开始慢慢脱衣服，全程都在犹豫、迟疑，直到她在不知不觉中脱得一丝不挂。——我站在那儿，用自己都认不出来的声音对天呼喊，希望奇迹能出现，希望那个残疾的小妓女，那个人类最后的渣滓能再来试我一试，再次向我投来目光。

然后——她转身了！她又一次转过来，机械地看了我一眼。而我大概是反应太大了吧，紧张在眼睛里跳得那么剧烈，惹得对方停下脚步仔细观望。她又晃晃悠悠地半转过身，透过黑暗看着我，微微一笑，点头示意，邀我去广场对面的阴影处。终于，我觉得体内那道可怕的僵硬魔咒渐渐解开了，人又可以动了，于是也点了下头表示答应。

无形的约定已经达成。现在，她走在前面，穿过昏暗的广场，不时转过身来，看看我有没有跟上去。我跟在后面，膝上如铅般沉重的分量消失了，双脚又能活动了。仿佛受到一股磁力的吸引，我走路的时候是没有意识的，而几乎是被浪潮推着似的跟在她后面，就像是有种神秘的力量在做牵引。走入小巷的黑暗处，她在几个小摊位之间放慢了脚步。现在，我就站在她的身边。

她盯着我看了几秒，细细审视着，眼里充满了不信任：有什么东西让她感到不安。显然，我站在那里表现出了异常的羞涩，再加上场地的鄙陋和我优雅的气质形成了巨大反差，这让她产生了些许疑虑。她几番环顾四周，犹豫不决。随后，她指了指好比矿山峡谷一般漆黑的巷子延伸段，说："我们去那边吧。马戏团后面，很黑。"

我无法给出一点回应。这次相遇的环境鄙陋得吓人，我都麻木了。我多想挣脱开去，花一点小钱，找一个借口，买一个自由。但我已经不受意志控制了，我仿佛坐在一架雪橇上，在弯道处打滑，正从陡峭的雪坡上呼啸而下，对丧命的恐惧与速度带来的快感交织。我感到一阵爽快，没有拉刹车，而是带着踉跄却又清醒的无力感，任凭自己坠下山崖。我回不去了，或许，也根本不想回去。哦，她亲密地贴到了我的身上，我不由自主地去抓她的胳膊。那条胳膊非常瘦弱，不像是个成年女人的，倒更像是一个患了淋巴结核、发育不全的小孩的。我刚隔着那件薄薄的大衣感受到这条手臂，想起今夜，这个深受践踏的可怜生命被命运的潮流冲到了我的面前，纵然我还是十分紧张，仍有一种柔软、泛滥的怜悯涌上我的心头。我的手指不禁开始抚摸她羸弱病态的关节，我还从未如此纯粹、如此敬畏地抚摸过哪个女人。我们穿过一条灯光黯淡的街道，走进一片小树林，巨大的树冠将一片沉闷、散发着恶臭的黑暗紧紧包裹在其中。此时虽然已经很难看清她的轮廓了，但我注意到，她非常小心地挽着我的手臂转了个身，走了几步，又转身看了一眼。真是奇怪，我滑入这场肮脏的艳遇，既感觉迷迷糊糊，又觉得五官六感无比清晰，甚至闪出火花。我忽地心明眼亮，什么都逃不过我的眼睛，什么动静都被我抓得一清二楚。我注意到，在走过的小路边，有一个影子正悄悄尾随着我们，我还似乎听到了蹑足潜行的脚步声。倏地，仿佛一道白茫茫的闪电划过大地，我感觉到了，我什么都明白了：我被诱进了一个圈套，这个妓女的皮条客就潜伏在身后，她现在正把我引向一个黑暗中约定好的地方。一到那儿，我就会沦为他们的猎物。只有在生死攸关的时刻才会有如此清晰的头脑。我凭借这种超脱人间的清醒，把一切情况尽收眼底，把一切可能性全都在脑子里过了一遍。还有时间逃跑，大路一定就在附近，因为我听见电车在铁轨上咣当咣当地行驶。只需一声高喊或一个口哨，就能喊人来相救。一时间，各种逃跑方案和获救可能在我脑中像图片一样，一张张清晰地闪过。

可是很奇怪，意识到这样骇人的事情压根没有让我冷静下来，反而头脑更加发热。事到如今，在这秋日的清晨，我彻底清醒了，才发现自己完全无法解释当时的行为怎会如此荒谬：我知道，我的每一根肌肉纤维都立刻反应了过来，自己正在踏入毫无必要的危险中去，但那种预感好似一种无孔不入的疯狂，在我的神经中涓涓流淌。我知道，有一件令人作呕的，甚至可能是夺我性命的事情正在前方等着我。想到自己莫名其妙地被卷入一场犯罪事件，多出一段卑鄙又肮脏的经历，我厌恶得浑身颤抖，但那种从未体验过、从未想象过的醉生梦死充斥着我的大脑，仿佛给我下了魔咒，甚至死亡在我眼里都成了一种阴森的奇迹。是羞于表现出恐惧吗？还是因为软弱无能？总之，有某种东西在推着我向前走。它诱我跌入生命最后的阴沟，在一天之内挥霍掉过去所有的日子，大胆冒险的精神愉悦混入了无耻下流的奇幻艳遇。尽管我的每一条神经都感觉到了危险，尽管感官和理智也都有了清晰的认知，但我还是挽着那个脏兮兮的普拉特妓女，继续朝树丛深处走。而她的肉体，与其说诱惑着我，倒不如说让我反感排斥，因为我知道，她把我引到这里来，仅仅是为了让同伙好下手。但我回不了头了。从下午在赛马场有了那番奇遇开始，罪犯特有的引力就附到了我身上，扯着我一点点往下坠落。而我只感到沉醉，只感到越坠越深，头晕目眩，也许到最后，就是死亡吧。

走了几步，她停了下来，再次游移不定地瞟了一眼四周，然后期待地看着我："那……你有什么可以给我的吗？"

对！我怎么把这事给忘了？可这个问题也没让我清醒过来。恰恰相反，我很高兴能送她点东西，给予点什么，把自己有的挥霍光。我急忙伸手摸口袋，抓出所有银子和几张皱巴巴的钞票，全部抖到她张开的手上。这时，不可思议的事情发生了，至今想起来，我仍觉得热血沸腾：要么是这个可怜人对这笔巨款感到惊讶——毕竟，她已经习惯了别人用一小笔钱来给她肮脏的服务当报酬——要么就是我给予的方式太欢快、太干脆，甚至有点喜悦，让她感到不寻常，没见过，她竟后退了一步。透过散发着恶臭的浓浓黑夜，我感觉到她在极为惊讶地审视我。终于，我获得了自己在那个夜晚渴望已久的感受：有人关心，有人寻找。有生以来，我第一次为这个世界上的某一个人而活。而正是这个社会最边缘的弃女，像拖着一件商品一样拖着自己被人用坏的身体穿过黑暗，之前看都没有正眼看过我这个买家一眼，就把身子往我身上贴，现在睁大眼睛直勾勾地盯着我，问候活在我心里的那个人。我奇怪的陶醉感于是更深了，觉得既清醒，又迷茫；既有意识，又无可救药地融化在神秘的昏沉中。这个陌生女人现在朝我靠了过来，但不是在"公事公办"地单纯拿钱干活，我能感觉到，她带着一种下意识的感激，还有女人想要与人亲近的意愿。我轻轻地抓住她的手臂，那条像小孩一样瘦弱的佝偻病患者的手臂，感受她残疾弱小的身躯，忽然看见了她的整段生命：看见她在郊区院子里租了一张油腻腻的床铺，从早到晚睡在一群陌生小孩之间；看见皮条客死死勒住她的脖子；看见醉汉打着嗝，在黑暗中扑到她的身上；看见有人把她带去医院某个病房；看见在一个大教室里，她饱受摧残的身体被扒得精光，病恹恹地躺在台子上，给一帮厚颜无耻的年轻学生当教学对象；最后，在家乡的不知哪个地方，人们把她丢在那里，任其像野兽一样自生自灭。我对她，对像她一样的所有人产生了无穷的同情，这种温暖、温柔、却不掺杂一丝情欲的感情涌上心头。我一次又一次地抚摸她瘦弱的胳膊，随后弯下腰吻了她一下。她惊惶万分。

这时，身后一阵沙沙作响。是一根树枝被折断了。我向后一跳，一个肥胖粗俗的男人哈哈大笑："终于被我抓到了。我一下就想到了。"

看都不用看，我就知道他们是谁了。即使是在昏昏沉沉之间，我也一秒都没有忘记四周有人埋伏。甚至可以说，我神秘又清醒的好奇心一直在期待着他们的出现。一个身影从灌木丛里钻了出来，身后还跟着另一个：两个粗野的小伙子放肆又挑衅地站了出来。粗俗的笑声再次响起："在那儿做出这种流氓行为，真不要脸。还号称体面人呢！来，我们现在来把他抓个现行。"我一动不动站在原地，血液涌向太阳穴，咚咚直跳。我并没有感到害怕，只是在静观其变。现在，我终于算是坠入深渊了，跌下了卑鄙下流的最后一道悬崖。这下，冲击躲不掉了，崩裂逃不开了，我半梦半醒去迎和的结局终于要来了。

小妓女从我身边逃开，却没有跑向他们那边，于是夹在了当中。看起来她对这种早有预谋的袭击并不喜欢。见我无动于衷，那两个小伙子又开始生气了。他俩面面相觑，显然在期待我奋起反抗、哀声求饶或者至少面露惧色。"啊哈，他什么都不肯说。"其中一人终于开口威胁道。另一人逼近过来，以命令的口吻说道："跟我去警察局一趟！"

我一直默不作答。一个人把手臂搭在我的肩膀上，轻轻推了我一把："走啊！"

我迈开脚步，没有反抗，因为我不想反抗：如此荒唐，如此下流，如此危险，我都麻木了。而我的大脑仍然十分清醒，我知道，这两个家伙肯定比我更害怕警察，而且我稍微花几个克朗，就能买一条生路。但我就是想尽情体验一把，这种丑陋的行径究竟能深到什么地步。我沉醉在头脑清醒的昏迷中，享受着他们可怕的羞辱，不慌不忙，机械地朝他们推我的方向走去。

不过，正是因为我一言不发，耐心地朝着灯光走，搞得那两人似乎有些迷惑了。他俩小声地议论起来，随后又突然开始故意大声说话。其中一个满脸麻子的小伙子说："要不让他走吧？"而另一个故作严厉地反驳道："不行，我不答应。如果他是像我们一样饭都吃不上的穷鬼，那得让他去蹲局子。但他是个体面的绅士——那就得罚款了。"每一个字我都听着，听出了他们希望我与其开启谈判的笨拙心愿。住在我心里的那个罪犯理解住在他们心里的罪犯，理解他们是想利用恐惧来折磨我，那我便用顺从来折磨他们。这是一场双方无声的较量——哦！今夜是多么丰富多彩！——我感觉到，在这致命的危险中，在普拉特臭气熏天的树丛里，在恶棍和妓女之间，只过了短短十二小时，我却又一次感受到了赌博的狂热魔力。只不过现在我孤注一掷，赌上了整个资产阶级的尊严，甚至赌上了自己的性命。神经颤抖着，紧绷欲断，我奉上了全部的力量，屈服于这次豪赌、这场奇遇闪着火花的魔力。

"啊哈，警察已经来了。"身后传来一个声音，"肯定不会有他什么好果子吃，这个体面人啊，怎么也得蹲一周大牢！"他说这话的时候，听起来应该是恶狠狠的，充满威胁的，可我却听出了害怕、心虚的味道。我平静地走向有灯光的地方，警察的尖角头盔确实在那儿闪出一道光。再走二十步，我就一定能站到他面前了。身后那两个小伙子已经不说话了。我注意到，他们越走越慢。我知道，下一秒他们就会懦弱地潜回黑暗，潜回他们的世界，为恶作剧失败而耿耿于怀，或许还会把怒气撒在那个可怜的妓女身上。赌局结束了：今天，我又一次——第二次赢得了胜利，又一次重创了陌生人的邪念。头顶上，一圈苍白的灯笼闪烁不定。我转过身，头一回看清了那两个小伙子的脸：两人愤懑不已，游移的眼神中隐隐透着羞惭。他们沮丧又失望地停下了脚步，准备跑回黑暗，因为之前那股劲已经没了，现在，换作他们害怕我了。

那一刻，我突然对这两个人产生了兄弟情义般无限的怜悯。就仿佛一瞬间，内心的骚动冲破了胸中所有的桎梏，炽热的感情涌遍了周身的血液。他们方才想从我身上得到什么？这两个饥寒交迫、衣衫褴褛的可怜男孩，究竟想从我这个终日饱食的寄生虫身上得到什么？恐怕就是寒酸的几克朗吧？他们本可以在黑暗中掐住我的喉咙，把我洗劫一空，把我杀人灭口，但他们没有，而只是试着以一种半生不熟的笨拙手段来吓唬我，来得到我口袋里随意装着的一点碎银子。我，一个一时兴起、无耻狂妄的小偷，心血来潮的罪犯，怎么敢折磨他们这两个可怜的穷鬼？想到自己为了高兴，还玩弄他们的恐惧，以他们的焦虑为乐，我无限的羞愧里就添入了无尽的同情。于是我振作起来：现在，就是现在，趁我在附近街道灯光的保护下还算安全，我现在就得听从他们的使唤，消解他们苦涩、饥饿的目光里透出的失望。

我突然转过身，朝其中一人逼近："为什么要告发我？"我尽力在语气里挤出一丝恐惧的气息。"是想借此得到什么吗？我或许会被抓进去，或许不会，但都对您没什么好处。为什么要来毁了我的人生？"

两个人尴尬地瞪着眼看我。他们本以为自己什么都料到了，以为我会大吼大叫，以为我会大肆威胁，逼他们像嘤嘤狂吠的狗一样跑开,却从没想过会是这样地顺从。最后,其中一人开口了,但完全不带威胁的语气了,只有抱歉的味道:"正义必须伸张,我们只是尽到自己的责任罢了。"

明显是为了应对这种情况硬背下来的话术,一听就知道不是真的。两人都不敢正眼看我了。他们在等待。而我也清楚他们在等什么:或许我会求饶呢?或许我会给他们钱呢?

那几秒里发生的一切,至今仍然清清楚楚地印在我的脑子里。我还记得每条神经的跳动,还记得躲在太阳穴后面抽搐的每一个念头,还记得自己当时第一个想到的恶念是什么:我要让他们接着等待,要让他们痛苦更久,好好尝尝被晾在一旁等待的滋味。但我很快控制住了自己,开始乞求,因为我知道,最终还是得帮这两个人消除恐惧。我开始演一场喜剧,表现出自己很害怕的样子,摇尾乞怜,求他们不要声张,别让我陷入悲剧的境地。我看着这两个半吊子的敲诈犯越发尴尬,感觉隔在我们之间的沉默逐渐松动。

最后,我终于说出了那句他们渴望已久的话:"我……我要不给二位……一百克朗?"

对面的两男一女同时愣了一下,面面相觑:开口就这么多,他们倒是从来没想过,更何况他们早就以为一切努力白费了。最后,满脸麻子、目光闪烁不定的那个终于缓了过来,开口两次,喉咙里却什么声音都发不出来。随后,终于——我可以感觉到他有点不好意思——他说道:"两百克朗。"

"停停停!"那个女孩忽然插了进来,"人家愿意给一点,你们就该知足了。他刚刚只碰了我一下而已,还什么都没干呢。你们真的太过分了!"

她简直是在愤怒地朝那两个小伙子大吼。我的心怦怦直跳——有人在同情我!有人在替我说话!卑鄙行径里开出了善良之花,敲诈勒索中升起了对正义模模糊糊的渴望。我多么幸福!这是对我内心的澎湃多么强有力的回应!不行,不能再玩弄人家了,不能继续用恐惧和羞愧折磨他们了:够了!够了!

"好,两百就两百。"

面前三人沉默不语。我掏出钱包,非常缓慢地当着他们的面打开,摊在手里。他们明明可以一把夺过去,遁入黑暗中,结果竟然害羞地别过头去。我与他们之间已经建立起了某种神秘的联系,不再是针锋相对和博弈较量,而是一种讲正义、重信任的关系,一种人性的关系。我从方才偷来的一叠钱里点出两张,递给其中一人。

"谢谢。"他下意识地说了一句,随即转身离开。显然,他自己都觉得离谱:这钱分明是敲诈勒索来的,居然还和对方说谢谢。他感到无地自容,而这种羞愧——啊!这一晚,世间百态在我面前展露无遗,我真是什么都感受到了!——让我感到压抑。我不希望有人在我面前自惭形秽,因为我,明明和他一样,是一个小偷,我软弱、怯懦、没骨气,与他别无二致!他的自卑蒙羞让我倍感煎熬,我要帮他摆脱这种心态。于是,我拒绝了他的感谢。

"是我该感谢你们。"我说道,连自己都惊叹于我的声音中竟跃动着如此真挚的情感,"如果你们告发了我,我就完了。我肯定非开枪自杀不可。这样的话，你们也什么好处都得不到。现在这么处理，确实更好。我打算往右边走了，你们要不往别的方向去吧。祝各位晚安。"

他们又沉默了一阵子，随后，一个人回了一句"晚安"，另一个人也接了一句，最后是那个完全隐没在黑暗里的小妓女。一切听起来都非常温暖，他们的告别是发自内心的，仿佛一个真诚的心愿。从他们的声音中，我可以感觉到，在其人性的某个黑暗深处，他们其实是爱我的，他们永远不会忘记这非同寻常的一刻。或许某天，他们进了监狱或医院，他们依然会想起这一刻：我的某些东西将在他们身上一直活下去，我赋予了他们一些意义。这种给予的宽容充满了我的内心，我从未有过这样的体验。

我独自穿越夜色，走向普拉特公园的出口。压在我心头的重负消失了，一种从未体会过的充盈袭上心头，我，这个迷失的人啊，随着这样的感受涌入整个无尽的世界。我感觉万物似乎只为我一个人而活，我又与一切流动的东西有了联系。四周的树木黑压压地将我包围，冲我发出沙沙的声响，这让我好生喜欢。头顶的星星洒下光辉，我将它们洁白无瑕的问候吸入胸中。不知何处响起了歌声，听起来似乎是在为我而唱。自从我打碎了裹在心上的硬壳，世间万物在一瞬间全都属于了我，给予的快乐、挥霍的快乐在我体内膨胀。哦！让别人快乐，再借他人之乐让自己快乐，是多么容易的一件事啊！只要敞开心扉，跃动的生命之流就会从一个人流向另一个人，从高处跌向低处，又从深处冒着泡，喷向无限广阔的天地。

出了普拉特公园的大门，我看见停车场旁边有个小贩，面带倦容，正在弯腰摆弄杂货。她的摊位上放着各种面包糕点，已经落满了灰尘，还有一些水果。她从早上开始就一直这样坐着，为了一点小钱，弓着身子忙忙碌碌，疲惫得腰都直不起来。我想，既然我都可以这么高兴，你为什么不能高兴一下呢？于是我拿起一块甜面包，放下一张钞票。她赶紧给我找零，但我已经继续往前走了，只是看着她幸福得怔在原地，缩成一团的身子忽然舒展开来，只有嘴巴惊得张大，冒着唾沫道出千恩万谢。我两指夹着面包朝马匹走去，它已经疲惫地挂在车杆上了，见我走来，它转过身，友好地朝我打了个响鼻。我摸了摸它粉色的鼻孔，把面包喂给它吃，它沉闷的目光中也流露出了感激。刚喂完马，就渴望再做点什么：我要创造更多快乐，要更多地感受几个碎银子、几张彩色纸钞能多好地帮人消解恐惧，抚平忧愁，点燃快乐。哎，附近怎么都没有乞丐？那边有个愁容满面、白发苍苍的瘸子，手里拿了一大捆彩线，上面拴着好多气球，正一瘸一拐地往家走。显然，这一天炎热又漫长，生意很糟糕，他失望极了。怎么都没有小孩想要一只气球呢？我走上前去："我要买气球。""一只十赫勒①。"他的语气中带着怀疑，毕竟午夜时分，这个四处闲逛的优雅绅士要这些彩色气球做什么？"我全要了。"说完，我递给他一张十克朗的纸币。他步履蹒跚地走过来，目瞪口呆地看着我仿佛看走了眼，然后颤颤巍巍地将一大把气球全都交到我手里。我感受着绳子在扯我的

---

① 赫勒：旧银币或铜币，在奥地利曾等于百分之一克朗。

手指：它们想要离开，想要自由，想要飞上天空。那便去吧，想飞往何方，就飞往何方，你们自由了！我松开绳子，气球一下飞入空中，化作一轮轮彩色的月亮。路人哈哈大笑着从四面八方跑来，小情侣从黑暗中走了出来，马夫把鞭子甩得啪啪响，互相大喊，手指天空，告诉大家自由的气球何时飞过树梢，何时飘向屋子，何时越过屋顶。所有人都喜笑盈盈地互相看着，从我喝醉了一般干的蠢事里找到了乐子。

唉！之前我怎么从来不知道，给予他人欢乐是多么轻松、多么美好的事情啊！顿时，钱包里的钞票仿佛又燃烧起来，在我的指间抽动，一如方才拴着气球的彩线——它们也想飞走，飞向未知的世界。我把它们夹在指间——无论是从拉尤斯那里偷来的，还是本来就属于我的，都一并取出，准备散出去，给任何想要的人。我走到一个扫大街的人身边。他正闷闷不乐地清扫着冷冷清清的普拉特大街，以为我是来问路的，便怏怏地抬起头看我。我朝他笑了一下，拿出一张二十克朗的纸币塞给他。他愣住了，一下没反应过来，最终还是接了过去，等着看我要对他发什么指令。而我只是冲着他微笑，留下一句"给自己买点好的吧"就走了。我边走边四下张望，看看有没有人想从我身上得到些什么。竟没人过来？既然这样，那我就主动给予吧。有个妓女上来搭讪，我就给她一张钞票；那里有两个点灯笼的工人，我便花出去两张；见到一家地下面包房开着天窗，我又往里丢了一张。就这样不停地走啊走啊，边走边散钱，留下一串惊奇、感激、喜悦。最后，我把剩下的钱一张一张地揉成团，往街上的空地上丢，往教堂的台阶上抛。想到明早那些干瘪的小老太做祷告的时候发现这几百克朗，对着上帝千恩万谢；想到一个穷学生、一个小女孩、一个工人在路上发现了这笔钱，诧异又高兴，正如我在这天晚上诧异又高兴地发现了自己，我就喜不自胜。

我说不清自己当时是在哪里，以什么样的姿态把这些钱，先从偷来的钞票开始，到最后把自己的银币一点点全都抛撒出去的。我似乎有点醉意蒙眬，仿佛射精一样畅快。当最后几张钞票飘走，我自己也感觉轻飘飘的，仿佛能飞起来，那是一种我从未有过的自由。街道、天空、房屋，万物在我眼中汇成一股洪流，我有了一种全新的感觉，仿佛它们为我所有，属我同类。即使是在生命中最火热的时刻，我也从未如此强烈地感觉过，所有东西都是真实存在的，所有东西都活着，我也活着，它们的生命与我的生命完全一样，都是伟大的、强劲的，有着享不尽的快乐。而这样的生命只有用爱才能领悟，只有奉献才能拥抱。

随即，最后的黑暗时刻降临了。我沉醉在幸福中，漫步回家，把钥匙插进门锁。通向我房间的走道一片漆黑。忽然，恐惧涌上心头：如果我走进那间属于"之前那个人"的房间，躺在"之前那个人"的床上，今晚好不容易断干净了的一切，现在如果又去恢复联系，那我岂不是又要回到从前的生活了？不行，绝对不能再变回原来的自己了，不能再做昔日那个万事正确、冷漠无感、与世隔绝的绅士了！我宁可坠入犯罪和恐怖的万丈深渊，那到底是生活的真实面目啊！我累了，累得难以言说，可又害怕睡意袭来，冲走这一夜用黑色的泥浆在我心中点燃的所有炽热、闪耀和生机;害怕整段经历如一场奇幻梦境一般,转瞬即逝,在指间溜走。

可第二天,新的早晨来临,我醒来依旧是如此兴高采烈。谢天谢地,那种波涛汹涌的感情丝毫没有消失。现在,那一晚已经过去四个月,而往日的僵化感再也没有回来过,我依旧能温暖地绽放,迎接每一天。当时神奇的醉意,也就是脚下突然失去了支撑,跌入未知的世界,一边坠落,一边感受速度带来的刺激与整段生命的深度令人眩晕地交织在一起——这种飘飘然的兴奋与激情,自然已经是过去式了。可自打那时起,我处处都能感受到它的存在,它活在我每呼吸一口都翻涌奔腾的热血中,它活在我每生活一天都刷新再现的欢乐中。我知道,我已经换了一个人,有了不同的感觉,不同的兴趣,更强的自我意识。当然,我不敢说自己变得更好了。我只知道,我变得更快乐了。因为我为自己全然冷却的生命找到了某种意义,而这种意义,除了"生命"这个词语本身,再也找不到任何别的词语来形容它。从那时起,我百无禁忌,因为一切社会规范和礼仪在我眼里都已经变得虚无缥缈,不论是在他人面前,还是在自己面前,我都不会再感到羞耻了。"荣耀""犯罪""伤风败俗",这些词忽然变得冰冷刺耳,我甚至做不到不带恐惧地说出类似的字眼。我活着,就是因为我能靠当时头一回感受到的神奇力量允许自己活着。我不会去问这股力量将带我走向何方:或许是全新的深渊,他人口中的"罪恶",又或许是极致的崇高。我不知道,也不想知道。因为我相信,只有把自己的命运活成一个谜,才算得上真正地活着。

可我从来没有——嗯，我百分之百确信——如此炽热地爱着生活。我现在明白了，任何人只要对生活无动于衷，不论以何种形式、何种姿态，都是一种犯罪，世间唯一的犯罪！自从开始理解自己，我也开始源源不断地理解其他事情：陈列柜前人们贪婪的目光能震撼我的心，小狗的蹦跳撒欢能让我心情大好。忽然间，我开始关注周围的一切，对什么都不会再报以冷漠了。之前每天读报，我只会匆匆翻一翻娱乐版块和拍卖栏目，而现在，每天都能读到几百条让我心潮澎湃的新闻；之前那些令我无聊厌倦的书，现在忽然在我面前展开了奇妙画卷。最奇怪的是，除了在那些所谓"交流"场合，我突然可以与人说话了。那个跟了我七年的仆人也变得有意思起来，我常常会找他聊天；那个看门人之前在我眼里不过是一根会移动的柱子，我总是看都不看一眼就从他身边走过，最近他竟也和我讲了家里小女儿的死讯，这件事简直比莎士比亚的悲剧更能触动我的心。尽管我由于不想暴露自己，表面上继续混迹于高雅却无聊的社交圈子，但我的转变似乎还是渐渐显化了出来。许多人忽然变得对我亲切起来；这周走在路上，已经有三只陌生的小狗朝我跑来。朋友们带着某种喜悦对我说，他们发现我重获了新生，就仿佛我是一个战胜了疾病的病人。

重获新生？只有我自己知道，到现在我才算真正开始生活。大家都以为，凡是过往，皆不完美，皆为序章，可这恐怕是一种普遍的胡思乱想。我也知道，自己现在用温暖的、有生气的手拿着冷冰冰的笔，在干巴巴的纸上写下"真正开始生活"，何尝不是狂妄自傲？但即使这是一种胡思乱想，那也是第一个让我感到幸福的胡思乱想，第一个让我热血沸腾、感官敞开的胡思乱想。我在此记录下这段觉醒的奇迹，只是为了写给自己看，因为我能理解的，绝对远比这些文字所能表达的，要深太多太多。我没有对任何朋友提起过这件事。他们绝不可能想到，我曾经是一个活死人；之后也绝对猜不到，现在的我有多么生气勃勃。若是死亡在我鲜活的生命中忽然降临，若是这些文字落入他人之手，那我也一点都不会恐惧，不会痛苦。因为谁若没有亲自体会过那种时刻的魔力，谁就一定也会和半年前的我一样，无法领悟，只是一个夜晚，几个转瞬即逝，互相之间看似毫无关联的小插曲，竟能如此神奇地点燃一段已经熄灭的命运之火。在这样的人面前，我并不会感到羞涩，因为他们不理解我。可谁要是明白了其中的联系，也不要去评判，不要骄傲自满。在这样的人面前，我也不会感到羞涩，因为他们理解我。人一旦找到了自己，在这个世界上便再也不会失去什么；人一旦理解了活在自己心里的那个人，也就理解了所有人。

逃亡：日内瓦湖畔的插曲

Der Flüchtling. Episode am Genfer See

1918年的一个夏夜，瑞士小镇维勒纳夫附近的日内瓦湖畔，有个渔夫在湖面划着船，发现水中央好像有个奇怪的东西。靠近一看，原来是一只木筏。这木筏仅仅是用两根木头松松垮垮地连在一起制作而成的，上面有个男人赤身裸体，正用一块木板当桨，笨拙地向前划着。渔夫大吃一惊，连忙过去，把这个精疲力竭的人扶上自己的小船，先暂时用渔网盖一盖他赤裸的身子，试图和他说话。对方胆怯地蜷缩在角落里，冻得瑟瑟发抖，回答时用的却是某种完全陌生的语言。渔夫一个字都听不懂，热心的他也只好算了，拉起湖里的渔网，划回岸边。

晨光熹微，点亮了湖岸的轮廓，也照亮了赤裸男子的脸：胡须蓬乱，嘴巴宽大，口中发出一串孩子般的笑声。他举起一只手，指向对岸，反反复复、结结巴巴地说着一个词，像是在询问，又仿佛有些肯定，那个词听上去像是"罗西亚"。渔船越靠近岸边，他的声音就越显高兴。终于，随着一阵吱吱嘎嘎的响声，小船上了湖滩。渔夫家的女眷们都等着他打鱼归来,见到渔网里是个赤身裸体的男人,纷纷像瑙西卡①的女仆一样,尖叫着四下逃散。消息传开,大家都被这位不速之客吸引了,村里各路人马闻讯赶来,众人慢慢聚拢到一起。不久,恪尽职守、颇有威望的当地村官也来了。根据诸多迹象,再加上丰富的战争经验,村官立刻确定,这人必然是从法国海岸游过来的逃兵,随即准备向对方展开一场官方审讯。可这一套烦琐的努力尝试很快就让他显得像个小丑,事实证明一点价值都没有,因为不管抛出什么问题,那个赤身裸体的男人(其间,几个村民已经给他丢去了一件外套和一条裤子)什么都不回答,只是越发不安、越发心虚地用询问的语气重复自己的疑问:"罗西亚?罗西亚?"努力无果,村官恼羞成怒,做了一个不可能被人误解的手势,命令这个陌生人跟他走。在这段时间里,村里的年轻人也都醒了,在他们的起哄声中,这个浑身湿透的男人套上肥大的短裤和外套,光着腿,被人带到了村委会,就地关押。他没有反抗,也没有说一句话,只是一双明亮的眼睛在失望中变得黯淡,高耸的肩膀耷拉下来,仿佛受到了沉重的打击。

而与此同时,钓鱼不成反钓人的消息不胫而走,甚至传到了附近几家饭店里。一成不变的日子里竟还有这等有趣的插曲,那些绅士小姐听了,都欣欣然赶过来观赏这个野人。有位女士送了他一块糖,他却像猴子一样,满腹狐疑地搁在一边;有位先生拿起相机,对着他拍照;大家都兴致勃勃地围着他,一通乱聊,非常开心。最后,一家大

---

① 瑙西卡:出自荷马史诗《奥德修纪》第六章,国王阿尔喀诺俄斯之女,拯救了遭遇海难流落河边的奥德修斯。

型旅店的经理过来了。他客居外国多年，熟练掌握好几种语言，分别用了德语、意大利语、英语，最后又用俄语跟这个吓坏了的男人说话。

刚听见一声乡音，这人就猛地跳了起来，一张温和的脸上露出一个大大的笑容，嘴角都快咧到耳根了。他突然就不疑神疑鬼的了，坦率地开始讲起自己的整个故事。故事很长，逻辑颠来倒去，有些地方就连这个临时当起译员的经理都没听懂，但大致上来讲，这个人的命运是这样的：

此人在俄国参战。有一天，他同几千人一起被装进一节车厢，车开了很远的路；随后又上了船，航行得更远了。大家一起穿过了炽热难耐的地区，用他的原话来说，就是"肉里的骨头都被烤软了"。最后，一群人在某个地方上了岸，再次被装进了车厢，随后突然就要攻打一座小山，但详情他就不知道了，因为刚一上战场，就有一颗子弹打中了他的腿。

译员帮忙翻译了这段故事和双方的问答，众人很快就明白了，这个逃亡的人是俄国师团的一名士兵，被调去法国作战。整个团跨越了大半个地球，穿过西伯利亚，越过海参崴，被送到法国前线。大家都有些同情，可同时，好奇心也都被勾了起来，都很想知道，到底是什么促使他尝试开启这场不寻常的逃亡。那俄国人半是温和半是狡猾地笑了，很爽快地告诉大家，自己刚刚康复，就问医护人员，俄国在哪里。他们指了一个方向。他根据日月星辰的位置，大致就知道该往哪儿走了，于是偷偷逃了出来，夜里动身，白天藏在干草堆里，躲开巡逻队。

他采野果、讨面包，熬了十天，终于来到这片湖边。讲到这里，他就开始说不清了。他似乎是想表达，自己在贝加尔湖畔长大，看见夕阳洒下光辉，湖对岸光影摇曳，心想俄国必然就在那边。不管怎么说，反正他从一间小屋偷了两根大木头，趴在上面，用一块木板当作船桨，漂到湖中央，然后就被渔夫发现了。含含糊糊地讲完以后，他怯生生地问道，自己是不是明天就能回家了。问题刚刚翻译完，他的无知懵懂立刻引起了一片哄堂大笑。可没过多久，嘲笑就变成了深深的同情，每个人都掏出硬币、纸钞，塞给这个惶惶不安、怯怯四顾的可怜人。

在他讲故事期间，有人打了电话通知警方。一名高级警官从蒙特勒赶来，费了好大劲才给这件事情做好了记录。一方面，是因为这位临时译员水平有限；另一方面，大家很快就发现此人的知识水平实在太低，简直到了让西欧人感到不可思议的地步：关于自身，他只知道自己姓鲍里斯，再多也没有了；而对家乡的描述，则更是混乱至极。只是大概说出，自己一家是梅彻斯基亲王的农奴——"农奴"这个词是他自己说的，但其实农奴制已经废除很久了——他和妻子，还有三个孩子，住在离一片大湖五十多俄里①远的地方。

于是众人开始讨论他的命运应当如何，而他则站在中间，缩着身子，目光呆滞地看着大家争得热火朝天。有人主张，应当把他送到伯尔尼，交给俄国公使馆。有人担心，真要是送去，他恐怕会被遣送回

---

① 俄里：约等于一千米。

法国。警察则解释说，这个问题很复杂——到底是该把他算作逃兵，还是算作无证件外国人？实在难以处理。而村里的书记从一开始就明确表示，绝不可能把这个外来人收留下来，让他在村里白吃白住。一个法国人激动地大喊，这人就是个可悲的逃犯，大家不该自作多情为他搞这么多事情出来，要么让他干活，要么就把他送回战场。两名妇女强烈反对，觉得如此不幸并不是他本人的错，把人拖出祖国送到异国他乡去作战，本身就是一种罪行。

这场偶然事件简直快引发一场政治纷争了。这时，一位丹麦老先生突然插话进来，果断宣布自己愿意为这个陌生人承担八天的生活费，但在这八天里，当局必须和公使馆达成协议。他这一出人意料的解决方案让官方和民间都很满意。大家讨论得越发激烈，而在此过程中，那个逃亡的人只能慢慢抬起胆怯的目光，死死盯着经理的嘴唇。他知道，在这一片混乱的现场，只有经理一个人能够让他听明白，自己的命运将会如何。他似乎能感觉到这场纷争是因自己而起。后来，嘈杂的你一言、我一语平息了下来，在一片寂静中，他情不自禁恳切地向经理举起了双手，好似女子面对圣像一般虔诚。这一举动实在感人，以排山倒海之势揪住了每一个人的心。

经理亲切地走过去，安慰他不要害怕，他可以安心留在这里，没有人会来骚扰，之后一段时间会安排旅店接待他。那俄国人想要亲吻他的手，但经理慌忙后退，把手缩了回去，随后指了指附近的一栋房子，那是当地一家小旅店，这家店会给他安排食宿。经理又对他说了几句亲切的话来安慰他，就沿街回了自己的大酒店，走几步还不忘回过身来，朝他友好地挥手致意。那逃亡的俄国人愣在原地，目送他离开。现在，唯一懂他语言的人走了，那张灿烂的面庞又阴沉下来。他的眼睛依依不舍地追着经理渐渐远去，一直看着他上了坐落在高处的大酒店。周围的人笑他行为怪异，对他惊讶不已，他都毫不理会。其中一人同情地碰了他一下，指了指旅店的方向，他沉重的肩膀瞬间再次耷拉下来，垂着脑袋走进店门。有人帮他打开了酒吧间的门。

他挤到桌边坐下。服务员往他桌上放了一杯白兰地，算是欢迎礼。而他整整一个上午都一动不动地坐在那边，目光呆滞。窗口不断有村里的孩子探头进来张望，冲他大笑大喊，他却头都不抬；进店的客人好奇地观望他，他却只是弓腰驼背地坐着，眼睛紧紧地盯着桌子，满脸的害羞胆怯。到了午饭时间，一大群人来到房间里，笑声充满了整间屋子，成千上万句听不懂的话在他耳边嗡嗡作响，他惊恐地意识到自己不属于这里，四周人人活跃喧闹，只有他听不懂也说不出，只能坐着，双手颤抖得厉害，连汤里的勺子都举不起来。突然，一滴豆大的泪珠顺着他的脸颊滚了下来，重重地滴到桌子上。他胆战心惊地环顾四周，旁边的人也注意到了他在哭，瞬间全都安静下来。他无地自容，沉重的脑袋顶着一头乱发，垂得更低了，几乎都要靠在黑色的木桌上。

他就保持着这个姿势，一直坐到了傍晚。客人来来往往，他都感觉不到，大家也渐渐感觉不到他了，只不过觉得有一片影子坐在火炉的阴影里，双手重重地放在桌上。所有人都忘记了他的存在。黄昏时分，他突然站起身来，像野兽一样闷闷地出了门，朝高处的大酒店走去,也完全没有人注意到。他来到大门前,在外面待了一两个小时,谦卑地把帽子拿在手里,目光没有接触任何人。最后,还是一个跑腿的小伙子看到了这个古怪的人影,在灯火通明的酒店入口前,像根木桩一样黑黢黢地扎在地里,这才叫来了经理。

经理一开口用他们国家的语言和他打招呼,那张阴云密布的脸上就立刻再次升起了一丝亮光。

"怎么了,鲍里斯?"经理友善地问。

"实在抱歉,"那个逃亡者结结巴巴地说,"我只是想知道……我能不能回家。"

"当然可以啦,鲍里斯,你当然能回家。"经理微笑着回答。

"明天就行吗?"

此话一出,经理的脸色也沉了下来,笑容消失了,毕竟对方问这话时,是那样地恳切。

"不行,鲍里斯,现在还不行。得等战争结束。"

"什么时候?什么时候战争能结束?"

"只有天知道了,我们凡人是无从得知的。"

"那……在这之前呢?我不能早点回家吗?"

"不行啊,鲍里斯。"

"真有这么远吗?"

"没错。"

"得走好几天吗?"

"好多好多天。"

"我可以走，先生！我强壮得很。我不会喊累的！"

"但你走不得，鲍里斯。中间还有国界拦着。"

"国界？"他愣住了。这个词对他来说似乎很陌生。可他犟得出奇，随后又说道："我会游过去的。"

经理差点没忍住要笑出来，可又确实很心痛，于是温柔地解释道："不行的，鲍里斯，这样行不通的。边境的意思是，对面就是外国了，守在那边的人是不会让你过去的。"

"可是我又没把他们怎么样！我都把武器扔掉了。要是我求他们看在基督的分上放我走，他们有什么理由不让我回到自己的妻子身边？"

经理的面色越发严肃，心中泛起苦涩。"不行。"他说，"那边的人是不会让你过去的，鲍里斯。现在这种时候，没人听基督的话了。"

"我到底该怎么办啊，先生？我在这儿是待不下去的！这里的人听不懂我说话，我也听不懂大家说话。"

"可以学，鲍里斯。"

"不！先生！"那俄国人的头深深地垂了下去，"我什么都学不会。我只会下地干活，其他什么都不会。我在这儿能干吗呢？我想回家！给我指条路吧！"

"现在无路可指，鲍里斯。"

"可是先生，那帮人总不能禁止我回家去找自己的妻子和孩子吧！我已经不是士兵了！"

"他们能禁止，鲍里斯。"

"那沙皇呢?"他突然抛出这样一个问题,期待和敬畏让他全身发抖。

"沙皇已经不存在了,鲍里斯。人民废除了他。"

"沙皇不存在了?"他呆呆地盯着对面的人,眼里的最后一道光也熄灭了。末了,他筋疲力尽地说道:"这样说来,我是回不了家了吗?"

"现在确实不行。你得先等等,鲍里斯。"

"要等很久吗?"

"我不知道。"

黑暗中,那张脸越发阴沉:"我都等了这么久了!再也等不下去了!给我指条路!我要试试!"

"没有路,鲍里斯。到了国界,那帮人就会把你抓起来。留下来吧,我们会给你找份工作的!"

"这里的人听不懂我说话,我也听不懂他们说话。"他犟头倔脑地又重复了一遍,"我在这里是活不下去的!先生,帮帮我吧!"

"我帮不了,鲍里斯。"

"先生,帮帮我吧!就算看在上帝的面子上!救救我,我受不了了!"

"我真的没办法,鲍里斯。现在没人还有余暇去顾及别人。"

两人相对而立,默默无言。鲍里斯手上不停地转着帽子。"他们当初到底是为什么要把我从家里抓走?他们说,我必须保卫俄国,保卫沙皇。但俄国离这边这么远,而且你刚刚说,他们已经把沙皇……

刚刚是怎么说的来着?"

"废除了。"

"废除了。"他重复了一遍,不解其意。"我现在该怎么办啊,先生?我必须回家去!孩子哭着喊着要我回家,再说,我在这里也活不下去!帮帮我,先生!帮帮我吧!"

"我帮不了,鲍里斯。"

"真的没人能帮我吗?"

"目前来说,没人。"

那俄国人的头垂得越来越低,随后忽然闷闷地说了一句:"谢谢你,先生。"说完转过身,非常慢地沿着路往下走。经理久久望着他的背影,纳闷他怎么没有往旅店的方向去,而是下了石阶朝湖边走。经理深深叹了口气,又回酒店忙自己的活去了。

真巧,还是那个渔夫,第二天早上发现那人赤身裸体,淹死在湖里。他还先把村里人送给他的裤子、帽子、外套整整齐齐叠好,放在码头,之后才投了湖。一丝不挂,正如他从湖中来时那样。

警方将此事记录在案。由于当地人并不知道这陌生人姓甚名谁,于是在他的坟头立了一个便宜的木头十字架。人们常用这种小十字架来表达对每一个无名氏命运的纪念,现如今,这种十字架插满了欧洲的每一个角落。

看不见的珍藏：

德国通货膨胀期间的一段小插曲

Die unsichtbare Sammlung

Eine Episode aus der deutschen Inflation

火车开过德累斯顿两站以后，我们这节车厢里进来一位上了年纪的老先生。他先是彬彬有礼地和众人打了招呼，随后凝视着我，冲我点点头，再一次明确地向我单独打了招呼，仿佛与我是旧相识。一时间，我完全没有反应过来他是谁。可等他微微一笑，自报家门，我立刻就想起来了：他是柏林最为声名远扬的古玩商之一。和平时期，我常会去他家店里逛逛，淘一些旧书、名人手稿之类的玩意儿。我俩开始聊天，开始聊的只是些无关紧要的琐事，可他突然话锋一转，单刀直入地说道：

"我一定要和您说一说，我刚刚是从哪里过来的。这段小插曲可太不同寻常了，我从事古玩买卖三十七年，从未遇见过如此奇事。现在这世道，钱不值钱，像气体似的瞬间就蒸发了。我猜，您大概也知道我们古玩市场是个什么样子：一夜暴富的人们突然对哥特式圣母像、古板书、古代雕版、古典画像兴致盎然。任凭怎样，你都满足不了他们，甚至还要誓死捍卫自家的小店，否则难免要被他们洗劫一空。这群人啊，恨不得把你袖子上的扣子、书桌上的台灯都一并买了去。于是，我就越来越需要不断地进货——抱歉，我们这样的人平时对古玩应该是抱有敬畏之心的，可我竟突然称之为'货物'了——但是那帮讨厌的家伙确实已经逼我养成了这种坏习惯，一本精妙绝伦的威尼斯古板书在我眼里竟也只会自动换算成多少多少美元，圭尔奇诺亲手画出的画稿竟也只会化作几张百元法郎纸币。这些忽然之间购物欲爆棚的人有种所向披靡的压迫感，再怎么抵抗也是没有用的。于是，我又一夜之间被搜刮得干干净净。现在，在我那间从祖父传给我父亲，又从父亲传到我手上的老店里，只剩下一些寒酸破烂的废品散落在四处。要是在从前，就连北方的街头小贩都不会稀罕把这些破玩意儿放进自己的手推车。我看着觉得羞愧难当，恨不得把百叶窗都拉下来，关门歇业。

"尴尬之中，我突然想到，为何不看看过去的记账簿，找一下从前的顾客呢？说不定还能从他们那里捞点复制品回来。这种老旧的顾客名单总是无可避免地像一张死亡名单，尤其是在现在这个时候，其实提供不了多少有用的信息，其中很大一部分人早就被迫把藏品拍卖掉，或者本人已经归西了。而对仅存的那些，也无法指望他们什么。可这时，我忽然发现了一捆厚厚的书信，应该是我们最早的一批客人中的某一位写的。我从来不知道这个人，因为自从1914年世界大战爆发以后，他就再也没有向我们订购或者咨询过什么东西。一点都不夸张，那些书信几乎可以追溯到六十年以前！我祖父、父亲管理店铺的时候，他来买过东西，可在我自己经营的这三十七年里，我记得他应该没有踏进过我家店门。一切迹象都显示,此人大概十分古怪,思想陈旧,行为滑稽,是画家门采尔或者施皮茨韦格笔下那种早该消失的德国人,根本不该活到我们这个时代。就算有,也只会存在于偏远的小镇里,算是极少见的怪胎,而且就该永远待在那里。他写出来的字全是上等书法,干干净净、整整齐齐,数字下面都画有红线,而且每个数目都要写上两遍,以防出错。加之他只用从空白页和信封上撕下来的纸写字,种种细节都表明,这就是个无可救药的乡巴佬,小家子气,节约成狂。这封不同寻常的信件上,除了签上自己的名字,他还拖泥带水地把所有的头衔都写上了——前林业顾问兼经济顾问,前中尉,一级铁十字勋章持有人。如果他还在世,这位上世纪七十年代的老兵至少也得有八十岁了。但作为古怪滑稽、节俭到可笑的老人,在收藏旧时版画方面却展现出了异乎常人的聪明才智,有着卓越的相关知识和高雅的艺术品位。我慢慢地整理着他近六十年的账单,发现第一份的计价单位还是'十芬尼银币'。在这个过程中,我逐渐意识到,在一塔勒①就能换到一大堆极为精美的德国木刻的年代,这个普普通通的乡下人一定已经不声不响地收藏了许多铜版画,而他的这些藏品和那群新晋暴发户手里被吹得天花乱坠的藏品完全可以说是不分上下。毕竟,就算单看过去半个世纪他在我家店里用寥寥几马克、几芬尼买下的东西,时至今日也已经价值连城。而且,不难想象,他在拍卖行和其他古玩商手里捞到的好东西也一定不在少数。然而,1914

---

① 塔勒:十八世纪通用的德国银币。

年以后，我家小店就再也没有收到过他的订单。我这人对古玩交易的各处行情不可谓不熟悉，要是有这样一批版画在市面上公开拍卖，或者是私下里出售，一定逃不过我的眼睛。所以，这个怪人想必还在世，要不然就是这批藏品目前在他继承人的手里。

"我对此颇感兴趣。第二天，也就是昨天晚上，我立马跳上火车，直奔萨克森州一个穷得不成样子的小城镇去了。出了小火车站，我慢悠悠地穿过主街，只觉得眼前的一切都不可思议：在这样一群平平无奇、庸俗低级，到处摆放着下层市民的破烂废品的房屋之间，竟然有一家会住着一位大收藏家，他拥有伦勃朗无上精美的画卷，还有丢勒和曼泰尼亚的全套版画，收藏的完整程度堪称完美。我进了一家邮局去打听，有没有一个叫这个名字的林业顾问兼经济顾问住在这里，之后惊讶地得知这位老先生确实还在世。于是，我在中午之前便出发去登门拜访——说实话，我的心里多多少少有点打鼓。

"我没花多大力气便找到了他的住处，就在其中一栋寒酸的乡下楼房的三层。这些楼房一看就是上世纪六十年代某个爱投机的泥瓦匠在匆忙之下草草盖起来的。二楼住的是一位憨厚老实的裁缝；三楼左边住的是一位邮政局长，门口挂了一块闪闪发光的牌子；转头向右边，我终于看到了一块瓷质小牌子，上面写着这位林业顾问兼经济顾问的姓名。我犹豫地敲了一下门，一位年岁已高的老太太立马把门打开了。她白发苍苍，戴着一顶干干净净的黑色小帽子。我递上名片，问她林业顾问先生现在愿不愿意见客。她先是惊讶地看着我，眼神里带着些许怀疑，随后看了看名片。毕竟在这样与世隔绝的小城镇，在这般老旧破损的小房子里，有人登门拜访似乎确实可以算作一桩大事。不过，她还是十分客气地请我稍等，拿着名片进屋去了。我先是隐约听见她轻声说了些什么，随后突然爆发出一声洪亮的男音，大喊了一声：'啊！是R先生……从柏林来的，是那家大型古玩店的人……快请他进来，快请他进来……我很高兴见他！'话音刚落，那老太太已经踩着小碎步向我走来，请我进了她家的小房间。

"我脱下大衣，走进屋子。朴素的房间中央笔直地站着一位年事已高却精神矍铄的先生，髭须浓密，身着有点类似军装的系带居家长袍。他真挚地伸出双手来迎接我。然而，他的手势虽明明白白地表现出了友好的态度和发自内心的欢迎，可奇怪的是，他僵直地站在那里，这种硬生生的姿态似乎又和他的手势互相矛盾。他一步也不朝我走来，于是我只能自己迎上去握住他的手，这让我略感诡异。可当我想要握上去的时候，我注意到这双手依然一动不动，并没有迎上来握住我，而只是等在原地。我随即什么都明白了：这位老先生是个盲人。

"打小时候起，我每次遇到盲人都觉得心里不舒服。我分明能感觉到对方是个活生生的人，同时心里却又知道，人家无法像我感受他一样，完整地感受到我。想到这里，羞愧和尴尬之情就难掩于色。同样地，此时此刻，看着他浓密的白眉高高竖起，眉下死气沉沉的一双眼睛直勾勾地望向面前的一片虚无，我依然得努力克制住内心下意识的恐惧。可这位盲人并没有让我沉浸在不适中太久，我的手一碰上去，他就立刻紧紧地握住了，并且再一次兴高采烈地热情大喊道：

'稀客，稀客啊！'一边说，一边冲着我大笑：'着实是个奇迹啊！柏林的大老板竟然会亲自光临寒舍……不过，要是有商人上了火车，我们就得小心了……按照我们家这边的说法就是：吉卜赛人来了，关好房门，收好钱袋！……嗯，我大概已经猜到您为什么要来找我了……我们可怜的德国正在步步衰落，目前市场很不景气。都没人来买东西了，大老板们自然就会想起老客人，去找各自的小羊羔了……但恐怕，您在我这边是找不到什么好运的。我们这群退休人员年老体衰，又穷得叮当响，能开饭就已经谢天谢地了。大家现在疯了一样把价格往上炒，我们是奉陪不了了……这个圈子，我们这群人是再也进不去了。'

"我赶紧澄清，说他误会我了。我这趟来，不是想卖给他什么东西，只不过是恰巧路过附近，想到好不容易有这个机会，必须来拜访一下我们家小店这么多年的老主顾，全德国最大的收藏家。'全德国最大的收藏家'这几个字刚一从我嘴里说出来，这位老先生的脸色立马变得奇怪起来。他虽仍然直挺挺、硬邦邦地站在房间中央，却忽然五官发亮，姿态里透出源自心底的神采飞扬。他转了下头，大概是猜测自己的妻子在那个方位，仿佛是想说：'听见了吧！'随后又转回来对着我。再开口时，他的声音里充满了欢乐，先前那种军人特有的粗暴语气已经消失得无影无踪了，这回只剩下温柔，甚至有些温情。

"'您人真是太好了，太好了……但您也不该白来一趟。我总得给您看点东西。这也不是什么日常生活里随随便便就能见到的，就算是您那奢华的柏林城内也不一定能看到……给您多看几样吧，即使在维也纳阿尔贝蒂娜博物馆，在该死的巴黎，也找不到比它们更美的东西……嗯，没错，收集了六十年的画品，也该什么都有了，它们可不是随意在大马路上就能捡到的。路易斯，把柜子钥匙拿来给我！'

"这时，意想不到的事情发生了。那位老太太原来一直面带微笑、礼貌客气地站在他身边，安安静静地听着我们谈话，见她丈夫这么说，突然抬起双手，似乎在向我请求什么，同时用力摇了一下头表示强烈反对，这个举动一开始让我感到云里雾里。随后，她走到丈夫跟前，双手轻轻搭在他的肩上。'可是，赫尔瓦特，'她提醒道，'你还没问过这位先生，他现在有没有空来看你的藏品呢。现在差不多是吃午饭的时间了。吃完饭你还得休息一小时，这可是医生千叮咛万嘱咐的。不如等我们吃完饭，你再把东西给这位先生看，到时候大家一起喝杯咖啡，这样岂不更好吗？而且那时候安娜玛丽也该来了，这方面她要比我懂得多，还能帮帮你！'

"话音刚落，她隔着丈夫又一次朝我急切地做了一个央求的手势。老先生毫无察觉。这下我明白了：她希望我拒绝立刻去参观。于是，我快速编了一个借口，说有人找我一起吃饭，又说能获准参观他的藏品是莫大的荣幸，我倍感愉快，但下午三点之前我都没空，等之后有时间了，随时乐意再来。

"那老人生气地转过身去，就像一个小孩被人抢走了最心爱的玩具。'那是当然，'他嘟哝道，'像您这种柏林来的上层人士永远忙得要死。但这次，请您务必腾出点时间，因为我想给您看的不是三五件，而是二十七本大画夹，每本都是为一位大师专门开的，而且每本

都夹得满满当当。那么就三点吧。您可得准时啊,否则就看不完了。'

"他又向空中伸出了手,想与我握一下。'注意啊,您或许会很高兴——也有可能很生气。您越生气,我就越高兴。我们收藏家就是这个样子:一切都给自己,一件都不为别人保留!'说着,他再一次用力地握了握我的手。

"老太太送我至门口。我注意到,她全程一直有些局促不安,尴尬担忧之色在脸上写得明明白白。一到出口,她立刻压低嗓门,结结巴巴地说道:'您能不能……您能不能……让我们的女儿安娜玛丽来接您到我们家?……这样会更好一些……原因很复杂……我猜您是在宾馆吃午饭吧?'

"'是的。很高兴您女儿能来接我,我很荣幸。'我回答道。

"果然,一小时以后,我在集市广场边的宾馆餐厅里刚吃完午饭,一个不算非常年轻的姑娘走了进来,衣着朴素,目光显然在找人。我迎了上去,自我介绍了一下,并说自己已经准备好了,可以马上和她一起出发去看她父亲的藏品。可她一下子满脸通红,带着和她母亲一样的慌乱与尴尬,请求与我事先说几句话。我一眼便看出她遇到了难处。每当她振作起精神尝试开口的时候,这种惴惴不安、犹豫难决的红晕就一路延伸到额头,手藏在衣服里捣鼓来捣鼓去。最后,她终于结结巴巴地开了口,一次又一次地跌入慌乱迷惘。

"'母亲派我来接您……她把一切都和我说了……我们要郑重地求您一件事……我们希望能先告诉您,再带您去见我父亲……父亲当然是想把他的藏品拿给您看,但是那些藏品……那些藏品……已

经不是很全了……少了好几件……不好意思,我甚至可以说,少了好多……'

"说到这儿,她不得不先喘了一口气,然后忽然紧紧地盯住我,急匆匆地继续说下去:'我必须一五一十和您说清楚……您知道现在是什么时期,您能明白一切的……大战爆发以后,我父亲就完全失明了。在这之前,他的视力就经常很不稳定,情绪再一激动,他就彻底失去光明了——他完全不顾自己已经七十六岁高龄,执意要去法国上前线。后来,德军没能像1870年那样迅猛进军,他就暴跳如雷,视力恶化得很快。除了这一点,他还是矍铄的。不久之前,他还能出去一连走几小时的路,甚至还能进行他最爱的打猎活动。可现在,散步是不可能的了,唯一的乐趣就只剩下收藏,他每天都要看一遍。咳,我是说,他再也看不见了,什么都看不见了,可是他每天下午还是要把所有的画夹都拿出来,至少要拿出来摸一摸,一张接一张,每次连顺序都不变。几十年过去了,他都背出来了……现如今,其他任何事情都无法再让他感兴趣了。报纸上面提到的关于拍卖的所有内容,我总得全都读给他听。听见价格炒得越来越高,他就越发高兴……因为……可怕的就是这一点:对当前的价格和现在这个时代,父亲他是跟不上了……他不知道我们家已经一无所有了,不知道靠他那点养老金,一个月顶多能撑两天……而且,我妹夫阵亡了,留下我妹妹和四个小孩无依无靠……但这些物质生活上的困难,我父亲一概不知。一开始,我们节衣缩食,甚至比以前还要节省,但后来,光省钱已无济于事。于是我们开始变卖家当——当然,我们没动他深爱的藏品……

我们卖的是自己仅有的那点可怜的首饰。但是,苍天哪,这点东西值得了多少!从六十几年前开始,我父亲省下来的每一分钱都花在买画上了。总有一天,家里会什么都不剩的……真不知道这日子该怎么过下去了……这个时候,就在这个时候……母亲和我卖了一幅画。父亲自然是不会允许这种事情发生的。他根本不知道,现在日子有多难过。他也根本想象不出,要去黑市上搞到点吃的东西回来有多困难。他也不知道,我们国家战败了,阿尔萨斯和洛林已经割让给法国了。读报纸的时候,这些事情我们都不念给他听,否则他又该情绪激动了。

"'我们卖掉的,是极其珍贵的一件,一幅伦勃朗的蚀刻版画。贸易商给我们开了好几千马克的高价,我们当时指望着靠这些钱来撑几年。但您也知道,现在这个世道,钱像会熔化一样……我们把剩下的钱全存进了银行,但两个月一过,那点钱就一点都不值钱了。于是我们不得不再卖掉一幅,过了几天又卖掉一幅,而那些商人一直把账赊着,等钱到手的时候,早就贬得所剩无几了。后来,我们试着去拍卖行出售,但就算买家开口几百万马克,我们还是会被人骗……几百万马克到我们手里的时候,往往早成一堆废纸了。就像这样,我父亲的藏画,从顶级的到很不错的,都一件一件慢慢地从家里流走了,一切都只是为了维持我们卑微赤贫的生活。而父亲对此毫无察觉。

"'所以您今天来的时候,我母亲才会这么害怕……因为父亲要是给您把画夹一打开,事情就都败露了……那些镶画片的旧底板,我父亲手一摸就能认出来。在那些卖出去的画的位置,我们把复制品或者手感类似的画纸夹在里面来替代，这样他摸到的时候，就不会起疑心了。只要他能摸一摸、清点清点——所有画品的顺序，他都记得一清二楚——他就会很开心，高兴程度与之前能看见时相比丝毫不减。在我们这种小县城里，父亲一般是认为没什么人能配得上自己来展示藏品的……每一张，他都爱得这么深。要是发现自己手下抚摸着的画作早就散出去了，想必他会心碎的。自从德累斯顿铜版画陈列室那位前任馆长过世后，这么多年来，您是第一位能让他愿意打开画夹展示一番的人。所以，我想求您……'

"那个大龄姑娘突然高举双手，眼里闪着晶莹的泪花。

"'母亲和我想求您……别伤他的心……别伤我们的心……请您别毁了他最后的念想。帮帮我们吧，让他相信，所有他将会向您描绘的那些画都还在……就算他只是猜到一点真相，也肯定会去寻短见的。我们这么做，或许确实对不起他，但实在是没别的办法了。人总得想办法活下去吧……我们的人命，我妹妹家的四个遗孤，总比那些画纸重要一点吧……至今为止，我们还没有夺走他的一点快乐。每天下午，能花三小时把画夹全部翻阅一遍，像对着人一样和每一幅都聊上两句，他就很开心。而今天……没准今天是他最幸福的一天。他等了好几年，一直盼着哪天能给一位知音展示他的挚爱。求您……我举起双手恳求您，不要毁了他的快乐！'

"她把一切都说得动人心魄，我现在复述起来，根本不及那种情感的一丝一毫。上天哪，我是一个商人，我见过太多人被别人用这样卑鄙的手段掠夺一空，被通货膨胀这种恶心的事情骗光了积蓄，为了一块黄油面包,上百年的家族财富都能被人捞了去。但是命运在这里开了一个特例,我为此心潮澎湃。我自然而然地答应了她会竭尽全力保守秘密。

"我们一起朝她家走去——一路上,我听说了那些人是如何用零零碎碎的小钱骗了她们两个可怜无知的女人,听得我怒火中烧,但这只让我更加坚定了决心,要拼尽全力帮助她们。我们上了台阶,刚按下门把手,就听到房间里面传来老先生欢快有力的声音:'进来!快进来!'盲人的听觉向来极为敏锐,他肯定在我们走楼梯的时候就听见脚步声了。

"'赫尔瓦特急着想把他的宝贝给您看,今天根本睡不着午觉。'老太太微微笑着对我说。姑娘只用了一个眼神,老太太悬着的心就放了下来——她知道我都答应了。桌子上,一摞画夹都摊开摆好了,等着我去看。盲人老先生也不和我多打招呼,一碰到我的手,就一把抓住我的手臂,把我按到沙发上。

"'好,那我们就马上开始吧!——有好多要看的,柏林的大老板又永远没有时间。第一个夹子里是给大师丢勒的,相当齐全,您也一定会叹服的,而且,一幅比一幅精美。喏,您肯定也会有自己的评判,来,瞧瞧这些漂亮的画吧!'他边说,边打开画夹的第一页,'看,这是《大马》。'

"然后,他极其小心地用指尖从夹子里取出一块底板,就像人们平时拿易碎物品一样,而里面镶嵌的,是一张白纸,纸张都开始泛黄。他神采飞扬地把这张一文不值的废纸举到自己面前,端详了几分钟之久。虽然其实什么都看不见，但他就是叉开手指，心醉神迷地把画举到视平线高度，整张脸上不可思议地展现出一种聚精会神的神态，简直与那些能看见的人丝毫无异。而他眼里的星星分明早已熄灭，目光之前分明那么僵直，但在这一刻，也不知是由于纸张的反光，还是源于内心喜悦的光芒，他的眼睛突然闪出一道明镜般的光辉，那是智慧之光。

"'如何？'他的话里充满了骄傲，'您见过哪件复制品能比这更精美？它的每一处细节都是那么轮廓分明、线条清晰。我把这幅和德累斯顿版的复制品进行过对比，不得不说，那个相形见绌。而且您瞧瞧它走过的历程！这里！'——说着，他把纸张翻了一个面，用指甲精准地指在白纸背面的几处地方，让我的目光都不由自主地追随过去，想去看那里是不是真的盖着印章——'这边是那格勒收藏的印章，这里是雷米和埃斯代尔的；这些在我之前拥有这幅画的大收藏家肯定一辈子都想不到，有一天它会流转到我这穷巷陋室里来。'

"想到老先生毫不知情，如此兴高采烈地对着一张空空如也的白纸大肆赞美，我不禁脊背一凉。见他能用指尖丝毫不差地点在想象中依然存在的那些看不见的印章上，我顿觉一阵阴森。恐怖之下，我感到如鲠在喉，不知该如何作答。可慌乱之中，我抬起头望向身边的两个女人，又看见老太太浑身颤抖、情绪激动地高举着双手，我马上振作起精神，扮演起自己的角色。

"'真是闻所未闻！'我终于结结巴巴地开口了，'真是复制品之王。'老先生随即整张脸变得容光焕发。'但这都算不上什么。'他眉飞色舞地继续说道,'您还是得先来看看丢勒的《忧郁》或者《耶稣受难》,那才叫精美绝伦,世间再难印出同等质量的复制品了。您就尽情来看吧!'——他一边说,一边再一次用指尖温柔地扫过一张想象中的画——'多么新鲜的色彩,多么立体的质感,多么温暖的色调。柏林那群大商人和博物馆馆长要是见了,哪个不为之倾倒?'

"他就这样洋溢着喜悦,侃侃而谈了整整两小时。哎,我都和您说不清这是一种什么感觉。我和他一起欣赏了一百,甚至两百张空白的废纸或者做工拙劣的仿制品,但在那可悲的、对真相一无所知的老人的记忆里,所有的画都是如此惊艳,如此真实,他甚至可以将每一幅准确无误地排出顺序,赞美、描绘其中的每一处细节,不犯丁点错误,这简直太可怕了!那些看不见的珍藏,早已随风散去了。可对这位盲人,对这个动人的、被蒙在鼓里的人,一切还真真切切地在手里。他的幻视带来的激情好似滔天的洪水,连我也差一点要开始相信那些画全都还在了。只有一个插曲险些惊醒了这位盲人的梦,让他不再那样笃定,打断了滔滔不绝的介绍:那时,他正拿着伦勃朗的《安提俄珀》(是一幅试印的复制品,原来的那张想必确实价值连城),还是和之前一样赞扬其印刷之清晰,他一边说着,一边用神经敏锐的手指充满爱意地顺着印刷线条重描这幅画。但在这张陌生的纸上,他已磨得极为敏锐的触觉神经却没能找到应有的凹纹。他的额前似乎突然蒙上了一层阴影,声音明显变得慌乱起来:'这个……这个是《安提俄珀》吗?'他喃喃自语道,脸上有一丝尴尬。我立刻进入角色,急忙从他手里一把夺过这幅镶在画框里的纸张。好在我自己也对这幅画非常熟悉，于是尽可能地去极力描绘每一处细节。盲人老先生露出难色的脸庞终于又放松下来。我越是赞扬，那张如枯木般粗糙沧桑的老人面孔就越是容光焕发，透出发自内心的快乐。'终于有一个懂的人了！'他转头面向他的家人，得意地欢呼起来，'终于！终于找到知音了！你们也听听吧，我的收藏有多值钱。你们老是对我抱有怀疑，怪我把所有的钱都投到收藏里去了。也没错，六十年来，我不喝酒、不抽烟、不旅游、不看戏、不读书，只知道节约再节约，把钱全都省下来买这些画了。但等我有一天不在人世了，你们终将会看到的——到那个时候，你们就有钱啦，比县城里的任何一个人都要富有，甚至可以比得上德累斯顿的顶级大富翁。到那会儿，你们就会感谢我做的这些傻事了。但是，只要我还能活一天，这些画就一幅都不许出这间房子——你们得先把我的尸体拖出去了，才能动我的收藏。'

"他边说，边用手温柔地拂过早已空荡荡的画夹，仿佛在抚摸什么有生命的东西——一切在我眼里都既恐怖又感人。毕竟，战争爆发这么多年了，我从没在哪个德国人的脸上见到过如此完全、如此纯粹的幸福。而站在一旁的妻女，又与那德国大画家丢勒笔下前来瞻仰救世主之墓的妇女形象十分神秘地相似，她们正如画中的女人，站在被人破开、空空如也的墓穴前，满脸惊恐，同时却又无比虔诚，为见到了奇迹而兴奋狂喜。画上的年轻女子被救世主的神光照耀得光芒四射，眼前两位日渐老去、饱经风霜、贫苦可怜的小资产阶级妇女亦如画中之人，笼罩在老先生孩子般天真幸福的光辉中，半含微笑，半带泪光——我此生从未见过如此震撼人心的一幕。但老先生听我的赞美之词，似乎永远都听不够，越来越勤地翻着画，把我的每一句称赞都如饥似渴地灌进耳朵里。等到他终于把这本骗人的画夹推到一边，万分不情愿地在桌上腾出一块地方来放咖啡，我才总算可以歇一歇了。但见到老人情绪高涨、欢欣雀跃得近乎发狂，仿佛一瞬间年轻了三十岁，在这些面前，我自知有罪的轻松又算得了什么！他又滔滔不绝地给我讲了上千件买画、寻宝过程中的逸事，一次又一次站起来，也不要别人帮一点忙，兀自去柜子里把画一幅一幅抽出来，像喝醉了酒一般开怀纵情。可最后，我不得不说自己得告辞了，他简直吓了一跳，像个任性固执的小孩一般满脸不乐意，犟头倔脑地跺着脚不让我走，说我连一半都还没看完呢。他的妻女花了好大力气，才让这个正在气头上的犟老头明白过来，他不能耽搁我太长时间，否则我就要赶不上火车了。

"他又绝望地抗议了一番，终于顺从了。道别之际，他的声音变得温柔异常。他握住我的双手，手指充满爱意地沿着我的手臂一路抚摸到关节处，似乎是想多了解我一些。这就是一个盲人所能做到的全部表达。对我来说，这种爱的表示胜过千言万语。'您这次来，我真的非常高兴。'他的话语间带着发自内心的激动，我这辈子都忘不了那种感情，'我终于……终于能又一次和一位行家一起，欣赏一遍我心爱的收藏了，我真的很幸福。但我也会让您知道，您到我这个瞎老头这儿来，是不会白跑一趟的。请我的妻子做证，我在这里向您承诺，要在自己的遗嘱里面加上一条，就委托您那家久负盛名的古玩店来拍卖我的藏品。只有您才有资格来管理这些雪藏已久的珍品,'——他说着,把手深情地放在那早已被洗劫一空的画夹上——'直到它们四散到世界各地的那一天为止。请您答应我唯一一件事,就是做一个漂亮的目录,把它当作我的墓碑。其余的就算再好,我也一概不要。'

"我望向他的妻女,她们紧紧挨在一起,有时一个人会忽然浑身战栗,并且传到另一个人身上,就仿佛两人共用一个身体,在同一种震撼下颤动。而这位毫不知情的老人把自己早已四散各地的、看不见的珍藏像传家宝似的托付给我保管,实在感人至深,我的心情也是颇为沉重。我怀着深受感动的心,答应了老先生这件自己其实永远无法做到的事情。他死气沉沉的眼睛里又一次闪出了亮光,我能感觉到,他是多么发自内心地渴望能真真切切地感受到我的存在;他的手紧紧地握着我,力量中写满了感激与心愿,我能在这热忱的一握之中感受到他的深情。

"他的妻女送我至门口,两人都不敢说话,因为老先生的听觉太过灵敏,每说一句都会被他听到。但她们盯着我,是何等地热泪盈眶,何等地千恩万谢!我晕晕乎乎,摸索着走下楼梯,但心中其实难逃愧疚:我仿佛童话里的天使,降临至这间贫苦小屋,让一位盲人老先生在一小时内重获了光明,而我所做的,只是帮他的家人编织了一个虔诚的谎言,毫不脸红地信口雌黄。而我其实只是以一个卑鄙的商人的身份而来,想从对方手里狡猾地骗走几件珍贵的藏品。但我实际带走的,远比原本期待的要多:在这个沉闷阴暗、抑郁寡欢的时代,我再一次活生生地体会到了纯粹的热情,这种狂热能够点亮精神世界,纯粹为了艺术而生,而它似乎早已为大众所遗忘。我的心中——我简直无法用别的话语表达——我的心中充满了敬畏,但同时又不知为何,总有一种愧疚挥之不去。

"不知不觉我已经到了楼下,站在大街上了,上头传来一阵开窗的声响,我听见有人在喊我的名字:我没有听错,老人不管妻女怎么劝阻,非要用失明的双眼眺望我离去的方向,当然,那是他猜的方向。他把身体远远地探到窗外,家里的两个女人不得不小心翼翼地扶好他。他挥着手绢,大声喊道:'一路顺风啊!'那清朗明亮的声音就像一个兴致高昂的少年郎。那一幕,我此生难忘:楼下脚底的大街,是闷闷不乐、步履匆匆、忙忙碌碌的行人;高悬空中的窗口,是白发苍苍的老人幸福欢快的笑脸。这张笑脸挣脱了残酷恶心的现实世界,被人温柔地托在由美丽的幻想编成的白云之上。我不禁又想起了一句古老的箴言——没记错的话,应该是歌德说的吧——'收藏家是幸福的人。'"

里昂的婚礼

Die Hochzeit von Lyon

里昂叛乱，终被平息。^①为此，1793年11月12日，巴雷尔^②向国民议会上交了那项杀气满溢的提案，一言以蔽之："里昂向自由开战，里昂已不复存在。"他要求将这座叛乱之城的房屋建筑夷为平地，纪念碑烧成灰烬，就连里昂这个城名都应该整个改换。议员们犹豫了整整八天，毕竟里昂是法国第二大城市，所以迟迟没有同意将其彻底摧毁，即使在签署通过以后，人民代表库东^③在执行这道黑若斯达特斯^④式烧杀抢掠的命令时，也没有严格落实，因为他心里清楚，罗伯斯比尔^⑤会睁一只眼闭一只眼。但形式得走完，于是他把民众召集到

---

① 历史背景：法国大革命期间，里昂城内出现叛乱，最终被共和国军队平息。
② 巴雷尔（1755—1841）：法国革命家。"救国委员会"领袖，他对那些被怀疑有保皇主义倾向的人采取严厉的政策，是最令人畏惧的革命者之一。
③ 库东（1755—1794）：法国政治家，法国大革命时期的激进分子。
④ 黑若斯达特斯：一个古希腊的年轻人，于公元前356年7月21日纵火烧毁了世界七大奇迹之一的阿尔忒弥斯神庙，并自豪地认罪了，声称这样做是为了让自己的名字留在历史书上。
⑤ 罗伯斯比尔（1758—1794）：法国大革命时期的政治家，雅各宾专政时期的实际最高领导人。

贝勒库尔广场，一派浩浩荡荡的气势，象征性地挥起银锤，敲击那些确定了要砸毁的房屋。可砸到那些富丽堂皇的房屋门面前，他总要迟疑一下；而要让断头台落下铡刀，发出闷闷的轰鸣声，那就更是少之又少了。见识了他这般出人意料的温和态度，人们也就宽下心来，经历了内战，又被数月占领围困折磨得惊恐不堪的里昂，终于再一次看到了一丝希望。可就在这时，这位宽厚人道、"犹豫不决"的人民领袖突然被召回，取而代之的是科洛·德布瓦①和富歇②。两人身披人民代表的绶带，出现在这座"解放之城"——共和国法令从此以这个名字称呼里昂。于是，原本只是虚张声势，用来吓唬人而已的政令一夜之间成了残酷的现实。"到目前为止，什么都没做。"新来的代表刚刚到任，就迫不及待地向国民议会提交了这样一份报告，以示自己的一腔爱国热情，顺便对前任官员的"和风细雨"进行了一番质疑。同时，两人立刻开始了残忍恐怖的执行。就连那位人送外号"里昂刽子手"，后来当了奥特朗托公爵，所谓"一切合法原则的捍卫者"——富歇，事后都不喜欢别人重提这段过往。

一铲子一铲子慢慢挖掘的铁锹退出舞台，火药、地雷华丽亮相，再宏伟富丽的建筑也被整排整排地炸毁；断头台"太不可靠，满足不了需要"，那就换下来，改用整批枪杀、霰弹射击，几百名罪犯一发就能解决。每天都有残酷的新令，司法系统犹如镰刀越磨越利，日复

---

① 科洛·德布瓦（1749—1796）：法国激进民主主义者，雅各宾派独裁统治时期的公共安全委员会成员。
② 富歇（1759—1820）：法国近代政治人物，法兰西第一帝国警务大臣，法国警察组织的建立者。在雅各宾专政时期，他曾推行恐怖政策。

一日大肆收割着如草芥般的人命，杀得尸横遍野；入殓，挖坟，下葬，一套流程下来需要的时间太长，而罗讷河滚滚流逝，早已接手了这份处理后事的工作；监狱人满为患，早已装不下那么多嫌疑犯了。于是，公共建筑的地窖、学校、修道院，纷纷被用来关押犯人，当然，时间不长，因为镰刀很快就会砍下来。基本上来说，同一根稻草温暖同一个人的时间，很难超过一个晚上。

在那腥风血雨的一个月中，一日，天寒地冻，又有一群死刑犯被赶进了市政厅的地窖，他们悲哀地暂时待在一起。到了中午，他们一个接一个地被带到特派员面前，被人草草问几个问题，命运便算是尘埃落定了。这批死刑犯共有六十四人，有男有女，现在全都杂乱无章地坐在低矮的地窖里，四周一片漆黑，空气中弥漫着酒桶发酵的气味和什么东西腐烂的霉味。前屋的炉火微弱无力，完全没能让人暖和起来，顶多算给房间染上了一抹颜色。大多数人躺在干草袋上，一脸麻木不仁的样子；另外一些则在唯一一张被允许放在这里的木桌旁，借着晃晃悠悠的烛光，匆匆忙忙写着遗书，毕竟他们知道，自己的生命会比这冰冷房间里闪着蓝色幽光的蜡烛熄灭得早。大家说起话来，没一个不是在轻声耳语。因此，地雷爆炸的闷响声，还有紧随其后的房屋崩塌的轰鸣声，清清楚楚地从街上传来，穿透这片冰冷彻骨的寂静。可是由于近来一切都发生得太快了，这群备受命运考验的人已经失去了全部真切感受和清晰思考的能力，所以大多数仍是一动不动、一言不发地在黑暗中靠着身子，仿佛置身自己坟墓的门前，对一切都不再抱有期待，对活生生的东西都不会再动容。

到了晚上七点，门外突然传来一阵铿锵有力的脚步声，枪托撞得哐哐响，生锈的门闩被人拉开，发出一声尖叫。所有人不由自主地惊跳起来：莫非大限已至？本来就够悲哀的，怎么又和往常不一样了？之前至少还让人过一晚上呢！门开了一条缝，冷风吹了进来，蓝色的烛火跳跃起舞，仿佛想要逃离蜡烛奔向自由，而恐惧感也和烛光一同颤动抽搐，扑向未知。不过这突如其来的恐惧很快就平息了，原来只是狱卒新带来了一批死刑犯而已，此次有二十人。狱卒一言不发地领着他们下了楼梯，也没有在这间拥挤不堪的地窖里给他们指定什么特殊的位置。然后，沉重的铁门发出一声呻吟，再次关上了。

原先的这批囚犯向新来的人投去不友好的目光。毕竟，人类每到一处，都急急忙忙想要融入进去，即使在逃，也追求"宾至如归"的感觉，仿佛那是某种生来就有的权利。这也算是一种奇怪的天性。于是，早进来的死刑犯已经下意识地把这阴暗发霉的房间、长出绿毛的草袋、靠近火炉的位置都视作自己的财产，每一个新来的人在他们眼里都是不请自来、抢夺他们东西的入侵者。而新来的那些人想必也很清楚地感受到了"前辈"冷酷的敌意——尽管在临死时刻，这种敌意显得多么荒唐可笑——因为非常奇怪，分明同是天涯沦落人，可他们却既没有打招呼，也没有聊聊天，甚至没有问对方自己能否在桌子或草袋上分到一点地方，而只是一言不发，闷闷不乐地径直挤进墙角。如果说之前寂静悬在拱顶，已经把氛围渲染得恐怖，那么现在，无谓产生的挑战感让人紧张起来，这种寂静于是显得越发阴森。

突然，一声高喊划破寂静，在这片环境的衬托下更显明亮有力，仿佛来自另一个世界。这声响亮的、近乎在颤抖的高喊声势如破竹，即使再麻木不仁的人，也都被它从一潭死水的压抑中拽了起来。新来的人群中有个姑娘，猛地跳了起来，像要摔倒似的向前伸出双臂，用颤抖的声音喊着："罗伯特，罗伯特！"边喊边向一个年轻人扑过去。而那年轻人之前一直靠在窗户的铁栅栏上，远离其他人，现在也朝那女孩奔去。刹那间，两个年轻人已经紧紧相拥，嘴唇相贴，宛如一团烈火的两股火苗，在一起热忱真挚地熊熊燃烧，幸福的泪水夺眶而出，在两人的脸颊上交织奔涌，啜泣声仿佛是从同一个即将破裂的喉咙里爆发出来的。他们停下了片刻，简直不敢相信真的抱到了彼此，面对这般不可思议的事情，两人几乎吓呆了；可下一秒，他们又重新抱在了一起，而这一次，比之前更加热烈。痛哭，抽噎，低语，高喊，一气呵成，在无限的温情中如入无人之境。身旁的人目瞪口呆，却也在惊讶中振作起来，犹豫着走近这对恋人。

这个青年名叫罗伯特·德·L，是市政府官员的儿子，与姑娘青梅竹马，几个月前订了婚，结婚预告都已经贴在教堂里了。可国民议会的军队恰巧在他们婚礼的那一天破城而入，整个里昂血流成河。新郎曾在佩西的军队中参战反抗共和派，因此当时自然有责任要跟随这位保皇党将军孤注一掷，奋力突围。几周过去了，新郎杳无音信，姑娘都开始鼓起勇气，祈祷他已经顺利越过瑞士边境，保住了性命。可这时，市里的书记突然告诉她，有人将其在一个农庄里的藏身之处泄露出去，昨天他已经被移交给了革命法庭。勇敢的姑娘刚得知自己的未婚夫被抓，而且毋庸置疑会被判处死刑，就立刻做到了不可能完成的事情——她竟闯到了那位难以接近的人民代表面前,为她的未婚夫求情。只有在最危急的时刻,大自然才会赋予女人这般难以捉摸的神秘力量。她先是跪倒在科洛·德布瓦的脚下,可这位人民代表严词拒绝了她的乞求,表示绝不会给逃兵开恩。随后,她又赶忙去找富歇。富歇的冷酷丝毫不亚于前者,手段却更加狡猾。看到姑娘如此绝望,他分明有所触动,但为了不让自己动摇,便谎称自己本想出面干预,救人于刀下,可奈何已经看见——这个撒谎成性、骗人骗到骨子里的家伙还透过长柄单片眼镜,不经意地扫了一眼某张毫无关系的报纸——今天早上,罗伯特·德·L 已经在布罗特奥的田野里被枪决了。这个诡计多端的老狐狸把姑娘完全唬住了:她瞬间真的相信,自己的未婚夫已经不在人世。但她没有像寻常女子那样,在痛苦面前毫无反抗之力。现在,生命于她而言已是毫无意义,她扯下戴在头发上的三色徽章①,把它踩在脚下,大喊大叫着咒骂富歇和他那些匆匆赶来的部下全是嗜血如命的卑鄙小人、刽子手、懦弱无能的罪犯,声音大到穿过了每一扇敞开的房门。士兵把她绑起来拖出房间,还没出门,她已经听到富歇在向满脸麻子的秘书口述逮捕令,打算抓她了。

  但这一切——这位火辣的姑娘几乎是兴高采烈地在对周围的人们诉说——于她而言都是泡影,一点都不重要;恰恰相反,她心想反正未婚夫已经被处决了,现在自己很快也能追随他的脚步而去,马上能与他相会于阴间,反而感到无比满足。受审时,她索性一个问题也没

---

① 三色徽章:法国大革命期间,三色徽章成为政治承诺的标志。

有回答；后来，人们把她和后到的那批犯人一起推进这间牢房的时候，她甚至连眼睛都没有抬一下，因为她深知自己的生命即将走到尽头，这种感觉强烈地传遍她的全身，使她欢欣。毕竟她以为爱人已去，而自己现在也上了这条黄泉路，和他越来越近，那么这个人间还有什么值得她留恋的呢？因此，她独自蜷缩在角落，对周围的一切全然不顾。直到眼睛适应了黑暗，她一下就发现有个年轻人的身姿和周围众人都不一样，若有所思地靠在窗边，那姿态简直和她的未婚夫聚精会神凝望前方的样子像得出奇。她极力控制自己，不愿屈服于这种毫无意义的虚幻妄想，可终究还是站了起来。几乎在同一瞬间，那人刚好靠近蜡烛的光圈。事后，她余悸未消地补充道，在那穿心入骨的一秒，自己居然没有原地去世，真是令人想不通！毕竟，当突然看见他——那个自己早已不抱期望能再见到的人——活生生地出现在面前，她清清楚楚地感觉到自己的心仿佛有了生命一般，要从胸腔里跳出去了。

姑娘飞快地讲着这段故事，手紧紧地牵着爱人，一刻也没有松开，而且仿佛还是不敢确定自己是不是在做梦，一次又一次重新投入年轻人的怀抱。这洋溢着青春的亲昵缠绵是多么动人，一道沦落至此的狱友无不感到深深地震撼。众人方才还麻木不仁、疲惫不堪、漠视一切，什么情感都打动不了他们冰冷的心，现在却全部热情地挤上前，活力满满地围在这对意外破镜重圆的情侣身边。听了这件奇事，每个人都把自己的命运忘得一干二净，纷纷情不自禁地想要说一句感同身受、称道赞许或是怜悯的话，可那热辣如火的姑娘带着一种陶醉的自豪，回绝了每一句惋惜之词。"不必可怜我。"她说自己很高兴，全心全意地高兴，因为现在她知道，自己将和爱人在同一时刻死去，两人都不必为对方悲戚。只有一件事让她的幸福略显逊色，那就是自己还得带着娘家的姓氏，而不能以爱人已婚妻子的身份，同他一起去到上帝面前。

她说这话时，没带一丝怨气，也不带一点目的，几乎刚说完就忘记了，又一次撞入爱人的怀中。因此，她没注意到，人群中罗伯特的一位战友被她的心愿深深打动，小心翼翼地溜到旁边，和一位长者低声耳语起来。轻轻的几句话却似乎让人大为震撼，那人听完，唰的一下站起来，奋力挤到两人面前，转过身来对他们说，自己曾是土伦①的一名神父——他一身农民着装，叫人完全看不出身份——因为拒绝宣誓效忠国家，遭人告发才被捕入狱。虽说现在没有身穿神父黑袍，但他仍然能感觉到自己的职责所在、权力所能。既然两人的结婚预告早已公示，而且时间不等人，他非常乐意不顾那么多条条框框，立刻满足她合理合法的愿望，当着现场所有患难同胞的面，以及在那无所不在的上帝的见证下，宣布二人结为夫妻。

她从未奢求过实现这个愿望，不承想竟又一次如愿以偿，姑娘大吃一惊，望着未婚夫，眼里带着疑问。而她的未婚夫只是以闪闪发亮的目光作为回应。姑娘于是屈膝跪在坚硬的地砖上，亲吻神父的双手，请求他就在这间陋室里帮助他们完婚。她感到自己的内心至真至

---

① 土伦：法国东南部滨地中海的港湾城市。

纯，充满了圣洁虔诚的光辉。这间阴气沉沉的死亡之屋竟有一瞬间能化身教堂，周围的人无不深受震撼，不由自主地为新娘的激情所感染，立刻匆忙开始干起各种杂活，以此来拼命掩饰自己内心的波澜。男人们把为数不多的几张椅子搬过来排整齐，又把蜡烛挪到铁十字架附近，放成笔直的一行，于是桌子有了一点祭坛的样子。女人们手脚麻利地把几朵鲜花编成一个细细的花环，戴在姑娘的头上，那些花还是在入狱的路上有人怜悯她们，慷慨相送的。在这期间，神父分别带着两位新人进了隔壁一间屋子，先是听取了新郎的忏悔，然后听取了新娘的忏悔。当二人走到这座临时搭起的祭坛前，全场显然沉寂了下来，足足有几分钟之久，这段沉默太过不寻常，连卫兵都觉得可疑，冷不防地开门进来查看。可当他注意到这特殊的准备工作，那张黝黑的农民脸庞也不由自主地露出了严肃、虔诚之色。那卫兵于是站在门口，没有打扰他们，自己也成了观众中的一员，默默见证这场不寻常的婚礼。

神父走到桌前，简单宣布道，只要毕恭毕敬真心希望与上帝建立连接，处处皆可是教堂，万物皆能做祭坛。随后，他跪了下来，全场所有人也跟着一起跪下。万籁俱寂，连那细长的火苗都纹丝不动。然后，神父在一片沉寂中开口问两位新人，是否愿意携手相依，不论生死。二人用坚定的声音回答道："不论生死。"而"死"这个字眼——刚才听了还叫人寒毛直竖——现在却如此清朗明亮，响彻鸦雀无声的房间，声音不再因恐惧而颤抖。神父将两人的手交叠在一起，说出了那句神圣的话："我凭圣母之威，以圣父圣子圣灵之名，将你们结为夫妻。"仪式到此结束,新婚夫妇吻了一下神父的手,死囚纷纷拥上去,想发自内心地和神父说上一句亲切的话语。那一刻,没有人想着"死亡",而感受到"死亡"的人,也不再觉得它有多恐怖。

在此期间,刚刚担任证婚人的那位朋友和其他人窃窃私语了一番,随即不知怎的,又开始忙碌起来。几个男人从隔壁的小房间把草袋搬了出来,而那对新婚夫妇还全心全意沉浸在方才梦一般的场景中,丝毫没有注意到他们的筹备动作。那位朋友走过去,笑着对他们说,自己和一群难兄难弟本想在他们大婚的日子送上一份礼物,可既然已经朝不保夕了,世俗的礼物还有什么意义呢?因此,他只想提供这样一件礼物,能让这对新人感到高兴、珍惜,那就是让他们安安静静地单独度过新婚之夜,也是最后一夜。狱友们宁愿自己到外面那个房间里挤一挤,这样里面这个小房间就可以完全属于他们两个人了。"时间不多了,好好利用吧。"他补充了一句,"生命的气息流走就不会再回来了。在这样的时刻,谁若还能有幸得到爱,就该好好享受。"

姑娘的脸红到了发根,而她的丈夫坦然地看着朋友的眼睛,激动地握住兄弟的手。两人都没有说话,只是紧紧地互相凝视。就这样,没有一句大声指挥,所有男人自发围到新郎身边,所有女人自动排到新娘身边,庄严地举起蜡烛,带领着这对新人走进那间从死神手里借来的小房间。大家难掩心中的感动,竟在无意中又重走了一遍古老婚俗之路。随后,众人在新婚夫妇背后关上了门,可没一个人胆敢说一句不体面的话,或者开一个不纯洁的玩笑,来戏谑这对小夫妻即将开启的新婚之夜。因为他们虽然自己无力与命运对抗,却仍能为别人带来一丝幸福。自打意识到了这一点,一种奇怪的庄严感就在大家心头默默合上了翅膀,将其笼罩。暗地里,每个人都在默默感恩,这场婚礼的仁慈馈赠帮他们转移了注意力,不再沉溺于无可避免的个人命运。于是,大家在黑暗中四散开来,或醒或梦地躺在草袋上,一直到黎明。房间里充斥着囚犯们迷离的呼吸声,偶尔会响起一声叹息。

第二天早上,士兵开门进来,准备把八十四名死刑犯带去刑场,他们发现所有人都醒了,而且个个准备就绪。只有隔壁住着新婚夫妇的那个房间还安安静静的,即使是枪托哐啷哐啷一顿猛撞,也没有惊醒那对疲惫的新人。伴郎于是赶紧轻手轻脚跑进去,生怕刽子手去强行吵醒这对幸福的新人。只见两个人躺在那边,松弛地抱在一起,姑娘的手放在丈夫向后倾着的脖子下,似乎是忘了收回来。即使是在睡梦中,面部僵持不动,他们的表情也依然是那样柔和,脸上闪烁出幸福柔和的光,叫人看了心生同情,实在不忍心去打搅这样的宁静。可是客观情况不允许他迟疑,于是伴郎先碰了碰新郎,急切地进行提醒。新郎睁开蒙眬的睡眼,猛地一下想起了自己的境遇,随后温柔地把妻子抱着坐了起来。她抬眼一看,怔了一下,像个孩子似的,不过只是被突如其来的冰冷现实吓了一跳而已。随后,她冲着丈夫默契地微微笑了一笑:"我准备好了。"

两人手牵手走出去的时候,所有人都情不自禁地让开一条道,就这样,这对新婚夫妇无意中打了头阵,为所有犯人开启了死亡之路。虽然日日看、夜夜看,大家都习惯了见到奔赴刑场的悲壮队伍,但这一回,路人无不以惊讶的目光追逐着这支特别的队伍远去。因为开路的两个人——年轻的军官和头戴新娘花环的姑娘——浑身散发着不同寻常的欢乐，还有一种近乎幸福的泰然自若。纵然再迟钝的灵魂也会生出敬畏，感觉到其中藏着崇高的秘密。而其他死刑犯也没有像大多数被押赴刑场的人一样脚步拖沓、踯躅前行。相反，他们个个目光灼灼地盯着最前面的夫妇。这两个人已经三次出人意料地实现了愿望，犯人们像抓住了救命稻草般坚信，肯定还有一次奇迹——对，一定还有最后一次——会发生在这两个幸运儿身上，而所有人也都将跟着免于一死。

但生活只喜欢奇妙，对真正的奇迹却一毛不拔：最终降临的，终究还是当时在里昂日日上演的事情。火车驶过大桥，开进布罗特奥的沼泽。十二队步兵等在那里，每三管猎枪瞄准一个囚犯。死囚们一字排开，一枪毙命。随后，士兵将流血未干的尸体丢进罗讷河，湍急的河水将这些陌生的面孔、陌生的命运漠然吞噬。只有那个婚礼花环，从沉入河底的新娘头上轻轻落下，漫无目的、怅然若失地在滚滚向前的水波上漂浮了一会儿。最后，它也消失了。随之一起的，还有那个远离死亡、值得铭记的爱情之夜，在很长一段时间内淡出了人们的记忆。

旧书商门德尔

Buchmendel

访客完毕，我从城郊归来，又是在维也纳。一场瓢泼大雨忽然而来，抽起湿漉漉的皮鞭，把路上的行人麻利地赶进房门或是雨棚。我也不例外，赶紧临时找一处屋檐避雨。好在如今维也纳的每处街角都有一家咖啡馆，于是我赶忙逃进街对面的那家，进屋时已是帽子滴水、双肩尽湿。从里面来看，这家咖啡馆是按照郊区咖啡馆的式样建的，这类小店几乎千篇一律，没有效仿德国的市内音乐厅里放的那种摩登的摆件，完全就是老维也纳市民风，店里坐满了小市民，读报纸的要比吃糕点的多。现在是晚饭时间，本就浑浊窒息的空气又掺杂了一圈圈浓烟，仿佛蓝色大理石纹路。不过店里的天鹅绒沙发一看就是新买的，铝制的收银台闪着亮光，整家小店倒也显得干干净净。我来得匆忙，根本没看写在外面的店名。再说了，何必要知道呢？——我现在暖暖地坐在里面，透过淌着雨水的蓝色玻璃窗，不耐烦地向外望去，想着这场烦人的大雨什么时候才能发发善心，往边上挪个几千米，放我离开此地。

我无所事事地坐在店里，开始慢慢坠入那种消极怠惰的心境中。维也纳每一家正宗的咖啡馆里都弥漫着这种难以察觉、涣散人心的气氛。在这种一片虚无的感觉中，我开始观察店里的每一位顾客。烟雾弥漫的房间里，在人工灯光的照射下，大家的眼睛周围似乎都蒙上了一层不太健康的灰色阴影；我又望向柜台边的那位小姐，看着她如何像机器一般地给服务生手里的每一杯咖啡加方糖，分小勺；我无意识地读着墙上无聊透顶的海报广告，半梦半醒，感觉这样的沉闷竟然有点舒服。可是突然，我被莫名其妙地拽出了这种半入梦乡的状态，内心生出了某种难以捉摸的触动，这让我感到些许不安，就像突然开始稍稍有点牙疼，却不知这种疼痛源自哪里，是在左边还是右边，上排还是下排。我只隐隐感到有些紧张，精神上难以安宁。因为忽然之间——说不上来是出于什么原因——我意识到，几年前自己一定来过这里，某一段记忆把我与这些墙壁、桌椅，还有这个烟雾缭绕的陌生房间联结在了一起。

但我越是强迫自己去回忆那段往事，它就越狡黠地滑入记忆深处，就像一只水母，在意识的最深处忽明忽暗地隐隐发光，任凭我如何努力都抓不住。我用目光攫住周围的每一件陈设物品，却是白费力气；确切无疑地知道有些东西是我没见过的，就比如柜台上叮当作响的自动收款机，还有用仿紫檀木做成的棕色墙面——这些东西都一定是后来才添置的。可不是嘛！可不是嘛！二十年前，甚至更早之前，我就来过这里。这家小店里藏着我自己早已翻篇的往事，它就如钉在木头里的钉子一般难以寻觅。我使劲将一切感官延伸到房间的各个角落，同时将其往自己身体里延伸。但是，可恶！我还是翻不出这段记忆，它早已渺无踪迹，淹没在我的脑海里了。

人在办不成事，发现自己心智不足、脑力不完美的时候总是难逃恼火的，我也气得要命。但我仍然没有放弃希望，还想再把这段记忆翻找出来。我知道，只要手里拿到一个小小的"钩子"就能成功，因为我的记忆构造和常人不同，说不清到底是好是坏：一方面，它固执、一根筋；另一方面，它又可靠到难以形容。我听说过的每一件事，见到过的每一张脸，读过的每一句话，经历的每一个过程，都会被完完整整地吞进深幽的脑海暗处。若不强行逼迫，纯靠意志调取，大脑是一丁点都不会吐出来的。但我只要抓住一点哪怕转瞬即逝的痕迹，比如一张风景明信片，信封上几行手写的字迹，一份被烟熏黑的报纸，遗忘的往事立即就会像咬了钩子的鱼一样，从黑暗的记忆洪流中晃晃悠悠、真真切切、栩栩如生地重现在我眼前。随后，我便能回忆起每一个人的每一处细节——他的嘴巴长得如何；嘴里左边缺了一颗牙，大笑时会露出一个小洞；他笑起来是多么上气不接下气，一边笑，唇上的小胡子一边还会微微颤动；大笑的时候，这人会呈现出一张何等全新的面孔——一旦回忆起来，我就立刻能看见一个完整的形象，不管时隔多少年，都能想起此人当时对我说的每一句话。可要想真切地看到或感受到往事，我总需要从现实生活中获得某种感性的刺激，将其作为小小的帮手。于是，我闭上双眼，好让自己尽力回忆，创造出那种神秘的鱼钩，抓住它。可是什么都没有！什么都没有！记忆全洒了！全都忘光了！我恨透了两处太阳穴之间这个不听使唤的破记忆机器，真想用双拳狠狠捶几下自己的脑门，就好比遇到坏掉的自动贩卖机死活不肯吐出买好的东西，大家总会去使劲摇晃它。唉！我再也无法安安静静地坐着了，回忆失败让我烦躁不安，恼火得要命，于是我站起身来，想要发泄一下愤懑。可是好奇怪——我刚在店里走了没几步，脑子里就开始出现磷火一般朦朦胧胧的印象，闪闪烁烁、忽明忽暗。我想起来了，往收银台右边走，一定会有一间无窗的房间，里面只靠人工灯光来照明。果然，我记得没错。这间房间就在那边，只是墙纸换掉了，布局没变，还是当年那间轮廓渐渐模糊的矩形后屋，是间活动室。我本能地环顾四周，查看每一件物品，神经已经在欢快地颤动了。我预感，马上就能什么都明白了。屋内闲置着两张台球桌，仿佛悄无声息的绿色泥塘，屋角放了几张牌桌，桌边坐了两位不知是枢密官还是教授的人在下棋。角落里，紧挨着铁炉的地方，放了一张小小的方桌。人们可以经由那里走到电话间。一瞬间，脑中有画面开始闪回。我心头一热，豁然开朗，立刻就知道了：天哪！这不是门德尔的座位吗？雅各布·门德尔，那个书商！时隔二十年，我又一次走进了他家总店，位于上阿尔瑟大街的格鲁克咖啡馆！雅各布·门德尔，我怎么能把他给忘了啊？这样一个古怪到举世无双的传奇人物，如此一个离经叛道的世间奇迹，不论是在整所大学，还是在尊敬他的小圈子，都颇有盛名的人，我怎么会这么久都没想起来？简直难以理解！——他是卖书的商人，更是书籍的魔术师，每天坐在这里，从早到晚一动不动。他是知识的象征，格鲁克咖啡馆的荣耀。怎么能让他从我的记忆里消失呢?！

我闭上眼睛，收回目光，转向自己的内心，只需一秒，他整个人的形象已经在我心中升起，鲜活透亮，栩栩如生，绝不可能认错。仿佛他本人就在我眼前，我立刻看见了他是如何久久地坐在四方桌前，灰色的大理石桌板脏兮兮的，上面永远堆着书和杂志；看到他是如何一动不动地坐在那里，稳如泰山，藏在镜片后面的眼睛像被催眠了似的，僵直地盯着某一本书；听见他是如何坐在那边，嘴里轻轻地读着杂志，发出低低的嗡嗡声，身体微微前后摆动，带着头发梳得不怎么样的、有一块块斑秃的脑袋一起摇晃。这个习惯是他从东方犹太儿童宗教学校里带出来的。他在这张桌子边，也只会在这张桌子边，阅读目录和各种图书，就像在塔木德小学里学到的那样，轻轻地吟诵，微微地摇晃，仿佛置身于一个黑色摇篮之中。通过这种催眠一般的富有节奏的来回摇晃，孩子们能进入梦乡，逃离现实世界，虔诚的教徒们因此认为，这种思想放空的躯体摇晃能帮助人们更轻松地集中精神，获得沉浸的恩赐。也确实，这个雅各布·门德尔对周围的一切视而不见，听而不闻。他的身边，打台球的在喧嚷吵闹，计分数的在跑来跑去，电话铃声丁零零作响，清洁工刷着地板，服务员烧着火炉，而他对这一切都毫不在意。有一次，一块烧得通红的煤炭从炉子里掉了出来，把离他仅两步开外的木地板烧焦了。等地面冒出了焦味，才有一位客人注意到了危险，赶紧冲过去把火扑灭。而他自己呢？这个雅各布·门德尔分明只离火源两步远，都已经被烟熏到了，却还是什么都没有察觉到的样子。因为他在读书，他一读起来，就像信徒在祈祷、赌鬼在赌博、醉汉喝得酩酊大醉一样，两眼直直地望向一片虚空。他读书时的那种全神贯注实在是令人动容，见过他以后，我再去看别人读书，都觉得及不上他。在这个小小的加利西亚旧书商雅各布·门德尔身上，当时年少无知的我第一次体会到了全神贯注的伟大奥秘。正是全神贯注的状态成就了艺术家、学者；造就了真正的智慧，同时创造了纯粹的疯魔；酿成了无可救药的沉迷带来的悲剧性的福与祸。

最初带我去见他的，是我大学里的一位学长。我当时正在研究帕拉塞尔苏斯①主义医生和通磁术大师麦斯麦②，这两方面的知识至今都鲜有人知。我的研究处处碰壁，因为相关文献数量太少。我这个单纯无知的新生去向图书管理员询问信息，对方却极不友善地抱怨说，查找文献是我的事情，不归他管。就在那时，那位学长第一次向我提起了他的名字："我陪你去找门德尔吧。"他拍着胸脯向我保证，"这个人什么都知道，什么都搞得定。就算是最偏门的书，他也能从被人遗忘的德国旧书店里给你翻出来。他是维也纳最有本事的人，而且很与众不同，简直是个早已绝种的史前食书大蜥蜴。"

于是我俩便来到了格鲁克咖啡馆，看见他，那个书商，坐在那里，戴着眼镜，胡子拉碴，一身黑衣，一边摇晃身子一边读着书，宛如风中一丛摇曳的黑灌木。我们走过去，他完全没有注意到我们，仍旧坐着读书，上半身在桌子上方晃来晃去，宛如一座宝塔，身后的钩

---

① 帕拉塞尔苏斯（1493—1541）：16世纪的瑞士医生、炼金术士，提倡化学药物的使用，对现代药学产生了重要影响。
② 通磁术大师麦斯麦：通磁术，即催眠术。奥地利医生麦斯麦（1734—1815）相信从星体中流出的磁力会影响人的生命，从而在磁石影响生命的实验中发现了通磁可使一部分人进入昏睡状态，这种状态对心理疾病具有一定的治疗作用。

子上挂着他那件破破烂烂的双排扣黑大衣，口袋里满满当当地塞着各种杂志和书单。我的朋友用力咳嗽两声，告诉对方我们来了。但门德尔眼睛上方那厚厚的镜片似乎紧紧贴在了书上，他丝毫没有察觉到。最后，我朋友不得不像叩门一样，用力把桌面敲得哐哐响，门德尔这才呆呆地抬起眼睛，机械地把笨重的钢丝框眼镜快速向上推到额头，烟灰色的眉毛高高竖起，眉下一双奇怪的小眼睛乌黑深邃，机敏警惕，如蛇芯子一般尖锐发亮，直戳我们。朋友向他介绍了一下我，我也说明了自己的诉求。轮到我讲的时候，我一上来就佯装生气地抱怨那个图书管理员——这个小手段是朋友手把手教给我的——说他根本不想给我提供任何信息。门德尔把身体向后一仰，仔细啐了一口唾沫，随后大笑一声，用很重的东方口音说道："那是他不想提供吗？才不是呢！——是他根本提供不了！他就是个草包，是头该打的灰毛驴。我认识他。干了整整二十年图书管理员了，到现在还是什么都没学到，上帝看了都要叹气。整天就知道拿薪水，除了这个什么都不会干！这帮博士先生啊，还不如去搬砖呢，倒还比坐在书山旁边强。"

他把心里的牢骚发完了，我们之间的生疏感也就算消失了。门德尔亲切地挥了一下手，第一次邀请我到这张满是涂涂画画的大理石桌子边坐坐。那时，这张桌子对我来说，还是一个给予书籍爱好者启示的陌生祭坛。我赶紧说明了自己的愿望：我想找一些在通磁术产生时的相关作品，以及后世一切或支持或反对麦斯麦医生的专著或论文。我刚说完，门德尔就把左眼紧闭了一秒，好似一个准备开枪的射击手。但说真的，他这个全神贯注的表情仅仅持续了一秒，随后便立刻开始念念有词，一口气流利地说出了二三十本书来，就好像在读一份看不见的书单一样，而且每说一本，都顺便把出版地点、年份、大概的价格一起告诉了我们。我大受震撼，虽然早就做好了心理准备，但实在没想到他会这么厉害。我目瞪口呆的表情似乎让他很高兴，他又立马舞动记忆的钢琴键，继续弹奏这个主题的绝妙"图书变奏曲"。他问我，想不想了解一点有关梦游者的内容，想不想知道人类第一次尝试催眠术的情况？对加斯纳①、驱魔术、基督教科学会和布拉瓦茨基夫人②感不感兴趣？随后又劈头盖脸地给我列举了一大堆人名、书名、简介。我这下才明白，我遇上的这个雅各布·门德尔是个万里挑一的记忆奇才，他简直就是一本长了双腿的百科全书、无所不有的图书目录。他一口气给我说了大约八十个人名，表面一脸漫不经心的样子，心里却肯定为自己大秀一场乐开了花，还掏出一块最初可能是白色的手帕擦了一下眼镜。我听着，呆呆地盯着这个图书界的奇迹出神，被这个不修边幅，甚至有点邋里邋遢的加利西亚旧书商深深吸引了。为了稍稍掩饰一下自己的震惊，我怯生生地问他，刚刚提到的这些书，如果他想尽办法，能给我弄到多少。"呃，等等看吧，我试试能弄到多少。"他咕哝道，"您明天早上再来一趟，我门德尔用这点时间多多少少肯定能搞到几本。找不到的那些，我到时候再去别的地方看看。多动动脑筋，总会遇到好运的。"我礼貌地道了谢，也是纯粹由于想

---

① 加斯纳：天主教牧师，曾尝试通过驱魔来治疗疾病。
② 布拉瓦茨基夫人（1831—1891）：国际通神学会的创始人之一，俄裔女通神论者。

表达礼貌，紧接着就干了一件大大的蠢事——我竟然建议他找张纸条把我想要的书都记下来。几乎就是在同时，我感觉到朋友用手肘警告性地碰了我一下。但太晚了！门德尔已经向我投来了一道目光——那是怎样的一道目光啊！——既扬扬得意，又仿佛受了侮辱；既嘲讽揶揄，又高高在上；完全就是王之蔑视，让人一下想到莎士比亚的剧中，麦克达夫要求麦克白这位无往不胜的英雄不战自降的时候，麦克白的那种戏谑的眼神。随后他又大笑了一声，大大的喉结奇怪地上下动了一动，似乎在用力把一句粗话吞进肚子里。这个老实的好书商，其实再怎么说粗话，都没人怪得了他。因为只有一个陌生人，一个一无所知的傻子——用他的话来说，就是"呆瓜"——才会向他提出如此侮辱人的无理要求，会建议他，雅各布·门德尔——他可是雅各布·门德尔！——像书店学童、图书馆理员一样，把书名记下来，就仿佛他这个如金刚钻一般无与伦比、专门用来装书的脑袋，需要此等拙劣的辅助手段才能记得住东西。到后来我才明白，自己一个礼貌的建议把这个怪才的心伤得有多深。雅各布·门德尔，这个个子不高，饱经风霜，满脸胡须，还有些驼背的加利西亚犹太人，在记忆力方面却是实实在在的泰坦。在他那石灰一般脏兮兮的，仿佛长满了灰色苔藓的额头后面，藏着一册神卷，原本印在书上扉页的每一个人名、书名，都仿佛浇铸了钢铁一般牢牢地印在那神卷上。不论是昨天刚刚出版的新书，还是两百多年前的古籍，他都是一开口就能准确地说出出版地点、出版社、新版和典藏版分别的价格，还能凭借想象力记起每一本书的装订、插图、影印版，且分毫不差。不管是亲手拿到过，还是只是远远地在展柜或者图书馆里扫到过一眼,他看每一本书都是一样地清清楚楚,宛如创作作品的艺术家能看到存于自己心中的、外人尚未可见的图像。当看见雷根斯堡一家旧书店里的图书目录上一本书要加六马克的时候,他就能马上想起,两年前,这本书的另一版本在一场维也纳拍卖会上拍出过四克朗的价格,同时能记起最后是被谁收入囊中。唉!雅各布·门德尔从来不会忘记任何一个书名,任何一个数字。在图书宇宙这万古千秋日日运转的宇宙中,每一株植物,每一条纤毛虫,每一颗星星,他都认识得清清楚楚。他比所有专家都更了解他们各自的领域,比所有图书管理员对图书馆都更了解,比大多数书店老板都更清楚他们的书店。纵使那些人有字条和卡片索引,而他手上空空如也,可他有记忆的魔法,有无可比拟的超凡头脑,若不用上几百个不同的例子来比拟,恐怕难以展示其真正的实力。当然,要把自己的记忆训练、塑造成此等如魔鬼般的精确无误,只能靠每一种尽善尽美都逃不过的永恒秘诀——专心致志。这个怪人,两耳不闻窗外事,一心只知钻研书。在他眼里,时间的一切现象,只有化作文字,全都浇铸在书上,被封存得干干净净,才刚刚开始变得真实。但即使是在读这些书的时候,他注意的也不是它们的意义,不是其精神或叙述内容,而是人名、价格、装订、扉页,只有这些才能引起他的兴趣。没有生产、没有创造对他来说都是次要的,他只想把成千上万条人名、书名索引印在自己这只哺乳动物柔软的大脑皮层上,而不是像别人那样,把这些东西写在图书目录上。雅各布·门德尔对古书的记忆力之卓越,完全称得上独一无二、十全十美,论其非凡伟大程度，完全不减拿破仑之于生理学①、梅佐凡蒂②之于语言、拉斯克尔③之于象棋开局、布索尼④之于音乐。若请他去开讲座，给他一个官方职位，那么这个大脑将能让上千个——不，上万个学生、学者受益匪浅，连连惊叹，还能造福这门科学，甚至对我们大家称为"图书馆"的公开宝库来说，都是一份无可比拟的财富。但对他这个微不足道、没受过教育的，顶多上过塔木德小学的加利西亚旧书商来说，这扇通往上层社会的大门是永远紧紧锁住的。所以，他的这项奇妙的能力只能作为一种神秘学，只能在格鲁克咖啡馆边的大理石桌上发挥自己的力量。但如果哪天来了一位大心理学家（在我们的精神世界，一直还没有这种人的作品问世），而此人也有布封⑤那种整理、分类动物亚种那般坚持不懈、不厌其烦的精神，仔细研究我们称为"记忆力"的这种神奇力量的各个种类、形态、原始形式，将每一个都描述出来并细致展示，那么他就必须怀念雅各布·门德尔，这个记忆价格、书名的奇才，这位古书籍学的无名大师。

从职业的角度看，对不了解他的人来说，雅各布·门德尔当然只是一个卖旧书的小贩。每个周日，《新自由报》和《新维也纳日报》

---

① 拿破仑正是解决了士兵吃饭的生理问题，才为横扫欧洲、南征北战奠定了坚实的基础。
② 梅佐凡蒂：19世纪意大利博洛尼亚的主教，语言天才，据传能讲几十种语言。
③ 拉斯克尔：德国国际象棋名手，连续二十七年夺得世界国际象棋冠军，十分熟练于开局。
④ 布索尼（1866—1924）：意大利钢琴家、作曲家。
⑤ 布封（1707—1788）：18世纪法国博物学家、作家，用毕生精力经营巴黎皇家植物园，并写成了共四十四卷的《自然史》。

上总要刊登这样一则万年不变的广告:"高价回收旧书,速至上阿尔瑟大街,来找门德尔。"下面写着一个电话号码,其实不是他本人的,而是格鲁克咖啡馆的。每回他都要在库存里一通乱翻,每周都要和一个留着皇帝式胡须的老行李搬运工一起,拖几口袋的书到总店去,然后又从那儿拖出来,因为他没有规范的书籍经营许可证。所以,他做的始终都是小生意,活动十分有限。学生把教科书卖给他,他于是把高年级学生的书转手卖给低年级学生。另外,大家寻找的任何著作他也会帮着介绍,替人购买,手续费要的很少。在他这里,用很少的钱就能换到很棒的建议。不过,钱在他的世界里是一点地位都没有的。大家有目共睹,他永远披着同一件破破烂烂的衣服,早饭、晚饭只喝点牛奶,吃两个面包,中午则吃一点别人帮他从饭店里带出来的东西。他不抽烟,不赌博。没错,大家甚至可以说,他完全没有生活,只有镜片后面的那双眼睛是活着的,要负责用文字、书名、人名去喂饱他那谜一般的存在——大脑。这一软软的、高产的物质贪婪地吸收着眼睛传递来的东西,好似草坪尽情吮吸着万千雨滴。而人的事情无法引起他的兴趣。在人类的各种激情中,他或许只知道一种,那当然是最能被称为"人之常情"的"虚荣"。有人若是寻遍千家未有所获,绝望疲惫之下来找他问询,而他一开口就能直切要害——只有这种事情才能让他感到心满意足,提起兴趣。若说还有什么能让他高兴,那或许就是维也纳内外有几十个人尊重他的知识,需要他的头脑。在任何一个由数百万人组成的硕大集合,也就是我们所说的"大都市"里,永远只有在几个小小的点上才能炸出几个小小的面,唯有它们能以其微小之身反映所在之宇宙。而大多数人往往视而不见，唯有对内行，对志趣相投者，那些才是弥足珍贵的。书籍方面的内行人士无不熟知雅各布·门德尔。就好比谁要想得到一点关于音乐报刊的建议，必然会去维也纳音乐之友协会找奥伊泽比乌斯·曼迪切夫斯基①，他会满脸友善地坐在那里，头戴灰色小帽，身边全是乐谱稿纸。只要稍稍一抬头，不管多难的问题，他都能在谈笑间解决好；也好比时至今日，谁要想得到一点关于维也纳戏剧文化的启发，绝对会去找无所不知的格罗西神父。同理，那些"虔诚"的维也纳书籍爱好者要是遇到了硬骨头，一定会立刻像朝圣一般，自然而然地带着同样的信任，去格鲁克咖啡馆找雅各布·门德尔。对我这种充满好奇的年轻人来说，趁着门德尔提供信息的时候，在一旁仔细观察他，能感受到一种特殊的乐趣。平时，大家把一本价值不大的书放在他面前，他只会轻蔑地敲敲封面，低声咕哝一句"两克朗"；但要是碰上了某样珍品或者独版，他会恭恭敬敬地退开两步，拿一张纸垫在书下面，仿佛突然一下子对自己指甲缝里都是黑泥、沾满墨水的手指感到羞愧了。随后，他会开始小心翼翼、轻轻柔柔地一页一页翻阅那珍本，脸上写满了莫大的敬重。在这种时刻，任谁都无法打扰到他，正如一个真正的信徒在祈祷的过程中，是不会受到任何干扰的。确实，他的注视、抚摸、嗅闻、掂量，每一个动作都带着仪式感，像是某种宗教行为所具

---

① 奥伊泽比乌斯·曼迪切夫斯基（1857—1929）：罗马尼亚出生的奥地利音乐学家、作曲家、指挥家和教师，创作了大量音乐作品，在奥地利、罗马尼亚和乌克兰音乐界享有很高声誉。

有的特殊仪式，前后顺序都有严格的规定。他佝偻的脊背前后移动，一边晃，一边咕咕哝哝，伸手抓抓头发，时不时发出一些奇怪的元音。比如，他会拖长声音，发出近乎惊讶的"啊——"或者"哦——"，来表达醉心沉迷的惊异；要是看到哪里缺了一页，或者哪一页被蠹虫咬坏了，又会发出一声短促的"唉！"或者"哎！"，仿佛被吓了一大跳。最后，他会毕恭毕敬地把那本厚厚的书端在手上掂一掂，半闭双眼，把这笨重的几寸纸堆闻一闻、嗅一嗅。其陶醉之深，根本不亚于多愁善感的少女感受一朵晚香玉的芬芳。在门德尔进行这一套略显繁杂的程序时，书的主人当然得耐着性子安静等待。而在门德尔检查完毕的同时，他也就准备好——嗯，甚至是无比兴奋地来解决一切问题，还一定会附带上各方面的奇闻逸事，用极具戏剧效果的语言说出类似版本的价格。在这种时刻，他似乎变得更加开朗、更加年轻、更加具有活力了。只有一种情况会让他勃然大怒，那就是面前那个初来乍到的书主人想要付钱，以感谢他的这番估价。若真如此，他定会愤愤地拒绝，就像某个周游世界的美国人若想给一位画廊顾问塞点小费来感谢他的讲解，那顾问也必定会愤然拒绝一样。因为对门德尔来说，能把一本极为珍贵的书捧在手里，就无异于凡夫俗子能有幸与心上女神约会，手捧书籍的瞬间便是柏拉图式的爱情之夜。能动他心神的，只有书，绝非钱。因此，那些大收藏家——其中甚至不乏普林斯顿大学的创始人——都想请他做图书馆顾问或采购员，却都是徒劳。雅各布·门德尔把这些邀请统统拒绝，他只想待在格鲁克咖啡馆，其他一概不考虑。三十三年前，他还是个其貌不扬的小年轻，胡子还是黑黑的、软软的，额前的头发还呈小卷状态。那时，他刚从东方来到维也纳求学，想得到犹太法学博士学位。可不久，他就背离了严酷的唯一真神耶和华，投身流光溢彩、千变万化的书籍的众神世界中去。当时，他最先找到的就是格鲁克咖啡馆，之后这家店就慢慢变成了他的书坊，他的总店，他的邮局，他的全世界。好比一位天文学家孤身站在天文台上，透过望远镜的圆孔，夜夜观察无数的繁星，观测其神秘莫测的运行，千变万化的无序、湮灭与重燃，雅各布·门德尔坐在方桌旁，透过他的眼镜，观察着书籍的宇宙。这个宇宙同样在永恒地运行着，变幻莫测，是一个凌驾于我们现实世界之上的另一个世界。

不必多言，他在格鲁克咖啡馆自然是备受敬仰的，甚至这家小店的口碑，与其说是靠上流音乐家、歌剧《阿尔切斯特》和《伊菲姬尼》系列的创作者克里斯托弗·威利巴尔德·格鲁克的光环支撑起来的，倒不如说和门德尔那张看不见的讲台关系更加密切。他和店里的老樱花木柜台、两张打满补丁的台球桌，还有那铜制咖啡壶一样，门德尔也是这家小店的财产清单里的一员。他的桌子也被店里善加保管，堪比圣坛。毕竟，到他这里来购买、咨询的顾客数量极大，每来一个人，店员便带着笑脸逼对方点些什么东西。可以说，由他的知识吸引来的大部分收益，其实都流进了服务员领班杜布勒屁股后面那个大大的皮夹子里。为此，这个旧书商也能享受许多特权。店里的电话他可以免费打，信件有人替他取，所有订单都有人帮忙处理，还有一位本本分分的厕所老清洁工为他刷大衣、缝纽扣，每周帮他洗一小捆衣服。只有他一个人有权让人到附近的饭店里顺一份午饭过来。每天早上，店主施坦德哈特纳先生都亲自到他的桌前，向他问早。当然，大多数情况下，雅各布·门德尔都沉浸在书的世界里，完全不会注意到店主的问候。他每天早晨七点半踏进咖啡馆，一直待到人走灯灭才离开。他从不与别的顾客交谈，也从不读报纸，对任何变化都视而不见。有一回，施坦德哈特纳先生礼貌地问他，现在他能在电灯下读书了，是不是比之前在苍白晃悠的煤气灯光下要好一些。他听了这话，才惊讶地抬起头，呆滞地望了一眼电灯泡。其实，安装电灯泡花了好几天，敲敲打打吵得要命，可这一变化竟完完全全从他的世界里掠过，不留一丝痕迹。唯有亿万黑色的文字，如蠹虫一般穿过镜框里两个圆圆的洞，爬过这两片吸收着知识的闪光镜片，渗透进他的大脑。其他一切于他而言，无非过往云烟，空空喧闹。三十多年来，所有清醒着的时间，他都仅仅守着这张四方桌，阅读，对比，计算，度过光阴，沉浸在一场永远不会醒来，唯有睡眠能打断的梦境中。

所以，当我在昏暗的暮色中看到雅各布·门德尔的那张宣告神谕的大理石桌子空空如也，如一块墓碑一般立于房中，我突然感受到了一阵强烈的恐怖。到现在，年龄大了，我才意识到有多少东西随着每一个他这样的人一同消失，最重要的是，在当前这个无可挽回的日趋单调的世界里，一切独一无二的东西都变得日益珍贵。还有就是，当时那个年纪轻轻、未经世事的我早就有了深深的预感，非常喜欢这个雅各布·门德尔。可是，我竟然差点忘了他——虽然现在是战争年代，而且我一直像他那样全身心投入自己的工作，在这种情况下，忘了也勉强可以算情有可原。现在，面对着这张空无一物的桌子，我感觉到了一丝对他的羞愧，而同时又产生了一种新的好奇。

他到底去哪儿了？遇到什么事了？我喊来店员打听。对方说："不好意思，我不认识什么门德尔先生，店里也没有来过姓门德尔的人。不过，领班可能会知道。"领班挺着大大的将军肚，笨重地挪了过来，犹豫了许久，反复思索——不认识，连他也不认识哪位先生姓门德尔。不过他问，我指的会不会是曼德尔先生，弗洛里安街上有家小百货店，里面倒是有一个姓曼德尔的人。我的唇上泛起一阵苦味，那是时过境迁的味道：如果风已将我们背后最后的一道脚印吹散，那么人究竟为何还活着？三十年来，或许是四十年，有这样一个人一直在这方寸之地呼吸、阅读、思考、诉说，他仅仅离开三四年，新的法老一来，约瑟①便再无人知。格鲁克咖啡馆里居然再也没人知晓那个旧书商，那个雅各布·门德尔了！我近乎是有些愤怒地问领班，我能不能和店主施坦德哈特纳先生说两句话？或者还有没有老一批员工仍在店里工作的？哦！施坦德哈特纳先生！哦，我的天哪！他早就把这家咖啡馆卖掉了，他已经过世了。而原来那个领班，现在搬到克雷姆斯河附近去了，过着自给自足的生活。没有了，再也没有人在这里了……等等！施博希尔太太还在，那个厕所清洁工（大家通常称之为"巧克力太太"）！但是这么多客人，她肯定不可能每一个都记得起来。可我随即又想到，雅各布·门德尔此人，她应该是忘不了的，于是让人去请她来见我。

---

① 约瑟：《圣经》典故，约瑟曾为法老解梦，救埃及于危难。

她来了,施博希尔太太来了。她顶着满头乱蓬蓬的白头发,拖着有些水肿的腿,从藏在隐蔽处的厕所里走了出来,红通通的手中还拿着一块布在匆匆忙忙地擦着,显然是刚刚打扫完那些阴暗的厕所小隔间,或者刚刚擦完窗户。看着她一脸的犹疑,我立刻就察觉到,突然一下把她从昏暗的厕所叫到店里高雅大厅的明亮大灯下,她感到浑身不自在。因此,她刚开始先是由下至上狐疑地打量了我一番,小心翼翼地压抑着眼神,猜测着我想从她身上得到点什么好处。可我一问出"雅各布·门德尔"的名字,她立刻睁圆了眼睛盯着我,眼珠子都快瞪出来了,双肩猛地耸了起来:"天哪!可怜的门德尔先生,居然还有人能想起他!唉,门德尔先生好可怜啊!"——她的情绪十分激动,几乎要哭出来了。当人老了,遇到别人让他们忆起某段早已尘封的青葱岁月、与故人的共处时光,总是会这样的。我问她,门德尔现在还活着吗?"哦,我的天哪!可怜的门德尔先生,他已经过世五六年了——不对,已经七年了。多可爱、多好的一个人啊。没记错的话,我认识他真的好多年了,应该不止二十五年了吧。我进店的时候,他就已经在了。那群人居然那样把他弄死!简直太可耻了!"她越说越激动,问我是不是他的亲戚。她说,这么多年来从未有人关心过他,没人问过他的消息。她又问我,他遭遇了什么,我是不是真的一点都不知道。

对,我向她发誓,自己确实什么都不知道,并请她给我讲讲,把事情完完整整地讲一遍。那位善良的老太太突然显出了羞怯之色,有些局促不安,那双湿漉漉的手不停地擦来擦去。我随即明白了:她以厕所清洁工这个身份，穿着脏兮兮的围裙，顶着一头蓬乱的白发，站在这咖啡馆的大厅中央，实在感觉尴尬不已。而且，她一直在不安地左右张望，看看有没有哪个服务员在旁边偷听。于是我提议去棋牌室，到门德尔的桌子旁边坐会儿，请她在那边给我详细讲讲事情的始末。她感动地朝我点点头，感谢我的理解。于是，这位年老体衰，走路已经晃晃悠悠的老太太走在前面，我跟在后面。两名服务员惊讶地目送我们离开，他们感觉到了其中必有隐情，还有几位顾客也向我们这个天差地别的二人组投来诧异的目光。于是，就在雅各布·门德尔的桌旁，她给我讲述了他的毁灭之路。（后来，又有另外的人给我补充了其他一些细节。）

"嗯，就是说，他呀……"老太太开始叙述，战争爆发以后，他还是一直会来，日复一日，每天早上七点半，就坐在那边，还是同往常一样，天天学习。嗯，大家都有相同的感觉，也常常会聊起，他应该完全没有意识到战争已经开打了。我也知道，他从来不看报纸，也从来不和别人说话。纵使报童把"号外，号外！"喊得震天响，其他所有人都围了上去，他也从没站起来过，从未侧耳倾听。他也从来没有注意到过，那个叫弗朗茨的服务员不见了（因为他在戈尔利采战役①中阵亡了）；也不知道店主施坦德哈特纳先生的儿子在普热梅希尔之战②中被俘。面包质量越来越差，人家给他带的饮料也从牛奶变成

---

① 戈尔利采战役：第一次世界大战期间，德奥联军于1915年5—6月对俄国西南方面军实施的进攻战役。
② 普热梅希尔之战：第一次世界大战期间，俄军军队于1914年9月24日围攻普热梅希尔的战斗。

了乱七八糟的咖啡渣冲出来的水，他也从未说过什么。只有一回，他感到过奇怪，那就是最近来他这里的大学生怎么这么少了？仅此而已。——"我的天哪，可怜的人啊！除了书，再也没有其他事情能牵动他的快乐或忧心了。"

可是后来有一天，灾难降临了。那是一个阳光明媚的晴天，上午十一点，有个警官带着一个秘密警察来到了这里。那个秘密警察亮了一下纽扣洞上的玫瑰花图案徽章，问是不是有一个叫雅各布·门德尔的人常来这里，然后径直走到桌边去找门德尔。门德尔全然不知，还以为对方是来卖书或者咨询问题的。但那两人立刻要求门德尔和他们走一趟，就把人带走了。这件事对咖啡馆来说是个莫大的耻辱，所有人纷纷围到门德尔老先生身边。他站在两个警察当中，眼镜推到了发际线，茫然地东张西望着，看看这个，望望那个，浑然不知两人找他到底要干吗。老太太立马对警察说，肯定是有什么地方搞错了，像门德尔先生这样的人，连一只苍蝇都不会伤害。但是秘密警察随即开始呵斥她，警告她不得妨碍公务。随后他们就把人带走了，之后很长一段时间，门德尔再也没有回来——大概有整整两年之久。施博希尔太太叹道，自己至今还不清楚，他们当时把门德尔抓去到底是想干什么。"但我可以发誓，"这位年迈的妇人情绪激动地说道，"门德尔先生绝不可能干什么违法乱纪的事情。肯定是那帮人搞错了，我可以为他做担保！他们是在对这个可怜无辜的好人犯罪！完全是犯罪！"

她说得没错，这位善良的施博希尔太太说得一点不错。我们的朋友，雅各布·门德尔确实什么违法乱纪的事情都没做——关于这一点,我也是之后才知道的——他只不过一时糊涂,干了一件蠢事,即使是在那个疯狂的年代,他的那种行为也实在令人难以相信。真要解释起来,或许也只能完全归因于他的全神贯注,归因于他仿佛远在月球般夸张的与世隔绝。事情的经过是这样的:有一个军方审查局专门负责监察所有与外国往来的信件。一天,他们截获了一张明信片,上面按规定贴了寄往国外的邮票,内容和签名都是雅各布·门德尔的,但是——简直难以置信——这张明信片居然要寄往敌国,收件人叫让·拉布戴尔,是个书商,地址在巴黎格勒纳勒码头。明信片里,这个叫雅各布·门德尔的人抱怨说,之前自己订了全年的《法国图书通报》月刊,但最近的第八期没有收到。看见这张明信片的下级审查官是调来的,原来是高中教师,爱好罗曼语族语言文学,而现在换上了一身蓝色后备军大衣。这张明信片到他手里的时候,他吃了一惊,心想:好蠢的玩笑。每周他都要审两千封信,寻找有没有可疑的信息和有间谍嫌疑的措辞,倒是从未有过如此离谱的赃物落到过他手里:居然会有奥地利人向法国寄信,还如此肆无忌惮地写上了姓名和地址,就这么随心所欲地往敌国寄明信片,随随便便往信箱里一扔,仿佛1914年的铁丝网从来没架到过边境上,仿佛上帝创造的日子里,法国、德国、奥地利、俄国并没有干什么事情,让各方的男丁数量日日成千上万地减少。他于是先把这张明信片当成一件稀罕玩意儿,塞进了书桌抽屉,并没有向上汇报这件反常的事。但几周以后,又来了一张明信片,还是那个叫雅各布·门德尔的人写的,这次是寄给一个叫约翰·奥尔德里奇的,地址是伦敦霍尔本广场,内容是问他能不能帮自己买到最近几期的《古文物杂志》。落款又是之前那个怪人，雅各布·门德尔，还是把地址写得十分详细，简直傻得可爱。这回，这个被人套上制服的高中教师感觉肩上的担子有些沉了。莫非这看似痴呆的玩笑背后是某种密码，藏着什么暗号？不管怎么说，他站了起来，啪的一声靠了一下脚后跟，把两张明信片一起放到了少校的桌上。少校双肩一耸：此事不简单！他先通知警察，查明究竟有无雅各布·门德尔此人。一小时后，雅各布·门德尔就被逮捕，拖到了少校面前，而他还没从这个飞来横祸中回过神来。少校把那两张神秘的明信片放到他面前，问他承不承认是自己寄的。那种步步紧逼的问话语气激怒了门德尔，不过，主要是因为那两个警察在他读一本重要图书目录的时候把他打断了，门德尔几乎是粗暴地答道："不是我，还能是谁？订单钱都付了，当然有权索取杂志。"坐在椅子上的少校倾身朝隔壁座位的少尉转过去，两人互相使了个心领神会的眼色：这就是个无可救药的傻瓜！然后少校思索了一番，是应该把这个一根筋的家伙狠狠呵斥一顿，骂完就赶走呢，还是把事情严肃彻查一遍？遇到这种难以抉择的尴尬状况，这种机构一般总会不管三七二十一，先做份笔录再说。有笔录总不是件坏事，虽然可能没什么用，但也不会造成什么损失，只不过是在几百万张没用的稿纸里面再添一张写得满满当当的进去。

但这一次，这个举动却让那个可怜的糊涂脑袋遭了殃。刚刚问到第三个问题，致命的回答就出现了。少校先是问了他的姓名：雅各布，本名贾因克夫·门德尔。职业：兜售小贩。（因为他没有书商营业执照，只有一张兜售许可证而已。）第三个问题却酿成了大祸：出生地。雅各布·门德尔说了佩特里考附近一个小地方的名字。少校听了，随即皱紧眉头。佩特里考，那不是在俄属波兰地区，靠近边境的地方吗？可疑！太可疑了！他于是以更加严厉的语气盘问门德尔，他是在什么时候获得奥地利公民权的。门德尔阴沉沉的眼神透过镜片，惊讶地望着少校：他想不出来。真是见了鬼了！他到底有没有证件啊？除了那张兜售许可证，他什么证件都没有。少校的眉头皱得更紧了：不行，他的国籍问题，非要让他讲清楚不可！他的父亲是哪国人，奥地利还是俄国？雅各布·门德尔丝毫不慌地答道：当然是俄国人。那他本人呢？啊，原来他在三十年前就穿过俄国边境偷渡到了这个国家，从那以后就一直住在维也纳了。少校越发不安，问他到底是什么时候获得奥地利国籍的。门德尔却反问，为什么要入籍？他对这种事情从来一点都不关心。所以说，他还是个俄国公民喽？而门德尔对这种刨根问底的无聊审问早就感觉无聊透顶了，漫不经心地答道："本来就是嘛。"

少校大吃一惊，身体猛地向后一倒，椅子被他弄得咔咔作响。竟有此事！这里可是奥地利首都！1915年底，战争期间，戈尔利采-塔尔努夫战役①和大规模进攻之后，居然还有一个俄国人在维也纳大摇大摆地到处乱逛，向法国、英国寄信，警察对此居然采取自由放任的态度。而新闻媒体的那群傻瓜竟然还在奇怪，为什么康拉

---

① 戈尔利采-塔尔努夫战役：第一次世界大战中，德奥联军靠这场战役重创东线战场上的俄军，致其执行战略撤退。

德·冯·赫岑道夫①没能立刻向华沙挺进？总参谋部的那群笨蛋竟然还在想不通，为什么每次军事调动的情况都能被间谍送到俄国？少尉也坐不住了，走到桌边站在门德尔面前。一瞬间，普通的问话变成了审讯。少尉问他，为什么没有立刻上报自己外国人的身份？门德尔还始终没有感觉到有什么不对，用哼小曲一般的犹太腔答道："我干吗要立刻上报啊？"这句反问在少校耳朵里化作一种挑衅，他气势汹汹地问门德尔："你难道没有看到布告吗？""没看见！""报纸都不看的吗？""没看！"

雅各布·门德尔还是完全搞不清楚状况，已经有些微微急出汗了。两个军官愣愣地盯着他，仿佛看到天上的月亮掉到办公室里来了。随后，电话声丁零，打字机咔咔作响，传令兵的脚步声嗒嗒，一阵乱响后，雅各布·门德尔就被移交到驻防部队监狱，等待下一步送进集中营。人家叫他跟两名士兵走的时候，他还莫名其妙地盯着对方发愣。他不知道那群人要把他怎么样，不过他本来也没什么需要担心的事情——那个戴金色领章、说话粗声粗气的人还能害他不成？在门德尔那个凌驾于现实之上的书籍世界里，没有战争，没有互不理解，只有无尽的知识和对数字、文字、书名、人名的乐此不疲。所以他欣欣然地夹在两名士兵中间，慢悠悠地下了楼梯。直到进了监狱，别人把他大衣口袋里所有的书都拿走，并要求他把塞了几百张重要字条和客户地址的钱包交出来，他这时才发起火来，撒泼打人。警察只好把

---

① 康拉德·冯·赫岑道夫（1852—1925）：奥匈帝国陆军元帅，第一次世界大战爆发时任奥匈帝国军队总参谋长。

他绑起来。在扭打的过程中，他的眼镜不幸掉到地上，这架观察精神世界的神奇望远镜摔了个粉碎。两天后，人家逼他穿上了薄薄的夏季衣服，把他押进了科马罗姆附近专门关俄国平民俘虏的集中营。

活在集中营的这两年里，门德尔没有他挚爱的书，没有钱，周围全是同被关在这所大监狱里冷漠粗俗的狱友，大多数人还是文盲。门德尔是在多恐怖的心灵地狱里走了一遭啊！他像一只折断了翅膀的雄鹰，从他那唯一的、满是书香的天上世界被狠狠地扯了下来。他该受了多大的苦啊！——可这一切，就没有目击者告诉我了。不过，世界慢慢从癫狂中冷静下来，人们渐渐发现，在这场战争的一切暴行和犯罪侵犯中，最没有意义，最多此一举，因而从道德层面上最无法原谅的行为，莫过于把毫不知情、早就超过工作年龄的侨民抓起来，关进铁丝网内。他们在这片陌生的土地生活了这么多年，早把这里当成了自己的故乡，并且出于对客居权利的信任，没有及时逃亡。而客居权利，即使在通古斯人①和阿劳坎人②之间，也被视为神圣的权利。这是对文明的犯罪。法国、德国、英国，在我们这个发了疯的欧洲的每一寸土地上，这般毫无意义的罪行都在一齐发生。要不是一桩偶然事件及时降临，或许雅各布·门德尔也会像其他成百上千的无辜人一样，在那围栏中陷入癫狂，或者惨死于痢疾、脱力、精神崩溃。而那种偶然事件也只有在奥地利才会发生，就如此恰逢其时地把门德尔拉

---

① 通古斯人：一般指东北亚地区的鄂温克族，主要居住于俄罗斯西伯利亚以及中国内蒙古和黑龙江两省区，由游牧发展为定居。
② 阿劳坎人：居住在南美智利中部和阿根廷西北部的印第安人的统称，在反抗欧洲殖民者的过程中做出过重要贡献。

回了属于他的世界。

门德尔消失以后，依然有不少身份尊贵的客人按着原来的地址给他寄过很多次信，其中就包括施蒂利亚州州长前施恩伯格伯爵，他是纹章学作品的狂热收藏者；神学院前院长西根菲尔德，他正在为奥古斯丁撰写评注；还有退役舰队上将埃德勒·冯·皮塞克，纵使已是八十岁高龄，仍笔耕不辍，在完善润色自己的回忆录——这些人都是门德尔的忠实客户，反反复复往格鲁克咖啡馆给门德尔寄信，其中有几封就转送到了集中营，寄给这个下落不明的可怜人。这些信恰巧落到了好心的上尉手里。他大为震惊，想不到，这个眼睛半瞎、浑身脏兮兮的小犹太人竟认识如此尊贵的大人物。——顺带一提，自从那帮人把门德尔的眼镜打碎以后，他又没钱去买一副新的，于是他变得像一只鼹鼠一样失去了双眼，灰溜溜地缩在角落里，一言不发。——上尉心想，能有这样的朋友，本人想必也不同寻常吧。于是，他允许门德尔回信，甚至允许他请这些主顾为他说情。信确实送到了那些大人物手里。不论是达官显贵还是学院院长，大家本着收藏家所共有的热情，众志成城，动用各种关系，递交了一份联名担保。最终，1917年，在被关了两年多以后，门德尔获得释放，又能回到维也纳了。当然，附加条件是每天要向警局汇报一下行踪。不过，他到底又能回到那个自由的世界了，回到他又老又破又小的阁楼里去，又能去逛心爱的书店，而最重要的是，又能回他的格鲁克咖啡馆了。

门德尔逃出了人间地狱后，回到了格鲁克咖啡馆。那时的场景，施博希尔太太就能按照自己的亲眼所见给我描述了。"那一天——耶稣啊，圣母玛利亚，约瑟夫！——我简直不敢相信自己的眼睛！门被推开了。您知道的，他推门的样子很特别，身子一歪，就推开一条小缝，像往常一样走进来。他简直是跌跌撞撞摔进咖啡馆的，可怜的门德尔先生啊！他当时穿了一件满是补丁的军大衣；头上戴的那个东西，可能原本是顶帽子吧，应该是别人扔掉的；脖子上空空的，头发灰白，面色苍白，简直像个死人一样，瘦得让人心疼。不过他就那样进来了，仿佛什么事情都没有发生过一样，什么都不问，什么都没说，径直走向桌边，把大衣脱了下来，只不过没有从前那么灵活轻盈了，而是一边走，一边重重地喘息。不一样的是，他这回身边没有带书，只是坐了下来，一言不发，用空洞无神、向外凸出的眼睛盯着前方。过了好久，等我们把一整捆从德国寄来给他的杂志搬到他面前，他才慢慢开始读起来。但那已经不是原来的门德尔了。"

不，他再也不是原来那个门德尔，再也不是那个世界的奇迹，那个将一切书籍登记在案的神奇文件柜了——那时见过他的人，无不这般痛心疾首地向我诉说着同样的话。他之前那种睡梦一般静静阅读的目光变了，似乎有什么东西被扰乱了，再也无法挽回；又似乎有什么东西被摔得粉碎。仿佛有一颗血淋淋的彗星，疯狂地划过天空，狠狠地砸了下来，砸进他那书籍宇宙中，他那别具一格、和睦太平、安安静静的星球。几十年来，他的眼睛早已习惯了书里如昆虫足一样纤细无声的文字，可在那满带铁丝网的监狱里，这双眼睛必然见过人间的恐怖——那对瞳孔原本是如此伶俐，闪着愤世嫉俗的光，而今却被重重的眼皮蒙上了一层阴影；鼻梁上架着的眼镜修修补补，好不容易才用细线固定在一起；从镜片后面透过来的目光也失去了原来的无限生气，变得昏昏欲睡，眼周通红，黯淡无光。更可怕的是，他的记忆——那座奇妙的艺术宫殿里，必定倒了一根柱子，于是整个结构轰然坍塌，一片狼藉。毕竟，我们的大脑是一个由极为精细的物质组成的转换工具，是协调人类心智的精密仪器，非常柔嫩，但凡有一根小血管被堵上，有一根神经被撼动，有一个细胞劳累过度，只要有一个这种小小的结构挪了位，就足以让这个包罗万象的脑半球所奏响的和声全部走调。而对门德尔的记忆器官，这架独一无二的智慧钢琴来说，自打他回来以后，琴键就卡住了。有时候，有人来找他请教，他只会才思枯竭地瞪着对方看，理解不清对方说的话，要么就是听错，要么就是瞬间忘记——门德尔不再是那个门德尔了，正如世界不再是那个世界。他再也不会全神贯注地沉浸在书的世界里，一边读一边前后摇晃了，大多数时间只是呆呆地坐着，把眼镜机械地对准书本，别人根本看不出来，他到底是在读书，还是在打瞌睡。施博希尔太太告诉我，有好几次，他的脑袋都重重地砸到了书本上。大白天的，他就昏昏欲睡了。那个年代，煤炭紧缺，人家把一盏会烧出臭味的乙炔灯放在了他的桌上，有时候，他就一连几小时盯着这盏陌生的灯发呆。回不去了，门德尔再也不是门德尔了，再也不是世界的奇迹了。他成了毫无用处的一团大胡子、一堆破衣服，只会疲惫地喘息。他坐的还是当年那把椅子，却已经失去了一切意义。他再也不是格鲁克咖啡馆的荣耀了，反而成了一种耻辱，一个浑身臭烘烘、看了直叫人恶心的污点，一条惹人生厌、不必存在的寄生虫。

店里的新老板就是这么看他的。新老板名叫弗洛里安·古特纳，雷茨人，在1919这个饥荒之年靠着在黑市交易面粉和黄油赚得盆满钵满，又花了飞速贬值的八万克朗，轻轻松松就把格鲁克咖啡馆从老实巴交的施坦德哈特纳手里拿下来了。他那双老农民的手迅速出击，抓紧时机，把这家颇有年头的咖啡馆快速装修一新，又瞅准时机，用贬得一塌糊涂的钞票入手了一把靠背椅，修了一扇大理石门，并且已经在和附近一家酒馆的老板谈判，打算买下那家店，新开一家音乐厅。他这样迫不及待地装饰店面，见到这条加利西亚寄生虫，自然就觉得碍眼了。毕竟，门德尔天天从早到晚霸占着一张桌子，一天到晚却只会喝两杯咖啡，吃五个面包。虽然施坦德哈特纳千叮咛万嘱咐，务必对这位老主顾给予特殊照顾，也试着解释过，这位雅各布·门德尔是多么重要的一位人物，甚至可以说，在移交店铺的时候，施坦德哈特纳把他作为一项从属义务，同财产清单一起交给了弗洛里安·古特纳，可这位新店主在换上崭新的家具和闪闪发亮的铝制收银台的同时，也换上了一副专用于挣钱的铁石心肠。他早就想把这个乡下破烂的最后残余从自己高端讲究的店铺里扫出去了，现在只不过差一个借口而已。良机似乎马上就要来临了，因为雅各布·门德尔现在情况不太好。通货膨胀这台碎纸机已经把他最后的几张钞票磨得粉碎，他的客人也都不来了。而且，他也已经筋疲力尽，没力气再去当个旧书贩，一层一层爬楼梯，挨家挨户回收旧书了。他的穷困潦倒，从处处细节中都能看见：他几乎不再让人从饭店里给自己带吃的了，即使是再便宜的咖啡面包钱，他也赊得越来越久，有一回甚至拖了整整三周。那个时候，领班就已经想把他赶出店门了，还好那个厕所清洁工，善良的施博希尔太太可怜他，为他做担保，他才没被赶走。

可一个月以后，不幸就发生了。新来的领班在每日清账的时候，已经有好多次发现面包的数目不对。除去说好要拿走的和已经付钱买去的，总还缺几个。他自然而然，立刻怀疑到了门德尔身上去，因为那个年迈羸弱的搬运工已经好多次回来找他抱怨说，门德尔欠了自己半年的账，现在一分钱都拿不出来。他因此特别留了一个心眼，躲在火炉挡热板后面观察。两天以后，他就看到门德尔悄悄从桌子旁边站起来，溜进前厅，从面包篮里飞速抓起两块小面包，饿狼扑食般地塞进嘴里。他当场抓了个现行。之前清账的时候，门德尔还信誓旦旦地说自己没有偷吃，现在事情水落石出了，领班立刻把此事上报给了古特纳老板，古特纳早就在等着找借口赶走门德尔，一听这事，高兴得不得了，当众把门德尔臭骂了一顿，怒斥其为盗贼，又假仁假义地说，可以先不报警，但他必须立马滚蛋，永远不许再回来。门德尔只知瑟瑟发抖，一言不发，从椅子上站起来，摇摇晃晃地走了。

"唉，太惨了。"施博希尔太太描述起了门德尔的离开，"他站了起来，把眼镜推到了前额，面色白得像一条毛巾。那个场景，我这辈子都忘不掉。那天可是1月，您也知道，那一年有多冷，可他甚至没来得及把大衣穿上，他太害怕了，书都落在桌上没拿。我到后来才注意到了这件事，想追上去送给他，但他已经跌跌撞撞出门了。我又不敢追上街去，因为古特纳先生站在门口，在他背后大声叫骂，路上行人都停下了脚步，围拢过来。唉，可耻啊，我都要羞死了！要是施坦德哈特纳老先生还在，他是绝对干不出这种事情的。竟然因为几个小面包，就把人撵出去！如果是他，门德尔白吃一辈子都没问题！但是现在的人啊，一个个都没良心了。三十多年，天天坐在这里的人，说撵走就撵走——真的，太可耻了！哪天我要是去见了上帝，我可不想对这件事情负责——可千万别来怪我。"

善良的施博希尔太太讲得情绪激动极了，老年人在激动时又总会絮絮叨叨，她就开始不停地翻来覆去讲这桩丑事，讲施坦德哈特纳先生是绝对不会干出这种事情的。最后，我受不了了，就问她，我们亲爱的门德尔后来怎么样，她有没有再见到过他。这下，她发了疯似的，变得更加激动："每一天，只要路过他的桌子——真的是每一次，您完全可以相信我——我的心里就要一颤。我总是忍不住去想，他现在会在哪里？可怜的门德尔先生啊！我要是知道他住在哪儿，肯定要给他送点能保暖的东西去。毕竟，他能从哪里挣钱来生火、吃饭呢？而且据我所知，他没有亲戚在世。但我始终没再听到有关他的一丁点消息。后来，我都以为他走了，以为自己再也见不到他了。我甚至已经开始考虑，是不是应该找人为他念一段弥撒。他人这么好，而且我们都认识二十五年多了。

"可是在2月，有一天早上七点半，我正在擦黄铜窗子栏杆。突然——我当时整个人一个激灵——突然，门开了，门德尔走了进来。您知道的，他总是那样斜着身子，一脸迷茫地挤进来。但这次有点不一样。我立刻就发现不对劲，他东倒西歪，眼里闪着光，我的天哪，他都成什么样了！只剩骨头和胡子了！我一见他这样，瞬间就意识到了一件可怕的事情。嗯,我马上就反应过来,他什么都不知道了,大白天的,他在到处梦游,他什么都忘记了,忘了小面包的事,忘了古特纳先生,也忘了那群人是如何卑鄙地把自己赶走的。他连自己是谁都不知道了!谢天谢地,古特纳先生还没来,领班在喝咖啡。我赶快冲上去,跟他说清楚,他不能待在这里,可别让那个粗鲁的家伙再撵一次了。"

她一边说,一边怯生生地四下张望了一眼,赶紧改口道:"我是指古特纳先生。我于是喊他:'门德尔先生。'他呆呆地抬头望我。就这一下,这一眨眼的工夫,我的天哪,可怕的事情发生了。就这一瞬间,他肯定什么都想起来了,立刻打了一个寒战,开始瑟瑟发抖。可不只是手在发抖,远远不止,他整个人都在颤抖,连肩膀那里都很明显。他又随即跌跌撞撞朝门跑去,结果在门口摔了一跤。我们赶紧打电话联系了急救中心,医生过来把他带走了,当时他正发着高烧。当天晚上,人就没了。医生说,他又是肺炎,又是高烧,而且,他来我们这里的时候,其实就已经神志不清了。会以那个样子走进来的人,只可能是在梦游。天哪!三十六年以来天天坐在这里,这张桌子怎么可能不变成他的家呢?"

我们又聊了很久的门德尔。世界上还认识这个怪才的,也就只剩我们两个人了。他的存在虽如微生物般微不足道,却让从前那个年轻的我头一回感受到了无所不包的精神世界。而她,这个可怜辛劳的厕所清洁工,一本书都不曾读过,会和门德尔在困苦的下层社会结下深厚的情谊,仅仅是因为她为他刷了二十五年的大衣,钉了二十五年的纽扣。尽管路不相同，但当我们来到这张被人遗弃的老桌子边，一同感受他的幽魂，我们依然能够如此深刻地互相理解，因为回忆总能将人们联结到一起，而充满爱意的回忆更是如此。聊到一半，她突然想了起来："天，瞧我这脑子——他的书还在我这里呢，就是他被赶走的时候落在桌上的那本。我上哪儿去还给他？后来也一直没人挂失，于是我就想，不如自己收着，留作纪念吧，反正又不犯法，不是吗？"说完，她赶紧从后面的棚屋里翻出了那本书。我花了好大的力气才勉强挤出一个微笑。永远爱开玩笑，又时而极具讽刺的命运恰恰喜欢恶作剧般地给震撼人心的时刻添上滑稽可笑的色彩。那本书是海恩的《德国色情和离奇文学书库》第二卷，但凡藏书家，无人不知这本风流言情文学简编。书各有命，恰巧是这本色情书成了那位仙去的魔术师最后的遗物，落到了一位一无所知的老太太那双满是厚茧、通红开裂的手上，被当成祈祷书，诚心诚意地保存了下来。我费了好大劲才抿住嘴唇，不至于下意识地露出发自内心的微笑，这一微妙的小举动让面前这位老实的老太太有些莫名其妙。她或许在想，我这是不是在表示，这本书其实很值钱？还是说，我默许了她留下这本书？

我真诚地与她握手告别："您就安心留着这本书吧，我们的老朋友要是知道，在几千个因为一本书而感谢自己的人当中，至少还有一个，时不时会挂念着他，他必然只会高兴，不会有其他想法的。"说完，我便走了。这位正直的老太太以简简单单，却最富人情味的方式，始终如一地守护着死者。在这样的人面前，我自惭形秽。因为她，这个从未接受过教育的人，至少还保存了一本书，能更好地纪念门德尔；而我，已经把门德尔抛在脑后好几年了。但恰恰是我应该明白这个道理：世人写书，无非是为了超越自己的存在，同他人建立联系，并对抗一切生命都无法逃避的残酷敌人——时移世易，记忆蒙尘。

无形的压力

Der Zwang

妻子睡得正熟，呼吸声沉重有力；嘴巴半张，看着像要微笑，又像要说些什么；被子下，青春圆挺的胸脯软软地一起一伏。第一缕曙光透过窗子洒了进来，可惜寒冬的清晨，阳光总是弱得可怜。黑夜过渡到白昼时，朦朦胧胧的光线模模糊糊地洒在世间万物的睡梦里，盖在它们的身上。

费迪南悄悄起床了，他自己也不知道为什么。现在，这种事情经常发生：工作到一半，他会突然抓起帽子，夺门而出，直奔田野，越走越快，直到跑得筋疲力尽，就候地停在某个离家很远的陌生地方，双膝猛颤，太阳穴狂跳；或者，和别人谈得正兴起，他会突然瞪大眼睛，理解力尽失，答非所问，不得不用力晃一下脑袋才能恢复正常；又或者，晚上脱衣睡觉，他会陷入忘我，手里僵硬地提着脱下来的鞋子，呆呆地一直坐在床边，一定要妻子喊他一声，或者长筒靴突然掉在地上发出嘭的一声巨响，他才会一个激灵，回过神来。

现在，他走出那个略显闷热的房间，来到阳台，不禁打了个寒战，手肘下意识地朝身子贴紧，好暖和一点。脚下一片深邃的景色尚且完全笼罩在薄雾之中。他家的小屋地势较高，之前，他常会从家里眺望苏黎世湖，只见湖面光洁如镜，空中的朵朵白云在湖面上倒映出匆匆而去的掠影。而今天，湖上泛起了一层厚厚的乳白色泡沫。目光和手掌所及之处，一切都是湿漉漉、阴森森、滑腻腻、灰蒙蒙的。水珠从树上滴下来，阳台的地板上也潮潮的，甚至能淌出水来。缓缓显现的世界仿佛一个刚刚从洪水中逃生的人，身上的水还在成股地流下。人声嘈杂，穿透弥漫着雾霭的夜晚，但都沉闷不清，汩汩地好似溺水者咕噜咕噜的喘息。有时还有锤击声和远处教堂塔楼的钟声，之前一切分明都那么清晰，可现在听来为何好像浸了水，生了锈？一片潮湿的黑暗隔开了他和他周围的世界。

他又打了个寒战，却不走，只是呆呆地站在原地，把手往口袋里插得更深了些，等待着第一眼驰目远眺。雾霭仿佛一张灰色的纸，慢慢从下往上卷起。那可爱的风景让他心生无限渴望，他知道，脚下的景色井井有条，只是晨雾将其遮挡了而已，而景物明朗清晰的线条往常也能井然有序地衬亮他自身的存在。有多少次，他心烦意乱，走到这扇窗前，总发现此处宁静的景色能让他安心。对岸的房屋鳞次栉比，一艘汽船稳稳地划过蔚蓝的湖面，海鸥在湖岸欢快地翔集，银色的烟柱打着螺旋，从红色的烟囱里袅袅升空，正午的钟声悠悠传来——一切都在清清楚楚地诉说着：和平！和平！而他虽然深知这个世界的疯狂错乱，却也信仰这些美丽的迹象。有那么几小时，这片他重新选择的土地竟能让他把自己的故乡忘得一干二净。几个月前，祖国爆发战乱，他逃来了瑞士，躲避时代，躲避人群。他能感受到，自己被恐怖和惊惶啃噬得千疮百孔的灵魂，在这里得到了抚平，结起了痂；他能感受到，这里柔和的风景深深吸引着他，明朗的线条、纯净的色彩唤起了他艺术创作的冲动。正因如此，每当四周一片黑暗，视野模糊不清，他就会感到疏离，仿佛又一次被世界抛弃。恰逢今早晨雾笼罩着万物，这种感觉便袭上心头。他忽然对脚下那些深陷黑暗中的一切产生了无限怜悯，对在故乡困于战火或与自己一样背井离乡的人们产生了无尽的同情，极度渴望能与之休戚与共，命运相依。

不知何处的教堂塔楼的大钟敲响了四下，钟声穿透雾霭飘来，随后是明亮的八记钟声，兀自宣报了时间，响彻三月的清晨。他觉得自己仿佛站在塔尖，眼前是整个世界，身后是黑暗中熟睡的妻子，而自己是多么难以言喻地渺小。内心深处有一种冲动越发强烈，多想拆了这堵迷雾建起的软墙，在随便哪个地方感受一下苏醒的讯息、明确的生命。当他把视线从自己这边移开，似乎马上就看见，脚下灰蒙蒙的地方，在那片村庄的尽头，通往山岗的蜿蜒险峻的登山小道上，似乎有什么东西在缓缓移动，不知是人还是动物。看着那个小东西悄无声息地往上爬，他起初感到一阵高兴，这个点，除了他自己，居然还有别的东西也醒了；随后，又生出了一种灼灼燃烧、近乎病态的好奇。现在，那灰色影子的所到之处是一个十字路口，走岔道可以通往邻近的村庄，继续往上则可以来到他这边。那个陌生的身影似乎停在原地喘了口气，犹豫了一会儿，随后继续沿着狭窄曲折的山路，慢慢往上爬。

费迪南的心中忽地一阵不安。他自问："这个陌生人会是谁？是什么力量驱使着他和我一样，离开暖屋的漆黑，走进这片晨光？是想要来找我吗？来找我干什么呢？"近处的晨雾渐渐消散，他认出来了：那人是邮差。每天清晨，八点的钟声都会推着他爬山来到这里。费迪南认识他，似乎已经看见了他那张木讷的面庞，脸上蓄着红色的水手胡须，末端已经斑白，鼻梁上架着一副蓝框眼镜。他叫努斯鲍姆[①]，费迪南给他取了个外号叫"胡桃夹子"，因为他的一举一动全是硬邦邦的，每次都极为庄重地先把他那黑色大包向右甩到身后，然后再郑重其事地把信件递给收信人。看着他一步一步艰难地拖着脚步，背包甩到了左边，两腿虽短却还在极力保持步态优雅，费迪南不由得想笑。

但他突然感到膝盖在颤抖，举在眼睛上面挡太阳的双手瘫痪了似的一下子垂了下来。今天，昨天，好几周以来常常萦绕心头的焦躁不安又突然回来了。他好像感觉到，这个人一步一步是在向他走来，是专门冲他来的。他不自觉地开了门，从熟睡的妻子身边蹑手蹑脚地溜过，步履匆匆地下了楼，沿着篱笆小径一路朝下，迎着来人而去。两人在花园门口碰上了。"您是……您是……"他说了三遍才把话说出来，"您是有东西要给我吗？"

邮差推了推雾蒙蒙的眼镜，盯着他："是呀，是呀。"然后猛地把黑色大包往右边一甩，伸出手指在一堆信件里翻找。他的手指已经被晨雾冻得又湿又红，好似几条大大的蚯蚓。费迪南浑身发抖。邮差终

[①] 努斯鲍姆：德语名为 Nußbaum，音译为"努斯鲍姆"，意译为"胡桃树"。

于挑出了一封：那是一个大大的棕色信封，上面盖着宽大的"公务"字样，章下写着他的名字。"麻烦签收。"邮差说着，润了润水笔，把登记簿递到费迪南面前。激动之下，费迪南签的字简直难以辨认，还把纸张划了一道口子。

随后，他从对方红通通的肥手里接过信，可五指竟然僵得拿不住，信件滑了下来，掉到地上，落在了湿泥地潮潮的树叶堆里。他弯腰去捡，一股腐烂物恶心的气味扑面而来。

他现在想明白了，就是这封信，几周以来一直阴魂不散，扰乱他平静的生活。就是这封信，他纵使有一万个不情愿，却还是一直在等待。它从那再无意义、无影无形的远方，寻他而来，追他不舍，用打字机打出来的僵硬文字朝他温暖的生活、心爱的自由伸出魔爪。他早就感觉到过，这封信会从某个地方寄来，就如一个在丛林中巡逻的骑兵，感觉到在某个看不见的地方有根冷冰冰的枪管瞄准了自己，那枪管里有一枚小小的子弹欲穿过黑暗，射进他的身体。他想反抗，却是徒劳。多少个夜晚，他满脑子试图想出一些小把戏来逃避，现在全都涌上心头。仅仅八个月前，他还赤身裸体地站在军医面前，寒冷与厌恶让他浑身发抖。军医像个马贩子一样抓着他手臂上的肌肉。正是在这样的羞辱中，他看清了时代对人类尊严的藐视和欧洲所全面陷入的奴役状态。在那种充满爱国论调的令人窒息的空气中，他还能勉强忍受两个月，但渐渐地，他越发感觉自己喘不过气来，每当周围的人张嘴说话，他总会仿佛看见谎言在他们的舌头上留下一摊黄色痕迹。他们说的那些话，句句都让他恶心。当目睹黎明时分，妇女早早拎着装马铃薯的空袋子,坐在市场台阶上,人已经冻僵,他就感觉灵魂都被撕成了两半。他握紧拳头,四处游荡,怒火攻心,咬牙切齿,却徒有悲愤而无能为力,于是只得把矛头对向自己。最后,多亏有人说情,他终于能与妻子一起来到瑞士。越过边境的那一刻,他忽然觉得热血上涌,站都站不稳,不得不去扶一下柱子。人、生命、事业、意志、力量——他终于又一次感受到了一切。肺部也敞开了,尽情呼吸着空气中的自由。祖国,现在在他眼里,不过是监狱与束缚的代名词;异国他乡,那才是他遥远的故乡;欧洲代表的,则是人性。

但这种轻松快乐的感觉并没有持续多久,恐惧便再次袭来。他感觉,自己和自己的名字一道,似乎还留在远处,困在那片血腥的灌木丛中。好像有什么东西,他不知道,不了解,但对方却认识他,绝对不会放过他。仿佛有一双不眠不休的冷眼,正潜伏在某个看不见的地方盯着他。他于是离群索居,也不读报,生怕看到征兵令;为了不被人发现踪迹,他更换了住址,让信件全往妻子那里送,而且都采用了留局待取的形式;为了不被人过问,他尽量避免与人来往;自己从不进城,画布和颜料都让妻子去买。他隐姓埋名,销声匿迹,向农民租了一间小屋,穴居于苏黎世湖畔的这个小村庄里。可他一刻都没有忘记:在某个抽屉里的千千万万张信纸中,有那么一张是为他而留的。他也清楚:终有一天,在某个地方,某个时刻,会有人拉开这个抽屉——他仿佛听见了抽屉拉开的声音,听见打字机敲下了他的名字。他知道,这封信终将会几经周转,找上他的门。

现在,它来了,在他指间窸窣作响,真真切切地存在,寒气逼人。费迪南努力保持冷静,自言自语道:"都到这儿了,这片薄薄的信纸于我有什么意义?明天或后天,这里的灌木会长出一千片、一万片、十万片薄薄的叶子,每片于我来说都是如此陌生,就和这片于我来说一样。'公务'又是什么意思?写了我就一定得读吗?我在这人间已经没有什么职位了,再没有人能凌驾于我之上了。那就是我的名字了?——那就代表我本人了?谁能来逼我说,收件人就是我?谁能强迫我去读上面写的内容?我若是看都不看,直接撕掉,碎片就会随风飘散,直至落入湖中。我就什么都不知道,世界也什么都不知道。树上的水滴不会落得更快,我的呼吸也不会错乱一丝一毫!一张小小的信纸而已,上面的内容,我想知道就知道,不想知道就不知道,它怎么会让我坐立不安呢?我的答案是,我不想知道,我只想要我的自由。"

他绷紧手指,想要撕碎这个硬硬的信封,把它撕成千万片。可是好奇怪,肌肉竟完全不听使唤。双手中仿佛有什么东西在违抗他的意志,让手变得不听话了:他明明一心想把信撕碎,实际上却小心翼翼地将其打开,颤颤巍巍地展开了信纸。信上写的,他其实早就知道了:"编号 34.729 F。根据 M 区司令部指示,请阁下务必于 3 月 22 日前到 M 区司令部 8 号房间报到,重新接受兵役体检。该军函由苏黎世领事馆转交,请阁下务必为此前往领事馆面谈。"

一小时后,他回到房间,看见妻子正抱着一束蓬松的春花,笑盈盈地朝自己走来,无忧无虑洋溢在她的脸上。"看啊!"她说,"我发现了什么!房子后面那片草地上的花已经开了,而树荫下面,积雪还没化呢。"为了不扫兴,他接过那束花,把头埋进去,生怕看见爱人那双无忧无虑的眼睛,然后就匆匆忙忙上了楼,躲进阁楼的小房间里。他把那间小屋布置成了画室。

但他没有开始画画。他刚把空画布拿到面前,那堆打字机咔咔打在信上的字就突然映在了画布上,调色板上的颜料在他眼里化作泥浆和血污,脑子里控制不住地出现脓疱和伤口。一张自画像立在半阴半阳的地方,他看见画上的自己在下巴下面佩戴着一枚军章。"疯了!疯了!"他大吼起来,跺着脚,想把这些乱七八糟的画面驱赶出脑海。可是他双手颤抖,觉得膝下的地板在左摇右晃,整个人几乎要摔倒在地,于是只好找把小板凳坐下,缩成一团,一直到妻子喊他吃午饭才回过神来。

每一口饭都难以下咽。他的嗓子里总有某种苦苦的东西顶着,必须把它先咽下去才能进食,可每次咽完,它又会立刻泛上来。他弓着腰,坐在那里一言不发,忽然发现妻子在看着自己。下一秒,他就感觉到妻子的手轻轻搭在了自己的手上。"怎么了,费迪南?"费迪南没有回答。"是有什么坏消息吗?"他只是点头,喉头却哽塞了。"军方的吧?"他又点了点头。妻子沉默了。他也沉默了。沉重压抑的思绪一瞬间渗透进了房间的每一个缝隙,把所有东西都推到一旁。这思绪无限蔓延,黏糊糊地粘在刚刚动筷的饭菜上;它像一只黏湿的蜗牛,爬过两人的脖颈,让人忍不住打寒战。他们都不敢看彼此,只是蜷缩着身子,默默地坐着。这思绪的千钧重量把他们压得喘不过气来。

她终于开口问了,声音破碎:"他们命你去领事馆?""是。""你会去吗？"他颤抖着说："我不知道。但我不得不去。""什么叫不得不去？你现在是在瑞士，他们不能对你发号施令。在这里，你是自由的。"他咬紧牙关，恶狠狠地挤出几个字："自由？当今世界，还有谁是自由的？""每个人，只要他想。尤其是你！这是什么？"她轻飘飘地一把抓过放在他面前的信纸："就这？对你能有什么掌控力？不过是哪个可怜的书记员乱涂乱画写出来的破纸而已，但你是一个活生生的、自由的人啊！它能把你怎么样？""这张纸是不能把我怎么样，但寄出它的人可以。""谁寄的？什么人？是一台机器吧？一台巨型杀人绞肉机。但它抓不到你的。""几百万人都被他们抓住了，怎么可能偏偏抓不到我？""因为你不愿意被他们抓住。""大家也都不愿意啊。""可他们当时并不自由。他们被枪抵着，于是只好去了。但没一个人是自愿。他们要是也来了瑞士，肯定没人愿意离开这里，回到那个地狱。"

可她看到丈夫痛苦万分，也只好克制住自己激动的情绪。怜悯在她心中涌起，仿佛她面前的是一个孩子。"费迪南，"她边说，边靠过身去，"你冷静一点，想想清楚。你是被吓到了，我懂。这只阴险凶恶的野兽突然扑过来，人确实是会不知所措的。但你想想，这封信，我们早就预料到它会来，这种可能性我们已经想过几百次了。我始终为你骄傲，因为我知道，你会把信撕成碎片，而不是任它指挥你去杀人。你明白吗？""我明白，保拉，我都懂，但是……""嘘，先别说话。"她堵住了他的嘴，"你是被这种思想侵占了，但你回想一下我们之前聊的，回想一下之前拟订好的计划——就是书桌左边抽屉里的那份,你都写好了的——你发过誓,永远不会再拿起枪了。你是那般坚决……"他猛地站起身来:"我从来没有坚决过!我从来没能确信过什么!我说的全是谎话,不过是为了掩盖自己的恐惧罢了,是在用那些话麻痹自己。只有我自由了,一切才会是真的。我一直都很清楚,只要他们召我回去,我就会唯唯诺诺地回去。你以为,我是在他们面前颤抖吗?不,他们算什么东西?!——只要我不把他们当回事,他们就是空气,只存在于文字中,别的什么都不是!可是,我会在自己面前颤抖,因为我一直很清楚,只要他们一召唤,我就会跟着去。""费迪南!你想回去吗?""不,不,不!"他跺着脚大喊,"我不想,我不想,我真的不想!但我会违背自己的意愿回去的。这就是他们的可怕之处,能让别人违背自己的意愿,违背自己的信念,去为他们服务。就算人原本还有意志,一旦一纸文书到了手里,那些意志也就立马荡然无存,人会变得乖乖听话,像个小学生一样,被老师叫到名字,就只会站起来瑟瑟发抖。""但是,费迪南,到底是谁在召唤你?是祖国吗?不,是一个书记员!一个无聊的办公室奴仆而已!再说了,就算是国家,也没有权利强迫一个人去杀人,没有权利……""我知道,我知道!引用一下托尔斯泰的话来讲吧!所有的论据我都清楚,你难道不懂吗?我不相信他们有权召唤我,也不相信自己有义务听从他们的命令。我只认一种义务,那就是做一个人,干自己的工作。离开了人类,我就没有所谓'祖国'了,我也不会以杀人为荣。我什么都懂,保拉,我和你一样,把什么都看得明明白白——只不过,他们已经找到我了,他们召唤我了。我知道,不管

- 165 -

怎么说,我都要回去的。""为什么?为什么?我倒要问问你:为什么?"他悲叹道:"我不知道。或许是因为现在这个世界,疯狂强过理智吧。或许是因为我不是什么英雄,所以不敢逃吧……解释不清的。这就是某种镣铐,就是我无法挣脱的锁链,也是绞死了两千多万人的锁链。我也没办法。"

他把脸埋进手里。时钟的指针在两人头顶一步高一步低地走着,好似时间哨所的哨兵。保拉在微微颤抖:"他们在召唤你,这我能理解,虽然从另一种角度来说,我并不理解。但你难道没有听见这里也在召唤你吗?难道这里没有任何东西能把你留下吗?"他唰的一下站了起来:"我的画?我的作品?不!我不能再画画了。今天我已经感觉到这一点了。我的心去了那边,早已不再安放在这里。世界在崩塌,而我却躲在这儿为自己作画,这简直是在犯罪!人不能永远只考虑自己,不能只为自己而活!"

保拉站起来,转过身去。"我不相信你会只为自己而活。我相信……我相信,我在你眼里,也是世界的一部分。"她说不下去了。断断续续的话语间,眼泪扑簌簌地往下掉。他试图上前安慰,她却在泪水中闪出一丝愠怒,把他吓得往后退。"走啊!"她说,"你去好了!我在你眼里算什么东西?连一张破纸都不如。你要想去,那就去吧!"

"说实话,我一点都不想。"他攥拳猛捶,无能为力地怒声说,"我是真的不愿意。可他们要我回去!他们强我弱!几千年了,他们的意志越发坚不可摧,他们组织严密,精明老练。他们是有备而来的，势如雷霆地击在我们头上。他们有的那叫意志，而我有的只能叫胆子。这场斗争注定不平等，人是没办法和国家机器抗衡的。如果对面是人，你尚有反抗的机会；但对方是机器啊，一台屠杀机器，一件没有灵魂、没有心、没有理智的工具！你是对抗不了的。"

"不！真要是被逼无奈了，就可以斗！"她已经变得像个疯子一样，开始大吼大叫，"你要不行，那就我来！你弱，我可不弱，我不会因为一张废纸就屈服，不会因为人家一句命令就放弃自己鲜活的生命。只要我说话还管用，你就别想去。对，就说你病了，我可以对外保证，你精神有问题，打碎个盘子都能把你吓得瘫在地上。但凡是个医生，都能看得出来你有问题。你得留在瑞士检查身体，我会陪你一起去，我会把所有事情和医生说清楚。他们肯定能放你走的。人得为自己而战，得咬紧牙关，坚持自己的想法。你还记得让诺吗？就是你那个巴黎的朋友。他被关在精神病院里观察了三个月，那些人用种种检查折磨他，但他挺过来了，挺到那帮人将其释放。要是不情愿做什么事，就得这样表达出来，不能轻易投降！这和你的整个人生都有关系啊！别忘了，他们是想要你的自由，你的命，你的一切！不反抗不行！"

"反抗？怎么反抗？他们比谁都厉害，全世界就数他们最厉害！"

"错啦！只有有了意志，把世界装在胸中，人才会强大。具体的个人总比笼统的概念要强，但前提是那个人必须坚持做自己，坚持自己的意志。他得知道，自己是一个人，并且想要一直做个人，然后那些字眼，就是周围的人用来麻痹自己的那些字眼——什么'祖国'，什么'职责'，什么'英雄主义'，统统都会变成散发着血腥味的辞藻，全是活生生的人身上流出来的腥臭热血！你和我说实话，祖国于你而言，真的如同自己的生命一样重要吗？一个政权更迭、改旗易帜的地区，真的会像你用来画画的右手一样亲切可爱？除了我们用自己的思想和热血在心中建立起的看不见的正义，你当真还相信世界上有别的正义吗？不会的，我知道，不会有的！所以你说自己想去，不过是在自己骗自己……"

"我确实不想……"

"不够！你根本就没有进一步的想法了！你只会听凭他人摆布，这就是你犯的罪。你把自己双手奉上，献给了所厌恶的东西，把生命都押出去了。既然如此，何不宁可献给你的信仰？把热血献给自己的思想——好！可你为什么要为那群陌生人的思想去献身？费迪南，别忘了，如果你想自由想得足够坚定，那他们就都成了十足的傻瓜！但如果你不够坚定，他们就会抓住你，那你自己就成那个傻瓜了。你不老是对我说……"

"没错，我是说过，我都说过，喋喋不休，说个不停，就是为了给自己一点勇气。我大吹大擂，就像小孩子在黑暗的森林里怕得要命，于是唱歌壮胆一样，都是骗人的罢了，现在我清醒得吓人。因为我一直都很清楚，只要他们召唤，我就会回去……"

"你要走？费迪南！费迪南！"

"不是我！不是我！是我心里的某个东西——它已经出发了。刚才我就说了，我心里有种东西，就像站在老师面前的小学生，战战兢兢，唯唯诺诺！但是你说的每一句话我都听进去了，我知道，你说的很正确、真实，是人之常情，是救命稻草——是我唯一应当做，也必须做的事情——我知道！我知道！所以我要是去了，那就太卑鄙无耻了。可我会走，有什么东西在逼着我走！你鄙视我吧！我自己都看不起自己。但我没办法，我别无选择！"

他挥起双拳猛击面前的饭桌，眼里没有一点光泽，犹如困兽。她不敢看他，爱让她不敢鄙视他。饭桌上还摆着肉，已经凉透了，宛如尸体的腐肉；面包黑不溜秋的，缩成几小团，好似炉渣。房间里弥漫着食物的热气。她忽地感觉喉咙里冒起一股恶心，对什么都感到恶心，于是赶紧推开窗户。窗外的空气扑面而来。她微微颤抖的肩头上空是阳春三月湛蓝的苍穹，秀发四周是悠悠掠过的洁白云朵。

"看，"她轻轻地说，"来看一眼外面。只看一眼就好，算我求你。可能我刚刚说的那些都不完全对。人说话往往词不达意。但我所看到的，却千真万确，它们可不会骗人。下面有个农夫在犁地，年轻体壮。他怎么没有被谋杀？因为他的国家没有战争，因为他家的田离那边尚有一段距离。于是那边的法律就管不到他。现在你也在这个国家，那边的法律同样管不到你。法律这种无形的东西，只能管辖几块边境界碑之内的事务，越过了那几块石头，就鞭长莫及了，不是吗？你来眺望一下这里宁静祥和的景象，难道不觉得那些东西毫无意义吗？费迪南，你看啊，湖上的天空多么澄澈，还有那色彩，看到了吗？它们等着众人来欣赏，讨人欢心。你先来窗边，然后试试看还能不能再对我说一遍，你想走……"

"我不想！我不想！你又不是不知道！我来看这些干什么？我什么都懂！什么都懂！你这么做，只是在折磨我而已！你说的每一句话都让我的心好痛。没有东西能帮我的！没有！没有！"

看着丈夫如此痛苦，保拉渐渐软了下来。同情使她变得无力，只能轻轻转过身："那……费迪南……那……你什么时候去领事馆？"

"明天！其实昨天就该去了，可这封信昨天还没送到我手里。今天他们才算是找到我了。明天我必须到。"

"那要是你明天没到呢？让他们再等等。待在这里，他们就拿你没办法。我们不急。让他们再等八天。我写信给他们，就说你因久病而卧床。我哥哥就是这么干的，争取到了两周的时间。大不了就是他们不信你，派领事馆的医生来核实。要是来人了，或许我们还能和他谈谈。不穿军装的人，多少还是比较有人情味的。或许对方看到你的画，就能明白你不是那种该上前线的人。就算无济于事，至少我们也争取到了八天时间。"

他沉默了。她感觉到，他是在以沉默来抗议。

"费迪南，答应我，明天不要走！让那帮人等着吧。我们得先做好心理准备。现在你心里很乱，他们就能随意摆布你。明天他们或许确实比你强，但八天一过，你就会比他们强了。想想之后我们的日子会有多美好吧！费迪南，费迪南，你听见了没有？"

她晃了晃丈夫的肩膀。他茫然地望着她。他怅然若失的呆滞目光里清清楚楚地写着，她的话，他一句也没听进去，同时流露出源自内心深处的，她未曾见过的恐惧不安。过了许久，他才渐渐冷静下来。

"你说得对。"他终于开口了,"你说得对。我们不着急。他们能把我怎么样?你说得对。明天我肯定不走。后天也不走。你说得对。这封信就一定会送到我手里?我就不能正好出门远足了吗?我就不能恰巧生病了吗?不对——我已经当着邮差的面签收了。不过,那也没关系。你说得对,是得好好想一想。你说得对。你说得对!"

他站起身来,开始在房间里走来走去。"你说得对,你说得对。"他机械地重复着,话里却没有一丝被说服的迹象。"你说得对,你说得对。"——他只知心不在焉地呆呆重复这几个字。保拉能感觉到,他的思绪已经飘到别的地方去了,到了千里之外,到了那边的人身旁,已经陷入了厄运。这句没完没了的"你说得对,你说得对"只是过了嘴,却没有过脑入心。她听不下去了,轻手轻脚地出了房间,却依然能听见丈夫不停地在屋里走来走去,像地牢里的囚犯一样,一走就是几小时。

晚饭他也一口都没吃,身上好像有什么东西让他变得目光迟滞,魂不守舍。到深夜,她才感受到他的恐惧是多么地真切。他滚烫的身子不停地颤抖,仿佛要逃到她身上避难似的,紧紧抱着她柔软温暖的身体。但她知道,那不是出于爱,而是出于逃避。一阵痉挛过后,两人拥吻,她尝到了一滴眼泪,又苦又咸。然后,他又一声不吭,躺了回去。耳边时不时传来声声悲叹,她于是把手伸了过去,他紧紧抓住,就仿佛那是一根救命稻草。她没有说话。只有一回,她听到了他的啜泣,于是试着说了一些宽慰的话:"还有八天。没事的,别去想。"可她又为自己劝丈夫转移注意力而惭愧不已,因为对方冰冷的

– 171

手、狂跳的心，无不在诉说着，只有回去这个念头占据了他，支配着他。世间安有奇迹能让他解脱？

在这座房子里，沉默与黑暗从未如此沉重。全世界极致的恐怖冷冷地矗立在四壁之间。只有时钟，那个时间的铁岗哨，还在一步一步地走着，没有一丝动摇。她知道，秒针每走一步，她的人，那个她深深爱着的、活生生的人，也会随之离自己远一步。她忍不下去了，跳起来让钟摆停下。这样一来，时间便没有了痕迹，只剩下恐怖与沉默。两人无言地躺着，肩并着肩，思绪在心里跌宕起伏，一直到天亮都没有睡着。

冬日的曙光尚且朦胧，湖面上空厚厚的雾霭里还飘浮着白霜。他已经起床了，迅速穿好衣服，犹豫不决地从一个房间匆匆走到另一个房间，又从那里匆匆走回来，最后突然伸手抓起帽子和大衣，悄悄打开了房门。后来，他常常回忆道，自己的手触碰到那冰冷的门闩时，抖得有多厉害。他还时不时怯生生地转身去看，确保没人盯着自己。有只狗突然蹿到他面前，大概是把他当成了鬼鬼祟祟的小偷，不过马上认出了他。他亲切地摸了摸狗，狗就温顺地后退了几步，然后狂摇尾巴，想要陪着他走。但他挥了挥手，把狗赶回去——他不敢说话。随后，他便匆匆沿着小道下了山，甚至连自己都不知道为何要如此慌忙。有时，他也会停下来站一会儿，回头望望逐渐消失在迷雾里的家，可随即又迈开脚步，一路狂奔，被石头绊得跌跌撞撞，就好像后面有人在追他。直到跑到车站，他才停了下来，衣服早已湿透，额上沁出汗水，浑身冒着热气。

车站那儿有几个他认识的农民邻居在等车，大家和他打招呼，有些看起来心情不错，想和他随便聊几句，可都被他回避开了。想到现在这种时候和人聊天，他就觉得羞愧又害怕；可是在湿漉漉的轨道前干等着，他也觉得难受。完全不知道该干什么，于是他就站到了一台体重秤上，丢了一枚硬币进去，呆呆地看着表盘玻璃上自己那张毫无血色、满是汗水、腾着热气的脸，直到从秤上下来，硬币哐当一声掉进机器里，他才意识到，自己忘了看数字。"我真是疯了，彻底疯了。"他喃喃自语道，一种对自己的恐惧袭上心头。他找了张长椅坐下，逼自己把事情从头到尾想想清楚。可这时，附近的信号铃忽然敲响，他唰地站了起来。远处，火车的长鸣已然能够听见，列车呼啸着驶来。他一头扎进一节车厢，看见地上有张脏兮兮的报纸，就捡了起来，瞪大眼睛盯着，却不知道自己在读什么，只看见自己抓着报纸的双手颤抖得越来越厉害。

车停了。到苏黎世了。他跟跟跄跄下了车，知道自己会被双脚拖到哪里去，也感觉到心中的意志在与之对抗，但意志越发薄弱。他时不时想给自己做一点小小的测试，于是在一张海报前停下了脚步，强迫自己从上到下通读一遍，以证明还有自我控制的能力。"我有什么可着急的？"他压低声音对自己说了一句，可话还在唇边，脚却迈开了步伐。他焦躁不安，如坐针毡，仿佛心里有一台发动机在不停地推着他往前走，无助地东张西望，想打一辆车，因为双腿直打哆嗦。终于有一辆车驶过，他把它喊住了，仿佛投河自尽一般钻进车里，说出了目的地：领事馆。

汽车呼啸着出发了。他向后一仰,闭上双眼,感觉自己正在飞速坠入万丈深渊。疾驰的汽车载着他奔向自己的命运,他竟在这种高速中获得了某种微微的快感——听天由命的感觉让他心安。不一会儿,车就停了。他下车,付钱,上电梯。不知怎的,在电梯机械地开动起来,把他带往楼上时,那种快感又出现了。仿佛做这一切的不是他自己,而是它,那种权力,那种未知的、难以捉摸的、束缚着他的力量。

领事馆大门紧锁。他按了按门铃,无人应答。他胸中一热:回去!快走!下楼!可手又按了一次门铃。缓慢的脚步声从里面传来。一个用人拖拖沓沓地把门打开。他衣着寒酸,手持掸子,显然刚刚在打扫办公室。"您有什么事?"他没好气地朝费迪南低吼。"来领事馆找人……我……我是奉命来的。"他结结巴巴地说道,想到自己在一个用人面前都会结巴,他已经羞得想转身逃走了。

那用人高高在上地转过去:"没看见黑板上写着吗?'办公时间:十到十二点'!现在没人。"还没等费迪南说话,他就把门嘭的一声摔上了。

费迪南站在原地,抽搐着缩成一团,强烈的羞耻感涌上心头。他看了看表:七点十分。"昏头了!我真是昏头了!"他结巴着自言自语了一句,随后像个老人一样,颤颤巍巍地下了楼。

两个多小时——还要死气沉沉地等这么久,太可怕了!毕竟每等一分钟,他的力量就要流失一分。方才他还绷紧了神经,做足了准备,算好了一切,斟酌字句,把整个场景都在心里预演了一遍,现在这两个多小时的间隔时间却突然如一道铁幕从天而降，把他和准备好的力气隔得远远的。他惊恐地感觉到，体内所有的热情都化作青烟，想好要说的话横冲直撞，仓皇出逃，一个字一个字地从大脑里隐去。

他原本的设想是这样的：自己到了领事馆，立刻有人帮忙通报军事事务长。他俩有过一面之交，是有一回他去朋友家的时候结识的，两人还随意聊过一些无关紧要的小事。不管怎么说，他反正知道，这位需要对付的人是位优雅老练、自诩善良的贵族，喜欢表现出宽宏大量、关怀下人的样子，不喜欢打官腔。这样的虚荣心，其实坐在这种位子上的人都有，他们都希望被人视作外交官和不受他人控制的大人物。而这正是费迪南想要动点心思的地方：让人通报自己的到来，进门时要表现得彬彬有礼，先普普通通寒暄几句，再问起他妻子的情况。对方肯定会让他坐下，递上一支烟，最后在他的沉默中礼貌地主动问道："有什么可以帮您的吗？"必须让对方开口问，这一点很重要，千万不能忘记。然后他再漫不经心地，不起一丝波澜地回答："我收到一封信，让我去M区体检。肯定是哪里弄错了，之前我被很明确地告知过，我不适合服兵役。"说这话的时候，必须轻描淡写，得让人一眼就觉得，他没把这件事情当作大事。然后，那事务长就会拿起信纸——对方懒洋洋的神态都已经浮现在费迪南眼前了——向他解释说，这是新一轮体检，他应该早就在报纸上看到过了，之前被退回去的人也必须重新报到。随后，他得依旧淡然地耸一下肩，说："哦，这样啊。我不看报的，没那个空，得工作呢。"对方一定马上能够发现，他对战争是多么淡漠，他是多么独立自主、自由不羁。当然，对方接下来就会向他解释，他必须服从这道命令，虽然个人感到很抱歉，但军事当局就是这么要求的，还有……这下就到了该支棱起来的时候了。"我懂。"嗯，必须这么说，"但现在让我中断工作是完全不可能的事情。我已经和人约好了，要办一场画展，展出所有的个人作品，可不能抛下人家不管。我都做出承诺了。"随后就向事务长提议，要么延长期限，要么派领事馆这里的医生再给他做一次体检。

到这一步为止，一切都是稳稳当当的。不过接下来，各种情况就都可能出现了。那位事务长或许会一口答应，这样的话，时间就算是赢下来了。但万一对方彬彬有礼地——就是用那种冷漠无情、避重就轻，忽然打起官腔来的礼貌——解释说，这事超出了他的职能范围，他是不允许这么干的，那么费迪南就打算要表现得坚决一点：得先站起来，走到桌前，用坚定的声音，对，非常坚定的声音，以发自内心不屈不挠的果断决绝说："这我知道。但烦请记录在案：由于经济责任，我无法立刻应召，必须将此事推迟三周，以先完成自己的道德义务，一切风险将由我个人承担。当然，我无意推卸对祖国的义务。"这些绞尽脑汁想出来的句子让他颇为得意。"记录在案""经济责任"——这些表达听起来是多么客观务实、冠冕堂皇。如果事务长下一步提醒他要当心法律后果的话，那么就是时候让语气变得更加尖锐一些，把事情做个冷静收尾："我不是不懂法，也知道会有什么法律后果。但承诺已经给出去了，在我这里，这就是最高法。为了履行诺言，我甘愿承担一切后果。"说完，就快速鞠一个躬，终止谈话，走向门口。必须让领事馆的人看出来，自己不是那种要等着别人让他走才敢走的打工人或小学徒，而是可以自行决定何时结束谈话的人物。

他一边踱来踱去，一边把这一幕自言自语背诵了三遍，对整个结构和基调都喜欢极了，已经迫不及待地等待着这一刻的来临，就像演员望眼欲穿地等着别人给他台词。只有一处，他总觉得有些不合适——"我无意推卸对祖国的义务。"在谈话的过程中必须表现出爱国主义，对，一定得有，这样那帮人才会觉得，自己不是大逆不道，而是还没有准备好。他虽然承认应召有其必要性——当然，只是当着他们的面——但对自己不适用。"对祖国的义务"——这个措辞还是太枯燥、太老套了。他想了想。要不改成"我知道祖国需要我"？不，这么说只会更可笑。又或者改为"我并没有打算逃避祖国的召唤"会更好些？对，确实好点了，但他还是不喜欢这句话，显得太卑微了，仿佛鞠躬又多弯了几厘米。他继续打磨下去。最好还是说得简单一点，"我清楚自己的义务。"——好，这就对了嘛，既可以向内拐，又可以向外绕；可以理解，也能误解。而且听起来简洁明了，可以说得很强硬："我清楚自己的义务！"——简直像一句威胁。这下一切都没错了。可是，他又紧张地看了看表。时间仿佛不愿意向前走，这才八点。

街上车水马龙，他不知该去往何处，于是走进一家咖啡馆，试着读读报纸。可上面的文字让他心烦意乱，就算是报纸上，也处处写着"祖国""义务"之类的词，这些字眼扰乱了他的计划。他喝了一杯白兰地，然后又喝了第二杯，去除一下喉咙里的苦味。他极力思考着如何才能跑赢时间，同时把想象中的对话碎片一次又一次地打包压缩，存在脑子里。突然,他摸了摸脸颊:"没刮胡子,对啊!我还没刮胡子!"他赶紧穿过马路,跑进理发店,让理发师帮他剪发洗头。这样一通操作下来,半个小时的等待时间就打发过去了。随后,他又突然想到,得让自己看起来优雅一点。毕竟是去领事馆,这事很重要。那帮人在穷鬼面前总是一副高高在上的傲慢模样,对他们大呼小叫;可要是来者相貌堂堂、风度翩翩,举手投足尽显老练潇洒、轻松自如,那他们立马就会换上另一副面孔。他想着想着,就陷了进去,立刻找店铺刷了一遍大衣,买了手套。在挑选手套的时候,他还纠结了很久:黄色?锋芒过于明显,显得有些纨绔。珍珠灰?比较低调,更合适。买完以后,他又开始在街上闲逛。路过一家裁缝店,在门口的镜子前照了一照,调整了一下领带。但总觉得手里还是太空。手杖!他忽然反应过来,有了手杖就能让他这次到访显出是恰巧路过,随便进去看看的样子。他赶紧穿过马路,挑选了一根。走出商店时,钟楼正好敲响:九时三刻。他把那些词又在脑子里过了一遍。很好。新版本是:"我清楚自己的义务。"这句话现在是整段里最有力量的部分。他迈着非常确信、坚定的步伐走上楼梯,轻快得像个孩子。

一分钟以后,用人刚把门打开,一种感觉冷不防地在他心中油然而生:他的算盘或许打错了。什么事情都没有按照预期的那样发展。他一问事务长在哪儿,用人就告诉他:"秘书先生在会客。"他得等着。那用人不怎么客气地伸手指了指一条长椅中间的位置,那边已经坐了三个人,个个满脸阴沉。他不情愿地坐了下来,心中有些敌意,感觉自己在这里仿佛是一桩事务、一个待解决的问题、一件任务。紧挨着他的两个人正在交流各自卑微的命运:其中一个带着哭腔,用破碎的声音讲述着自己在法国被关了两年,这里的人又不肯预支给他一分钱让他回家;另一个人则抱怨道,哪里都没人帮他找一份工作,家里还有三个孩子嗷嗷待哺。费迪南气得浑身发抖:自己竟被安排到了这儿,和一帮乞丐坐在一条长椅上!他还注意到,这些下等人阴沉压抑、怨天尤人的态度不知为何让他动了火气。他本想把那段对话在脑子里再预演一遍,可边上愚蠢的絮絮叨叨打断了他的思路。他真想冲他们大吼一句:"闭嘴,人渣!"或者从口袋里掏点钱出来,把他们打发回家。可他的意志却像残废了一样,也像大家那样把帽子拿在手里,和众人坐在一起。再加上不断有人进进出出,也把他弄得晕头转向。他真怕其中有哪个是认识他的,看到他在这里,和一群乞丐坐在一条长椅上。他早就准备好了,每次门一开,他在心里已经啪的一下弹射起身,可实际只是低着头,依旧失望地坐在那里。他越来越清楚地意识到,自己现在得马上离开,趁现在精力还没有完全耗尽,必须赶紧逃走。有那么一次,他振作起来,起身对旁边那个像哨兵一样站着的用人说:"我明天再来也行。"但用人却把他摁住说:"秘书先生马上就能空下来了。"听完这句,他的膝盖一弯,又坐下了。他像是被囚禁在了这里,毫无反抗之力。

终于,一位女士走了出来,带来了一阵窸窸窣窣的声音。她带着微笑,满脸沾沾自喜,高高在上地扫了一眼等候的队伍。这时,用人喊道:"秘书先生现在空下来了。"费迪南站了起来,把手杖和手套落在了窗台上,可是发现的时候已经太晚了,门已经打开了,来不及再回去拿。他微微回头看了一眼,被外面的景象搞得晕头转向,稀里糊涂地走进了办公室。事务长在办公桌前看文件,感觉有人来了,抬头匆匆看了一眼,朝费迪南点点头,并没有如他期待的那样请他坐下,只是礼貌却冰冷地微微一笑:"啊,原来是我们的美术硕士。稍等一下,马上就来。"然后站了起来,朝隔壁房间喊了一句:"麻烦把费迪南·R的材料拿过来,就是前天处理好的那份,您知道的,我们帮忙转的征召令。"说着,他又坐了下来:"您也要离开我们了!哎,希望您这段时间在瑞士待得还算愉快吧。再说了,您看起来气色很不错。"说话间,他已经翻开了书记员拿来的材料:"M区入伍……嗯……嗯……好……一切都没问题……我已经让人开证明了……您不用申请旅费吧?"费迪南站都站不稳,听着自己结结巴巴地动了嘴:"不……不用。"事务长在材料上签了字,递给他。"其实您明天就该走了,但是倒也不必这么匆忙。先让您最后一幅杰作的颜料晾干了再说吧。如果您还需要一两天来处理一下自己的事情,程序上的问题可以交给我。这点小事对祖国来说算不了什么。"费迪南感觉这是个笑话,必须笑一笑,却又实实在在地感受到了内心的恐惧,就只能将嘴角礼貌性地弯了弯。"说点什么吧,现在必须得说点什么了。"这句话在他心中发酵,"别像根棍子一样站在这里。"最后,他终于挤出一句:"有征兵令就够了吧……除此之外,我……不需要别的通行证了吧?""不用,不用。"事务长笑了,"边境那里不会为难您的。顺便说一句,那边已经帮您登记好了。行,那就祝您一路顺风!"事务长伸出手,费迪南知道这是在送客了,他两眼一黑,赶紧去扶门,心里泛起一阵恶心,险些要窒息了。"右边,请往右走。"身后传来一个声音提醒他。费迪南走错门了,而事务长已经给他打开了正确出口的门,脸上挂着淡淡的微笑——虽然两眼一抹黑,但费迪南还是觉得自己能看见对方在笑。"谢谢,谢谢……不用忙了。"他结巴着说,同时恨自己为什么要这么过分礼貌。到了门外,用人把手杖和手套递给他,那句"请记录在案……经济责任"瞬间又在脑子里冒了出来。此生从未有过的羞耻感涌上心头:他竟然还在向人家道谢!礼貌客气地道谢!但怒气已经不再膨胀了。他面色苍白地走下楼梯,感觉在走路的人不是自己,只觉得有股力量,一股陌生的、无情的力量将他攫住,将整个世界踩在脚下。

到下午很晚的时候,他才回家。漫无目地走了几小时,脚底火辣辣地疼。他三次都已经进了家门,却又退了出来。最后,他尝试从屋子后面穿过葡萄园,从一条隐蔽的小路溜进去。可那只忠犬发现了他,狂吠着朝他冲来,热情地摇着尾巴。妻子站在门口,他一眼就看出来,她什么都知道了。他一言不发地跟在她身后,羞愧之情溢于言表。

可她没有露出严厉之色,也不看他,显然在极力避免让他痛苦。他唯唯诺诺地坐下,她往桌上放了一些冷肉,走到他身边。"费迪南,"她的声音颤抖得厉害,"你生病了,现在不能和我正常交流。我无意责备你。你现在的所作所为并非出于本心,我也能感受到你有多痛苦。但我要你向我保证一件事,就是在做任何行动之前,都先跟我商量商量,好不好?"

他没有说话。她的声音更加激动了："我从来没有干涉过你的私事，永远给你充分的自由，让你自己做决定，我一直为此骄傲。但现在握在你手里的，不仅仅是你自己的生活，还有我的生活。我们花了多少年，才建立起现在的幸福！我不会像你这样，轻易把它拱手送给国家，让给谋杀，抛给虚荣和软弱。我不会给任何人，你听好了！任何人都不给！你在他们面前或许会怯懦，但我可不会。我知道这事的意义，我绝不会屈服。"

他仍旧沉默不语。那种充满奴性的、一味心虚的沉默渐渐让她开始冒火。"我不会任由一张废纸夺走任何属于我的东西。以杀人为终点的法律，我也一概不认。政权压不弯我的脊梁。你们这些男人啊，现在全被意识形态腐蚀了，满脑子都是些所谓政治、道德；而我们女人还是那样随心而动。我同样知道祖国意味着什么，但我也知道，现如今它又意味着什么：是杀人！是奴役！人可以属于自己的民族，但要是整个民族都疯了，就不该和那帮乌合之众同流合污。那帮人可能觉得，你已经成了一个数字、一串编号、一样工具、一粒炮灰，我却仍然觉得你是一个活生生的人，我绝不会把你交给他们，绝不把你拱手相送！我从来没有自以为是地替你做过决定，但现在，保护你是我的责任。之前你是一个头脑清醒的成年人，知道自己想要什么。可现在，你就像外边那几百万无故牺牲的人一样，沦为一台浑浑噩噩，只会履行义务的破机器，意志已经完全被扼杀了。为了抓住你，他们控制了你的神经，却忘了你还有我。我从未觉得自己如现在这般坚强。"

他只是闷闷地沉默着，心里没有反抗：不反抗那些人，也不反抗她。

她啪的一下站直了，仿佛准备好要投入战斗，声音很是强硬、严厉，绷得紧紧的。

"领事馆那些人和你说什么了？说来让我听听。"这话俨然是道命令了。他疲惫地掏出那张信纸，递过去给她。她眉头紧锁，咬紧后槽牙，读完就随手轻蔑地扔到桌上。

"这群大爷倒是挺赶时间的嘛！居然明天就要你走！你是不是还在感谢他们？脚跟一靠，顺从听话，感恩戴德，说一句：'属下明天一定就位！'就位？还不如说跪下！不行，事情还没到这一步呢！还早着呢！"

费迪南也站了起来，面色苍白，一手抽搐着抓住扶手椅："保拉，我们别再自己骗自己了。事情已经到这一步了！逃不掉了！我试过反抗，但是没有用。我就是——这张信纸安排好的那样。即使把它撕碎了，我也还是一样。别让我为难。即使在这里，也终究没有自由。每时每刻，我都觉得远处有什么东西在召唤我，触碰我，拉拽我。到了那边，我反而会轻松一点。牢笼里本身倒还有点自由，可只要我在外面，就会觉得自己在逃亡，倒是感觉更不自由了。而且，为什么一下就往最坏的方面想呢？之前那次，他们不是已经把我放回来了吗？第二次何尝不可？或许他们甚至根本不会给我武器。我甚至可以确信，自己会去干一些轻松的差事。干吗非要往最坏的方面想？也许根本没有那么危险吧？也许我运气比较好呢？"

她一点都没有软下来："现在重要的不是这些问题，费迪南。我们关注的不在于他们会给你重活还是轻活，而是你是否必须为自己憎恨的人服务，是否愿意违背自己的信念，帮忙犯下世界上最大的罪行。没有拒绝的人，都是帮凶。而且你可以拒绝，也必须拒绝。"

"我可以吗？我什么都做不了！已经做不到了！曾经让我坚强的一切，对这种荒谬行径的仇视、愤慨，现在都压得我喘不过气来。别再折磨我了，求求你，别再折磨我了，别再跟我说这些话了。"

"不是我要说，是你得自己说，他们无权掌控一个活生生的人！"

"权！好一个权！世界上哪儿还有权？不都已经被人扼杀了吗？每个人都有自己的权利，但他们，他们拥有的是权力，而现在，权力就是一切。"

"他们怎么就有权力了？还不是你们这种人给的？只要你们一直胆小懦弱，他们就永远有权力。现在所有那些被人们称为'庞然巨物'的东西，都是由各国十个意志极强的人组成的，只要再来十个人，就能将其摧毁。一个人，一个活生生的人，但凡敢于否认，就能扼杀这种权力。可只要你们缩头缩脑，感觉自己或许能侥幸；只要你们俯首弯腰，指望幸免于难，而不是直击其心脏；只要你们俯首称臣，奴颜婢膝，就不配拥有更好的生活。男子汉大丈夫，不能俯首帖耳，必须勇敢说'不'，这才是你现在唯一的责任，而不是任人宰割。"

"可是保拉……你的想法是……我应该……"

"内心想说'不'的时候，就要说'不'。你知道的，我爱你的生活，爱你的自由，爱你的工作。如果你今天跟我说：'我得去了，我要用左轮手枪伸张正义。'如果我知道,你非这样不可,那我会说:'去吧!'但如果你是为了一个自己都不相信的谎言,出于软弱和紧张,出于指望侥幸过关的心理而去,那我鄙视你。没错!就是鄙视你!如果你想走,是为了人性,为了信仰,那我不会阻拦你;但如果是为了去做野兽中的野兽、奴隶中的奴隶,那我坚决反对。一个人可以为自己的想法牺牲,但不能为他人的妄想送死。如果那些为祖国而死的人,真的有如此信仰的话……"

"保拉!"他不由自主地站了起来。

"怎么?我的言论自由过头了吗?你已经觉得班长挥着军棍在抽你的后背了吗?怕什么!我们还在瑞士呢!你想让我保持沉默,或者跟你说:不会有事的。但现在不是多愁善感的时候,而是真正关乎整个命运,关乎你和我的关键时刻!"

"保拉!"他再次想打断她讲话。

"哈!我现在已经不同情你了。我当初选择你,爱你,是因为你是一个自由的人。我向来鄙视软弱胆小、自欺欺人的家伙。我为什么要同情你?在你心里,我又算什么?不知哪个中士乱涂乱画,写满了一张废纸,你就把我抛下,追着人家跑了。我可不会任凭别人随意抛弃,又信手捡起。行了,你决定吧!选他们还是选我?!不把他们放在眼里还是不把我放在眼里?!我很清楚,如果你选择留下,接下来的日子会困难重重,我将再也见不到家里人,回家的路会被人堵死。你要是选择和我在一起,我就都认了,但你要是现在就想把这个家拆散,那我俩就永远散了吧。"

他只是悲叹，而她怒气冲天。

"要么选我，要么选他们！没有第三个选项！费迪南，好好想想吧，现在还有时间。想到我俩没有孩子，我经常感到苦恼，现在却头一回为此庆幸。我不想为一个懦夫生孩子，更不愿意一个人把战争遗孤拉扯大。虽然我在为难你，但我从未像现在这样站在你这边。不过我得告诉你：这不是什么'走出去试一试'这么简单的事情。这是永别！如果你选择离开我去入伍，去追随那些穿军装的杀人犯，那就别回来了。我不和战争罪犯同流合污。我要和真正的人，而不是和吸血鬼、和国家机器朝夕相处。选吧，国家还是我——现在就选。"

说完，保拉夺门而出，用力摔上门，费迪南还站在原地瑟瑟发抖。嘭的一声巨响让他膝盖一软，不得不瘫坐下来，缩成一团，呆呆地不知所措，双手握拳，撑住因筋疲力尽而垂下来的脑袋。最后，他终于爆发了，哭得像个孩子。

整整一个下午，保拉都没有再回到房间里来，费迪南却觉得她的意志一直站在门口，充满了敌意和戒心。而与此同时，他还感觉到有另一种意识，仿佛一枚冰冷的铁齿轮植入他的胸中，驱使着他不断向前。有时候，他试图把事情拆开来一件件思考，而思绪却会从他大脑里溜走。于是只能僵硬地坐着，看起来若有所思，实则最后一丝平静也在灼热的紧张感中消融殆尽。他感觉仿佛有两股超自然的力量紧紧抓住了他生命的两端，但求自己干脆被撕成两半。

为了终止这种无所事事的状态，他拉开抽屉，翻东西，撕信纸，呆呆地盯着各种东西，一个字也不说，在房间里踉踉跄跄地走来走去,坐下歇一会儿,焦躁得不行了就站起来,累得顶不住了又坐下去。他突然意识到,自己怎么在把背包从沙发下面拖出来,这双手怎么就开始收拾行装了?他怔怔地盯着,眼睁睁地看着自己的手不受意识控制,井井有条地打点一切。后来,当打包好的行囊突然出现在了桌上,他又开始颤抖了,双肩感到承受了千钧之重,仿佛时代的重担全部压上了他的肩头。

门开了,妻子走了进来,把手里提着的煤油灯搁在桌上,一圈光晕在整理好的行装上跳动。四周一下亮了,方才还隐匿在黑暗里的羞耻又涌了出来。他结巴着说:"只是……万一呢……我还有时间……我……"可那呆滞石化,如面具般假惺惺的眼神一出现,所有的话都被击得粉碎。保拉死死地咬紧嘴唇,狠狠地盯了他足足几分钟,起先一动不动,后来开始轻微摇晃,仿佛几欲晕厥,目光却将其锁定。咬紧的牙关松开了,她转过身,肩膀一阵抽搐,随即径直离去,没有回头。

几分钟后,女仆来了,送来他一人份的饭菜。身边的位置依然空着,他满怀犹疑地朝旁边看去,马上认出了一个残酷的符号:背包就躺在椅子边。他感觉自己仿佛已经走了,已经远去,对这个家来说,已经死了:四壁一片漆黑,方才煤油灯的光圈再也照不到这里,而外面陌生的灯光下,空气燥热,夜色沉沉。远处,万籁俱寂,天空无限纵深,其高、其远只会让孤独感有增无减。费迪南感到周围的一切——房子、风景、画作、妻子,都渐渐地淡出了他的脑海,正如自己波澜壮阔的生命突然干涸,跳动的心被紧紧压迫。这种时刻,他迫切地渴求爱,渴求温暖亲切的话语。他已经敞开胸怀,准备接受所有鼓励,只想回到过去。渴求压倒了躁动,他像个孩子一样,向往着哪怕只有一点点的温柔,连汹涌澎湃的离情别绪都消融其中。

他走到门边,轻轻转了转把手。按不下去,门锁了。他怯怯地敲了敲门。无人应答。他又敲了一次,心也随之开始狂跳。仍是一片寂静。这下他反应过来:自己把一切都搞砸了。一阵恶寒袭来。他熄了灯,衣服都没脱就倒在沙发上,盖好被子:现在他心中的一切都在渴望坠毁、遗忘。他再次侧耳倾听,仿佛感觉近处有声响。他把耳朵贴到门上,木门僵直地立在原地。什么都没有。他又把头垂了下去。

忽然,脚下有什么东西轻轻地戳了他一下。他吓了一跳,随即转惊吓为感动:是那只忠犬。它跟着女仆一道溜了进来,趴在沙发下,现在蹭着他的裤腿,用温暖的舌头舔着他的手。小狗什么都不知道,却一直爱着他,他深受感动——这种爱来自那个已经死去的世界,是过往生活中唯一一个依旧属于他的东西。他弯下腰拥抱它,就像拥抱一个人。他想着:这个世界上竟还有东西仍然爱着我,没有鄙视我,我在它眼里还不是一台机器,不是杀人工具,不是自甘堕落的懦夫,而是能够通过爱联结起来的生命。他不住地轻轻抚摸着它柔软的皮毛,而那只狗仿佛能感受到他的孤独,挨得更紧了。一人一犬,轻轻呼吸着,慢慢进入了梦乡。

第二天醒来,他感到体内注满了新鲜的活力。窗外,晨光灿烂,熏风吹走了天地间的黑暗,湖面波光粼粼,映出远处绵绵群山的亮白轮廓。费迪南一跃而起,睡过头了,脑袋还有些昏昏沉沉,可一看到那个背包，瞬间就完全清醒了。所有事情回到脑中，可现在是阳光明媚的白天，一切似乎都显得没有那么沉重了。

"我整理这个背包干什么呢？"他自言自语。

"何必呢？我还没想走呢。当下正值开春好时节，我要画画。没必要这么急。他都跟我说了，还可以有几天时间缓一下。畜生都不会自己跑去屠宰场呢。妻子说得有道理，我要是现在就去了，无论对她，对我，还是对所有人，都是一种犯罪。说到底，我不会有事的。真要是去晚了，无非是关几天监狱而已，但参军本身难道不等同于监禁吗？我对社会地位又没有什么野心，甚至觉得，在这个被奴役的世道，不顺从反而是一种光荣。好，我不会再想着要走了，就决定留在这里。得先把这里美丽的风景画下来，这样以后才能知道，自己之前是在哪里度过了幸福的日子。在把画裱上框之前，我是不会走的。我不会让自己变得和牛一样，任人在背后赶。急什么呢？"

他拎起背包，抡了几下，丢到墙角，感受到了自己的力量，心情舒畅。抖擞的精神让他忽然萌生了一种想法：快速测试一下自己的意志吧。他把那张信纸从信封里抽出来，展开，准备撕碎。

但是很奇怪，军用语言的魔力再一次将其征服。他读了起来："请阁下务必……"这句话紧紧揪住了他的心——好一道不容反驳的命令。不知为何，他感到有些天旋地转，心中又出现了那种莫名其妙的感觉。他的双手开始颤抖，力量感离他而去。不知何处冒出一股寒气，仿佛有穿堂风吹过，躁动不安升腾而起，他人意志的钢铁发条开始在他心里转动，每一根神经都绷得紧紧的，每一处关节都仿佛上了弹簧。他下意识地看了一眼时钟。"还有时间。"他喃喃地自言自语了一句，却已经不知道自己指的是什么了：是明早驶往边境的火车发车时间，还是自己设定的最后期限？又来了——心中那牵引着他向前走的神秘力量，那阵将他卷走的浪潮——而且比之前任何时候都强，毕竟最后的反抗往往最激烈。与此同时，还有恐惧，就是那种对失败屈服、茫然无助的恐惧。他知道，如果现在没人来拉住他，他就彻底完了。

他摸索着走到妻子的房门前，贴着门侧耳倾听。毫无动静。他迟疑地用指关节敲了敲门。还是寂静无声。他又敲了一下。仍然一片死寂。他小心翼翼地转动了门把，门没锁，但房间里是空的，床也是空的，被子没有叠。他吓了一跳，轻声喊了句妻子的名字，可是没人回应。他越发不安了："保拉！"这回，声音响彻房间，仿佛一个遭受突袭的人发出惊声尖叫："保拉！保拉！保拉！"却没有惊起一丝波澜。他摸索着进了厨房，里面空无一人。可怕的迷失感颤抖着在他心里变得真切。他跟跟跄跄地上楼进了画室，不知自己想要怎样：是想告别，还是希望有人来挽留？可这里也没人了，连那只忠犬都不见了踪影。一切都弃他而去，孤独感残暴地向他袭来，击垮了他最后一丝力量。

他穿过空空荡荡的屋子，回到自己的房间，捡起了背包。不知怎的，现在索性戴上镣铐不再挣扎，他反而感到解脱了。"都是她的错。"他喃喃自语道，"都是她一个人的错。她为什么要离开我？不该极力挽留我吗？这是她的责任啊。她原本能拯救我的，但她已经不想了。她看不起我。爱已经消失了。是她任由我坠下深渊,那我继续掉下去不就得了?就让我的血溅在她的身上!是她的错,不是我的!都是她一个人的错!"

他又转身面向屋子,期待着那边会从某处传来一句呼声,一句饱含爱意的话语,会有人挥起双拳,砸碎他心里那台乖乖听话的机器。但没有人说话,没有人呼喊,一切离他而去,他感觉自己在无尽的深渊中越坠越深。一个念头突然出现:如果现在再往前走几步,走到湖边,从桥上一跃而下,迎来永世的安宁,这样岂不更好?

教堂的大钟敲响,僵硬而又沉重。明朗的天空方才还那么可爱,现在却落下这道残酷的召唤,仿佛在他身上抽下的鞭子,催他动身。再过十分钟,火车就要来了,随后一切就将结束,无可挽回地落下最终的帷幕。还有十分钟,但他已经感觉不到一点点自由了,只顾向前跑,踉踉跄跄、摇摇晃晃地跑,像被人追着似的,跑得上气不接下气,生怕误了点。他越跑越快,越跑越快,忽然一下就来到了月台前,差点和一个倚在栅栏上的人撞个满怀,这才停下脚步。

他吓了一大跳,背包从颤抖的手里掉到地上。面前那人是他妻子,脸色苍白,仿佛一夜没睡,目光直直地盯着他,眼里满是严肃和悲凉。

"我就知道你会来。三天前我就想到了。但我从没想过要离开你。从大清早第一班火车开始,我就在这里等,打算等到最后一班。只要我还存有一口气,他们就别想抓到你。费迪南,想清楚啊!你自己都说了,还有时间。你到底在急什么啊?"

他看着她,眼神闪烁。

"没什么……只是……我已经接到通知说……他们在等我……"

"谁在等你?奴役者或者死神尚有可能,除此之外就没有了!醒醒吧,费迪南!用心感受一下,你是自由的,完全自由的,没人有权支配你,没人可以命令你。你听好,你是自由的!你是自由的!你是自由的!我要跟你说一千遍,一万遍,每一分钟,每小时跟你重复一遍,直到你自己也真心感受到为止。你是自由的!你是自由的!你是自由的!"

两个农民路过,好奇地转过来张望。费迪南压低声音说道:"求求你了,别那么大声,人家都在看着呢……"

"人家!人家!"她怒吼道,"人家关我什么事?你中弹躺在地上,或者一瘸一拐回家的话,人家能帮到我?什么'人家',什么'同情',什么'爱',什么'感激',我都只觉得可笑——我只想要你成为一个人,一个活生生的、自由的人。我要你自由,行使生来就被赋予的权利,而不是去当炮灰……"

"保拉!"他设法安抚怒火中烧的妻子,但她却一把将他推开。

"让你那懦弱愚蠢的恐惧离我远点!我现在是在一个自由的国家,想说什么就说什么!我不是谁的仆人,也不会让你去受奴役!费迪南,你要是上车,我就躺在火车前面……"

"保拉!"他又伸手去抓妻子。可对方的神色突然变得痛苦万分:"算了,我不想说谎。我或许也会变得过分懦弱。看着丈夫、儿子被拖走,千百万女人总是唯唯诺诺,从古至今没有一个人敢奋起反抗。

可这不是她们应该干的事情吗?你们的懦夫行为也毒害了我们。你要是走了,我会怎么办?号啕大哭?跑到教堂里去祈求上苍,指望他们给你一个轻松的差事?可能还会去讥讽那些没走的人。现在这种时候啊,我真是什么都有可能干得出来。"

"保拉,"他拉着妻子的手,"既然已经改变不了什么,何必再给我添这么多心理负担?"

"怎么?我该让你轻松吗?不可能,你就该感到沉重,无尽的沉重!我能添多少负担,就添多少负担。我就站在这里了!要么你就用拳头把我打跑,用脚把我踩碎,否则我是不会放你走的。"

信号钟敲响了。费迪南面色苍白,激动不已,唰地跳了起来,伸手去抓背包。可保拉已经把背包抢了过去,藏在背后。"给我。"他哀号了一句。"就不!就不!"她一边气喘吁吁地大喊,一边拼命与他抢夺背包。一群农民围拢过来,哈哈大笑着凑热闹。围观群众喝彩起哄,火上浇油,嬉笑玩闹的小孩纷纷跑来。他们却全然不顾,拼尽全力,苦苦相争,仿佛那个背包就是他们的生命。

就在这时,车头轰鸣,列车隆隆驶来。他突然丢下背包,头也不回,疯了似的慌忙冲过铁轨,跌跌撞撞朝列车奔去,一跃上了车。围观农民爆发出一阵狂笑,连连叫好,大声喊着:"快跑啊!别被逮住了!""加油!冲啊!她要抓住你了!"众人追着他向前跑,身后留下一串羞辱他的爆笑声。火车开了。

她站在原地,手里拿着背包,淹没在人群的笑声中,盯着火车越开越快,渐渐淡出视野。车厢窗户那里,没有传来一句离别的话,没有一下挥手告别。眼泪夺眶而出，模糊了视线，她什么都看不见了。

火车越开越快，他缩成一团坐在角落，不敢往窗外看一眼。外边的景色向后飞去，列车高速行驶着，把他曾经拥有的一切撕成千万片——山坡上的小屋、他的画作、桌椅床柜、妻子、爱犬，还有那许许多多幸福的日子。他曾眼光闪闪，极目远望的那片宽广美丽的风景就这样匆匆远去，连同他的自由，还有整个生命也被一起带走。他觉得体内每一条血管里的热血都被放干净了，现在除了那张在口袋里窸窣作响的信纸，自己已经一无所有。他就同这张信纸一道，在命运的惊涛骇浪下，随波逐流。

对发生在自己身上的一切，他只感到茫然与困惑。乘务员要求他出示车票，他没买，只能梦游似的说，自己要去边境，然后在无意识的状态下换了车：是他体内的机器完成了所有动作，他已经再也感受不到痛苦了。到了瑞士边境，工作人员向他索要证件，他拿了出来：除了一纸空文，什么都没有。有几次，心中那已经丢失的东西还会在深处低语，仿佛源自梦境一般轻轻提醒他："回去吧！你还是自由的！不必这样。"而流淌在血液里的那台机器虽然默默不语，却猛烈地触动着他的神经，牵引着他的四肢，下了无形的命令——"你必须去"，推着他向前走。

他站在过境车站的站台上，对面就是他的祖国。远处昏暗的光线下，一座跨河长桥清晰可见：那就是边界了。他游离在外的感官试图理解这个词。在边界的这一边，人还可以生活、呼吸，自由发表言论，想做什么就做什么，再苦再累也能干；而过了那座桥八百步，好比动物被开膛破肚,人的意志就会被从体内抽离,必须服从陌生人的指令,又必须把刀刺进另一个陌生人的胸膛。分割一切的就是远处那座小小的桥——两根大梁上架起的一百多根木头。也正是因为这种意义,两名士兵身着不同颜色、莫名其妙的服装,站在桥上持枪守卫。一种沉闷的感觉袭来,让他心中很是难受,他感觉自己再也无法清晰地思考了。但思绪滚滚,停不下来。他们站在那块木头旁边,是想守住什么?大概是想确保没人可以跨越边界逃到另一个国家,从这边这个泯灭了个人意志的国度逃向那边吧。可他自己怎么竟然想跨回去?没错,只不过是从另一个层面上来说的,是离开自由,走向……

思绪停滞了。对边界的思考将他催眠。现在,他真真切切、直观清晰地看到了那两个身穿军装、令人讨厌的公民守卫着那所谓"边界",瞬间就感觉自己心里的某些东西有些让人搞不懂。他努力向前推演:这是战争。但战争只在那边的国家——也就是一千米开外,或者不到一千米,八百米左右的地方。他又忽然想到:或许,再往前走十米,就变成那什么一千米、八百米减去十米的距离开外,就是战争。一个疯狂的念头忽然一闪:他要亲眼看看,在这最后十米的土地上,到底有没有战争。这个滑稽的想法让他来了兴致。他想,世界上肯定有某个地方存在一条线,也就是分界线。如果一个人走到边界,一只脚踏在桥上,另一只脚踩在地上,那么这个人算是什么?是自由的,还是已经算入伍了?又或者,一只脚穿平民百姓的鞋子,另一只脚穿军靴,这个人又算什么?各种越发幼稚的想法在他脑子里乱窜。一个人,如果已经上了桥,过去了,又走回来,那算是逃兵吗?这条河呢？算战争之河还是和平之水？河底有没有一条线划分出两国国旗的颜色，将河一分为二？还有水里的鱼，允不允许它们游进战区？哦，对了，还有动物！他想起了家里的狗。如果它跟着一起来了，那群人大概连它也要一并动员，命它去拉机关枪，或者在枪林弹雨里搜救伤员。哦！还好它留在家里，真是谢天谢地……

真是谢天谢地！想到这儿，他不禁打了个寒战，把自己晃醒。他感觉到，自从亲眼看见了边界——这座隔开生死的桥——之后，身体里就有什么东西开始运作：不是机器，而是内心的意识，反抗的意识，开始觉醒。来时乘的那辆火车或许还停在另一条铁轨上，只不过在这段时间里挪了一下位置，巨大的玻璃"眼珠"现在盯着另一个方向，准备把车厢拉回瑞士。这让他突然意识到，可能还有时间。死去的神经又开始痛苦地骚动，内心对已经失去的家的渴望又重新回来了，心中那个迷失的自己也开始回来了。桥的那边站着一名士兵，身上穿着异国的军装，肩上扛着沉重的步枪。他看着那名士兵漫无目的地转来转去，觉得这个陌生人仿佛一面镜子，照出了自己。这下他才恍然意识到自己的命运。而且看清了这一点，他也就看见了毁灭。生命在灵魂深处高声呐喊。

信号钟敲响了，这重重的一声击碎了他还没笃定的感觉。现在他知道，一切都救不回来了。如果他坐上即将驶来的火车，只要三分钟，两千米，他就过了桥，到那边去了。他也知道，自己会上车的。然后只需要一刻钟，自己就解脱了。他站在那里，摇摇欲坠。

但是火车驶来的方向，不是他颤抖着眺望的远方。恰恰相反，列车从桥那边隆隆作响,缓缓驶来。大厅一瞬间骚动起来,众人拥出候车室,妇女们尖叫着前推后搡,瑞士士兵火速整队集结。忽而传来音乐声,他仔细一听,大吃一惊,简直不敢相信自己的耳朵,但乐声响彻云霄,不可能听错——是《马赛曲》!一列从德国国土上开来的火车竟奏起了敌国的国歌!

火车轰隆隆地驶来,哧哧喷着汽,最终停下,所有人一拥而上。车门开了,一个个面孔苍白的人踉踉跄跄地走出来,狂喜的光芒点亮了一双双眼睛——是穿着军装的法国人,是受伤的法国人,这些都是敌人!敌人!这几秒,他像是在做梦一样,过了许久才反应过来,这班列车上载的是伤病战俘,他们获得释放,离开囚牢来到这里,他们从疯狂的战争中被解救了出来。他们有预感,他们知道,他们感受到了一切。他们是多么尽情地挥手、高呼和欢笑,尽管有些人的笑声里还透着痛苦!有一个人装了一条假肢,跌跌撞撞、步履蹒跚地出来,扶住一根柱子高声大喊:"瑞士!瑞士到了!感谢上苍!"女人们啜泣着,从一扇窗冲向另一扇窗,直到找到那个寻觅良久的挚爱之人。一时间,呼喊声、呜咽声、尖叫声——各种声音交错混杂,一切却又都汇成了一股绷紧的金色琴弦,奏出高亢激昂的欢乐曲子。《马赛曲》停了下来。有那么几分钟,除了众人的欢呼、高喊如激浪拍岸般将人淹没,其他什么声音也听不到。

渐渐地,周围静了下来,人们自动分成了一个个小群体,洋溢着轻松愉快的兴奋之情,叽叽喳喳聊个不停。有几个女人还在呼喊,迷茫地来回寻找;护士送来饮料,分发礼物;重病员被担架抬了出来，身上裹着白色纱布，整个人显得苍白无力，众人小心翼翼地围上去，送上关怀与安慰。他们遭受的苦难全都写在了外形上：有的人残缺不全，两袖空空；有的人憔悴枯槁，半身烧焦。每个人的青春都只剩一丝残存，不修边幅，面容垂垂老矣。但每个人的双眼都闪闪发光，大家静静地仰望着天空，无不感受到，朝圣之旅已经来到了终点。

费迪南站在突如其来的人群中，仿佛瘫痪了一样。信纸压住的胸口之下，他的心忽然再次猛烈地跳了起来，几乎要跳出胸膛。他看见在远离人群的地方，有一副担架孤零零地摆在那里，无人关心。他犹豫着，慢慢迈开脚步，走向那位在一片疏离的欢乐中被人遗忘的陌生人。伤者面色惨白，胡须蓬乱，中弹的手臂无力地从担架上垂下来，双眼紧闭，嘴唇没有一丝血色。费迪南在颤抖。他轻轻抬起对方垂下的手臂，小心翼翼地放在这位受苦受难者的胸前。这时，这位陌生人睁开了眼睛，望着他，那不为他所知的、无尽遥远的痛苦中，浮现出一个感激的微笑，向他致意。

这抹微笑像是一道闪电，直劈颤抖的费迪南。这是他该干的事情吗？要将他人残害到如此地步？人类本是同族兄弟，他却要不再将其放在眼里，而是以仇恨的目光视之，心甘情愿共犯弥天大罪？伟大的情感真理在他心中猛然跃起，打碎了胸中的那台机器，自由冉冉而升，幸福而伟大，将俯首帖耳撕得粉碎。"绝不！绝不能去！"他的内心在呐喊，那声音是一种原始的力量，不曾相识。他被这声音击垮，泣不成声，倒在担架前。

众人向他冲过来，以为他发了癫痫，医生也匆匆赶来。但他慢慢站起了身，谢绝了他人的帮助，神色中透出平静安详。他伸手去摸钱包，掏出最后一张钞票，放在伤员的担架上，随后又拿出信纸，又慢条斯理地用心读了一遍，读完便将其撕成两半，把纸屑撒在月台上。人们惊异地盯着他，仿佛在看一个疯子。他却不再感到羞耻了，而只剩下一种感觉——治愈。乐声再次响起，他的心怦怦直跳，盖过了所有音符。

夜深时分，他回到家中。屋里漆黑一片，大门紧锁着，像口棺材似的。他敲了敲门。一串吧嗒吧嗒的拖沓脚步声过后，妻子开了门，见到是他，她整个人都吓呆了。可他只是温柔地拉起妻子的手，带她进了门。两人默默无言，只是沉浸在幸福中，微微发颤。他走进自己的房间：画作都立在里面。妻子把这些画从楼上的画室里搬下来了，因为这些作品能让她感觉丈夫就在身边。这一举动让费迪南感受到了无限的爱，也明白了自己争取到的是何等的救赎。他一言不发，紧紧握住妻子的手。狗从厨房里冲出来，兴奋地往他身上扑。他感觉到了，一切都在等他回来，真正的自己从未离开过这里，但他依然觉得自己像一个死里逃生的人。

两人依旧无言。但她轻轻地拉着他来到窗前：窗外是一个永恒的世界，无垠的天空中闪烁着无数星辰，迷茫的世人自寻苦恼，而世界一如既往。他仰望星空，心中生出了一丝虔诚的感动。他意识到，人世间的法则，除了和睦同心，没有哪一条能真正将其约束。妻子幸福地凑近他的嘴唇，他能感受到她的呼吸。两人的身体紧贴着彼此，时而在欢愉中微微颤抖。但他们都没有开口，只是让心灵尽情地徜徉摇摆，摇进万物永恒的自由之中，从言语的混乱纷杂和人类的法律陈规中彻底解脱。

巧识新艺

Unvermutete Bekanntschaft mit einem Handwerk

1931年，一个4月的清晨，天气异常好，空气里还带着些许湿气，却又洒满了阳光，尝起来甜丝丝的，冰冰凉凉，仿佛一块夹心糖，湿润温和，闪闪发光。眼前尽是过滤后的春色，空气中弥漫着清新的气息。斯特拉斯堡大道上，行人欣喜地呼吸着从草地、大海上飘来的芬芳。这般妩媚的奇迹是一场暴雨带来的。4月里，总有那样反复无常的大雨，春天总以这种最为放肆的方式，伴着大雨，向世人宣告自己的到来。我们的列车正在呜呜驶向昏暗的地平线，在一片漆黑的天空下，直直地切入田野。可直到我们驶入法国莫城——积木般的乡下房屋早已散落在田间，第一批广告牌早已从一片肆意伸展的绿色中醒目地升起，坐在我对面包厢里的英国老太太早已开始收拾自己的十四个提包、水瓶、旅行箱了——那海绵一般吸满雨水的乌云才暴发，从艾珀尔奈①开始，这片讨厌的铅灰色雨云就跟了我们一路，一

---

① 艾珀尔奈：法国香槟区的一座城市，以生产香槟葡萄酒而闻名。

直在与我们的列车赛跑。苍白的闪电微微一闪，像是发出一道信号，雷声随即擂起战鼓，暴雨冲锋陷阵般地倾泻而下，用湿淋淋的机枪扫射着我们正在行驶中的列车。我们惨遭"枪林弹雨"，在冰雹噼里啪啦的重击下，车窗玻璃在哭泣，火车头摇旗投降，灰蒙蒙的浓烟沉向大地。什么都看不见了，什么都听不见了，只剩下雨水、冰雹打在钢铁和玻璃上狂暴的噼啪声。列车像一头受尽折磨的野兽，一路向前狂奔，碾过光秃秃的铁轨，意欲逃离这场暴雨。但是您瞧，顺利到站以后，大家纷纷站在火车东站的屋檐下，等待行李搬运工。此时，透过灰蒙蒙的雨幕，林荫大道再次闪出了光亮，景色变得明亮起来。一道锐利的阳光伸出三叉戟，刺破了渐渐消散的云层，房屋外墙随即被照亮，仿佛抛了光的黄铜似的在闪闪发光，天空则似海洋一般，蔚蓝透亮。整座城市从雨幕中冉冉升起，宛如爱神阿芙洛狄忒裸着身子从波涛里一跃而出，周遭闪耀夺目，好似天上人间。随后一眨眼的工夫，大家从左右两边上百个躲雨藏身之处一拥而出，冲上街头，甩干身上的雨水，欢笑着启程上路了。堵塞的交通又动了起来，车轮再次转了起来，数百辆汽车呼啸而过，咔咔声、咯咯声不绝于耳，响成一片。阳光回来了，万物畅快呼吸，一派欢欣活跃。就连街道两边那些被牢牢困在坚硬柏油路上病恹恹的树木，经过这场暴雨的浇灌，也伸出了尖尖的花蕾，伸向洁净湛蓝的天空，试着散发出些许芬芳。事实上，它们成功了。这难道不是奇迹中的奇迹吗？有那么几分钟，在这巴黎的心脏，在这斯特拉斯堡大道的中央，人们能很明显地感受到栗树开花时微弱而腼腆的气息。

人间四月，承天之佑，美妙乐事还有第二件：我刚到巴黎，下午结束之前都没有人来找我。偌大的巴黎，四百五十万人口，没有一个人认识我，也没有一个人在等我。我自由得好似神仙，想做什么都可以去做：可以随心所欲地散散步，逛逛街；或者找一家咖啡馆坐下，读读报纸，吃吃东西；或者参观参观博物馆，浏览浏览街边商店的橱窗；还可以去码头的旧书摊上看看书，给朋友打打电话，甚至可以只是望着温热甜美的空气，发发呆。但幸运的是，出于知识的本能，我做出了最理性的选择，也就是什么都不干。什么计划都不安排，给自己放了个假，把所有的愿望和目标都赶出大脑，把前方的道路置于偶然事件的滚轮上。也就是说，道路延伸向哪儿，我便让双脚带我去哪儿，在五光十色的岸边闲庭信步，逛过商店，遇见行人的洪流就加快脚步，匆匆穿过。最后，人群的海浪把我冲到了宽阔的大街上，我选了奥斯曼大街和德鲁奥大街街角处的一家咖啡馆，惬意而慵懒地坐到店外的露台上。

我舒舒服服地靠进柔软的藤椅，点上一支烟，心里想着：我又来了，这可不就是你吗，巴黎！我们两个老朋友，整整两年没见了吧，现在我可要好好看看你。那么，巴黎，来吧，开始吧，让我看看，我上次离开以后你都学到了什么。快，开始啊，快在我眼前放映你那部无与伦比的有声电影《巴黎林荫大道》，光影与色彩交织，成千上万的龙套演员走来走去，更何况还有你那无可仿效的马路音乐，时而叮当悦耳，时而隆隆作响，时而奔腾呼啸，好一部旷世杰作！别藏着掖着了，快一点，展示给我看，你都会些什么，你有多大能力。快让你的管弦乐队演奏一曲无调性的马路音乐，让你的汽车开动起来，让你的小贩吆喝起来，让你的广告招摇起来，把你的喇叭按起来，让你的商店亮起来，叫你的百姓跑起来——而我就坐在这里，一如从前，有的是时间，也有的是兴趣来认真观察你，倾听你，直到双眼昏花，心脏直跳。来啊，来啊，别留一手，别压抑，再多一点，再狂放一点，再多变出一点新花样，再多释放一些呐喊声、喇叭声、炸裂声。我绝不会感到厌倦，因为我全心全意向你敞开怀抱。来啊，来啊，把你的一切都献给我吧，就像我已经准备好把整个人都献给你一样。你这座无人能够效仿，永远新鲜迷人的城市啊！

这个美妙非凡的早晨还有第三件乐事：我已经感觉到神经开始微微躁动，又一次产生了好奇心，正如我几乎每次结束一段旅行，或者一夜无眠之后那样。在这种好奇心旺盛的日子里，就好像会凭空多出一个，甚至很多个我自己。于是我会不满足于自己处处受限的生活，感觉内心有种压力，有点紧张，几欲挣脱皮肤的束缚，如蝴蝶般破茧而出。我身上的每一处毛孔都张了开来，每一条神经都弯曲成一个精巧、灼热的小抓钩，视觉和听觉都神奇地变得格外灵敏，清醒到了一种几乎令人毛骨悚然的程度，瞳孔和鼓膜都随之高度紧张起来。目光所及之物，无不显得神秘莫测。我可以盯着某个筑路工人一连看上几小时，观察他如何用电钻把沥青挖开。光是看着，我就能够感受到这个活需要花费多大的力气，他的双肩每颤动一下，那股力量就会惹得我也不由自主地跟着他一起动一下。我可以永远站在一扇陌生的窗户前，窗户里或许住着一个陌生人，我可以构想出他的一生；我可以整整几小时观察某一个行人,并且出于好奇,我还可能像被磁铁吸住了一般,毫无意义地跟在人家身后走一路,可我自己心里也非常清楚,在那些无意间留心观察我的人眼里,这种行为实在难以理解,只有傻子才会这么干。然而对我来说,这种幻想和乐趣比任何一部上演过的剧目或任何一本书里的冒险情节都更让我陶醉。或许,这种过度的刺激,这种神经性的感官灵敏只是与地点突然发生变化有关系,非常自然,只是气压改变导致人体血液中产生了某些化学变化。我从来没有试图去解释自己这种神秘亢奋产生的原因。但每当我感觉到这种异常,我便会觉得自己以往的生活平淡得宛如一抹苍白的暮色,所有那些普普通通的日子都是如此朴素而空洞。只有在这种神秘亢奋的时刻,我才会真正充分感受到自己的存在,感受到生活的多姿多彩。

于是在这美妙的4月,人群宛如一条洪流,我坐在其岸边的一把小椅子上出了神,兴致勃勃、聚精会神地望着人潮,等待着,却全然不知道自己在等待什么。可我就像钓鱼的人那样,微微地颤抖着,静静等待着鱼漂猛烈沉下去的那一下。我本能地知道,自己一定会遇上什么事情,碰上什么人,毕竟我是如此贪婪,如此醉心地渴望找到点有趣的东西,满足一下自己的好奇心。不过一开始,这条马路什么都没有施舍给我,只有熙熙攘攘的行人来了又去。半小时一过,我的眼睛就开始感到疲倦不堪,什么东西都变得朦胧不清。路上的行人匆匆而过,我开始看不见他们的脸,眼前只剩下一阵模糊的彩色波涛,尽是各式各样黄的、棕的、黑的、灰的帽子,素面朝天或是油头粉面的椭圆脸蛋。人群此时宛如一股乏味又肮脏的洗碗水,越发失去色彩,越发变得灰白，我的目光也随之越发倦怠。我已经筋疲力尽了，仿佛在看一部画面抖动不定、拷贝质量低下的电影，想站起来，再去走走。就在此时，我终于发现了他。

这个陌生人一开始能引起我的注意，道理很简单，就是因为他一再进入我的视野。过去的半小时里，成千上万的人都在我眼前匆匆而过，仿佛被一根看不见的绳子拽走，只来得及草草留下一个侧脸，一片阴影，一道轮廓，洪流就把他们卷走了。而这个人永远在同一个位置出现，我因此注意到了他。就好比汹涌的波涛有时简直顽固得令人费解，会把一团肮脏的海藻冲上海岸，又随即用自己湿漉漉的舌头把它舔回去，只为了再把它丢上去，卷回来——那人也像这样转来转去。但每隔一段时间，他都会几乎很有规律地出现，而且总是在同一个地点，目光每次都那样压抑、遮遮掩掩，很是奇怪。除此之外，这个不倒翁一样精力充沛的人就没什么特别值得关注的地方了。此人身材干枯瘦削，饿得只剩一副空壳，全身包裹在一件淡黄色的夏季大衣里。衣服显然不是为他量身定做的，因为袖子太长了，手完全伸不出来，而且那衣服太大了，宽得简直有些可笑，式样也早就过时了。他的脸瘦瘦尖尖的，像只老鼠，嘴唇苍白，薄得几乎看不见，唇上一撮金黄色的小胡子像是受了惊吓似的，一直在抖个不停。这个可怜鬼，身上的一切都松松垮垮，随风晃荡。他的肩膀歪斜，双腿瘦得像个小丑，永远一脸忧愁的样子，在人群的旋涡中一会儿从左边冒出来，一会儿从右边钻出来，随后似乎是不知所措地站在原地，像只从燕麦田里爬出来东闻西嗅的兔子一样，怯生生地抬眼观望，缩成一团，不一会儿就再次消失在人群中。而且——这也是第二个引起我关注的点——这个瘦得像纸片一样的小矮个让我不禁想起果戈理笔下的一个公务员，要么就是严重近视，要么就是极为笨拙，因为我一而再再而三地发现，目标明确、步履匆匆的行人撞了这个可怜鬼好几次，几乎要把他撞倒在地。但他似乎并没有特别在意，只是恭顺地躲到一边，缩成一团，随后重新钻出来，又一次出现在那里，永远出现在那里。短短半小时不到，我已经看到十一二次了。

这下，我可就来了兴趣。或者更准确地说，我一开始有些生气——当然，是气自己——今天好奇心如此旺盛，一下子竟猜不出这个人到底想干什么。我越是白费脑筋，就越是好奇到急不可耐。真是怪了，你这家伙，究竟在找什么？在等什么？或者是在等谁？你应该不是个乞丐吧，乞丐可不会像你这样笨手笨脚地站在熙熙攘攘的人群中间，毕竟他们没时间从口袋里摸钱施舍。你也肯定不是个工人，因为上午十一点，工人可没机会在这里懒懒散散地逛来逛去。你更不可能是在等哪个姑娘，我亲爱的朋友，毕竟再人老珠黄的女人也不会看上你这样一根可怜的扫帚柄。所以，说到底，你到底想干吗？或许你是那种见不得人的向导？就是会悄悄跟在行人旁边，猝不及防从袖口底下掏出一张淫秽图片，向没见过世面的乡巴佬许诺只要稍微付点小钱，就能带他们尽享所多玛和蛾摩拉①城中之乐的那种人？不对，也不是，因为你没有和任何人搭话。恰恰相反，你刻意垂下眼睛，畏畏

---

① 所多玛、蛾摩拉：地名。《旧约》所记载的两座罪恶之城。

缩缩地避开每一个人的目光。唉，真是见鬼，你个胆小鬼，你到底是什么人？想在我的视线范围内干什么？我盯他盯得越来越紧。仅仅五分钟，观察他就已经成了一种热情、一种乐趣——我倒要看看，这个穿着淡黄色大衣的不倒翁，究竟要在这条大道上做什么。突然一下，我想明白了：他是个侦探！

侦探侦探，民间警探。我的直觉捕捉到了一处微不足道的细节，告诉了我这个答案。那处细节便是他对每一个路过之人匆匆投去的一瞥斜视。有这种目光的人，什么东西都能一眼验明，绝不会认错，算是警察在培训第一年就必须学会的基本技能。这种目光可不简单，因为一方面，它得如刀片一般切出一道口子，把目标人物由下至上整个打量一遍；同时，要用眼里明亮的火花捕捉到对方的相貌。另一方面，还得在心里默默将获得的表征与已知的、正在搜捕的罪犯进行比对。而另外一点——这一点甚至更加重要——这种观察的目光还得装作是完全不经意间为之的。毕竟，侦探可不能被别人猜到自己是侦探啊。嗯，这位兄弟可以说是侦探科目的优秀毕业生了。他像在梦游一样，昏昏欲睡、悄无声息地走来走去，看似漫不经心地在人群中穿梭，任凭路人把自己推来搡去，可就在这期间，他总会在一瞬间睁大软绵绵的眼睛，像掷标枪一样猛地射出目光，好比相机快门，一切都在电光石火间完成。四周的人群似乎没有一个人留意到他这门"官方手艺"。而且，要不是这美妙的人间四月天如此幸运地让我燃起好奇，要不是我坐在这里，窥探良久却丝毫无果，心里都有些恼火，恐怕我本人也不会发现任何端倪。

但无论如何，这位侦探肯定是业内首屈一指的大师，因为他极为精通化装伪装之术，行为举止、走路姿态、衣着服饰等方面，都是一个地地道道的街头流浪汉模样，为了自己"布网罗雀"的工作，一切都模仿得十分到位。通常来说，便衣警察很好辨认，百步开外，普通人也能一眼认出，因为那些先生不管扮成什么样子，总也摆脱不了职业自尊的最后一丝残余：他们永远学不会如何完完全全装出一副心惊胆战、卑躬屈膝的姿态，这是多年深陷贫苦之人自然而然会形成的一种本能。而这个人——我很难不对其表示尊敬——却恰恰惟妙惟肖地演出了流浪汉那种令人反感的穷酸，把流浪汉的面具研究到一丝细节都没有放过。淡黄色的肥大衣服往外一套，棕色的帽子歪歪地一戴，似乎在诉说着自己为尊严做出的最后一丝努力，而底下的裤子已经磨损得不成样子了，上面的衣服也已经破旧得无可救药，把他的穷困潦倒暴露得一览无余——这种穷人的心理被他解读得多么到位！作为一名训练有素的捉人"猎手"，他必然早就观察到了，贫穷就像一只贪吃无度的大老鼠，会从边角开始，把每件衣服都一点一点啃坏。与他这副穷酸穿着相配的，还有他那极其典型的、饿得脱了相的样貌。小胡须稀稀疏疏（可能是贴上去的），发型难看至极，头发刻意弄乱又扁扁塌塌。见者就算不带任何偏见，也必然会打赌说，这个穷鬼昨天夜里肯定是在公园哪条长椅上或者警局某张木板床上睡了一晚。而且，他还会用手遮掩，做病态咳嗽状；缩在夏季大衣里，仿佛冻得要命；走起路来拖着步子，悄无声息，仿佛四肢都灌了铅似的。宙斯在上！这副肺结核晚期的形象，难道不是一位变形伪装艺术家手下登峰造极的作品吗？

虽然在一个如此晴空蔚蓝、阳光和煦、天公作美的曼妙4月，我竟在偷看一个乔装打扮、能领养老金的国家公务员暗中盯梢，准备逮捕某个可怜的家伙，要把他带离这艳阳微颤的明媚春光，拖进某个阴暗的牢房。从某种层面上，我心里自觉这样有些卑鄙。但这么好的一个机会摆在面前，能让我悄悄观察一个官方的侦探，我可以毫不愧疚地向大家承认：我兴奋得不得了。不管怎么说，盯他的梢真是太有意思了，我观察着他的一举一动，越发紧张兴奋；每新发现一处细节，就高兴极了。可是突然间，我发现的乐趣就如冰块置于太阳底下一般，瞬间融化了。因为有些细节和我的判断有所冲突，总有些不太对劲。我一下又开始不敢确定了。他真的是个侦探吗？我把这个与众不同的散步人盯得越紧，心中就越发强烈地怀疑，他那些演给别人看的穷酸模样太真实了，简直不可能仅仅只是警察的道具。第一个引起我怀疑的点，就是他衬衫的领子。不对，这一处实在不引人瞩目，常人不至于特地把一件这么破的衣服从垃圾堆里翻出来，徒手把它围到自己的脖子上，只有真正绝望潦倒的人才会穿这种东西。随后——第二个与我想法冲突的点——是他的鞋。不到万不得已，人们甚至不会把这种破破烂烂、支离破碎的皮制品称为"鞋"。右脚那只，黑色的鞋带已经没了，只用一根粗糙的细绳扎住；而左脚那只，鞋底已经脱胶了，每走一步都要掀开来，好像青蛙嘴。不对，就算是要找乔装道具，也不会找上或者造出这么一双鞋。完全可以排除这种可能了，我已经不再怀疑，眼前这个步履摇晃、蹑手蹑脚、邋里邋遢的人不是什么侦探,之前是我判断错了。但……如果不是侦探,那他又是什么身份呢?这样不停地走来走去、兜兜转转,是为了什么?目光上下打量,匆匆窥视,探索搜寻,四处张望,又是为了什么?我实在看不透这个人,一阵怒火攻心,恨不得抓住他的肩膀质问:你这个家伙,到底想干什么?你这个家伙,究竟在这里搞什么鬼?

可突然一下,仿佛打起了一点火花,我的神经随即整条燃了起来。我开始颤抖。一种极其确信的感觉直击我的内心——一瞬间,我什么都明白了,现在我万分笃定,终于确定下来,再也反驳不了了:不,他才不是什么侦探呢!——我怎么会笨到这种地步?——如果大家允许我这样说的话,他完全是警察的对立面:他是一个偷包的扒手,一个真真切切、名副其实、训练有素的职业扒手,就在这条大道上专门冲着皮夹子、手表、女士手提包,还有其他一些物件而去。最初能确定下来他是干这种"手艺"的,是因为我注意到,他专朝人最多的地方挤过去,这下我也终于想通了他故意装出步履不稳的姿态和任由陌生人撞来撞去是为了什么。眼前的情况越发明朗清晰。他恰恰找了这么一个咖啡馆门前,近十字路口的作案地点,这和一个有商业头脑的店主有关系。这个店主想出了一个别出心裁的好办法来装饰他的橱窗。他家商品,比如椰子、土耳其糖果、各种彩色焦糖,原本没什么意思,缺乏吸引力,一直堆在店里,不过店主想到了一个绝妙的点子,那就是不再仅仅用假棕榈树和热带景观来把橱窗装饰成远东风情,还在这种南方的布景里加入三只活的小猴子——真是别出心裁的好点子——这三只小猴子在玻璃橱窗后面撒泼打闹,滑稽逗乐,龇牙咧嘴，互捉虱子，吵吵闹闹，按照猴子的习性无拘无束，肆意妄为。那个聪明的店主算计得一点不错，路过的行人无不贴在橱窗前驻足观看，像葡萄似的挤作一团，尤其是女人，见了这种表演都开心得不得了，时不时高声喊叫。每当有好奇的行人聚在橱窗前，形成了极为密集的人群，那家伙就迅速到位，悄悄潜进去，轻柔又假作谦恭地穿过密集的人群，挤到中央。迄今为止，人们对着这种街头盗窃的"艺术"一直没什么研究，而且据我所知，也从未有人真正对此进行过描述。不过，就我已知的这些而言，只有人群够密，扒手才好下手，正如鲱鱼产卵那样，密集是必要条件，因为只有周围拥挤碰撞，受害者才不会察觉到有只危险的手在偷窃自己的钱包或手表。不过除此之外——这一点，我是今天才学到的——很明显，要想真正得手，还需要一些用来分散注意力的东西，因为每个人都天生有一种下意识的警惕，会保护自己的财物，于是需要有点东西来短暂地麻痹这种警觉性。在这个案例中，三只猴子在逗乐打闹，做有趣的怪表情，正好绝佳地分散了目标的注意力。不得不说，那几个龇牙嬉笑、赤身裸体的小东西，不知不觉中就成了我那位"新朋友"，也就是那个扒手的得力同谋、实力帮凶。

各位读者，请原谅我，我对这项新发现感到太过兴奋了，因为我这辈子还没见过小偷呢。或者，我和各位说老实话，在伦敦上大学的时候，为了提高英语水平，我经常去法院旁听庭审。有一次，我碰到两名警察将一个微胖的红发小伙子押到法官面前。桌上摆着一个钱包，那是物证，几名目击证人发了誓，说了证词，随后法官含含糊糊地低声说了几句英语，红发小伙子便消失了。如果我没搞错，他应该是被判了六个月。所以更准确地说，那是我第一次见到小偷，不过——这回有些不一样——我那个时候没法确定庭上的人就是小偷。因为只有目击证人称其有罪，我其实也只是旁听了法庭对其犯罪过程的重构，却没有亲眼看见他犯罪。我只见到了一个被告，一个被判了刑的人，却没见到真正在偷东西的小偷。因为小偷被称为"小偷"，其实只在他伸手偷东西的一瞬间，而不是在两个月后，由于其行径被带到法官面前的那一刻。正如诗人只有在创作诗歌的时候，才能真正算作"诗人"，而不是几年以后，在麦克风前朗读自己作品的那一刻；罪犯只有在其犯罪的那一刻，才真正算是个罪犯。现在，这千载难逢的时机就摆在我面前，我竟有机会能窥视一个小偷最典型的作案时刻，能看到他最核心、最真实的身份出现的瞬间，这样的时间只有短短几秒，稍纵即逝，就如想观察受孕和分娩的那一刻，可遇不可求。一想到自己可能亲眼看到那种时刻，我就激动难耐。

我自然决定，绝对不能错过这精彩的机会，绝对不能放过他准备作案的每个细节和动手犯罪的全过程。我感觉坐在这里视野受限严重，便当机立断抛下了咖啡馆外露台上那舒服的椅子。现在，我需要一个能够一目了然、并且所谓可移动的观测点，让我能够不受任何阻碍地肆意观察。于是，我几经试验，挑中了一间书报亭，上面贴满了巴黎大大小小的剧院五颜六色的宣传海报。这样，我就能装作沉浸在宣传画里的样子，掩人耳目，实际上是躲在那些圆柱后面，细细观察他的一举一动，不落下任何一个细节。我也不知道自己今天是怎么回事，为何会固执成这般模样，非要注视这个可怜虫去做他那又困难又危险的勾当。而且，就我的记忆而言，我看任何一场戏、任何一部电影的艺术家，都不如今日看他如此紧张。这大约是因为，在浓缩了精华的时刻，现实能超越任何一种艺术形式吧。现实万岁！

从上午十一点到十二点，整整一小时，我在巴黎的这条大街上，感觉仿佛只过去了一眨眼的工夫，尽管——哦，应该说是因为——这段时间充满了紧张感，无数微小却激动人心的决断与意外事件接连不断。这一小时，要是让我描述起来，我能讲好几小时，它满载着撼动神经的能量，又由于其类似赌博的危险性而变得如此让人心潮澎湃。毕竟，在那天之前，我还从来没有，也根本无法想到哪怕一点点——光天化日，朗朗乾坤，在宽阔的大街上，偷人钱包是一种多么困难、多么难掌握的"手艺"——不对，应该说是可怕、紧张到令人恐怖的"艺术"。在今天之前，我对"小偷"的联想不过是"厚颜无耻""唯手熟尔"这种模糊的概念词而已，真的以为这门行当仅仅是指尖上的"功夫"，与玩杂耍、变戏法无异。狄更斯在他的《雾都孤儿》里写过一段情节，描写了一个资深小偷是如何教一群小孩把手绢从大衣里悄无声息地偷出来。那件大衣上方系了一只小铃铛，要是哪个小学徒在把手绢扯出来的过程中把它弄响了，就算是手法有误，笨手笨脚。但我现在才发现，狄更斯注意到的，只不过是偷窃手法这一粗浅层面，只是手指间的"艺术"，大概是从来没有在现实生活中观察过作案现场。或许，他没有我现在这种好运气，从来没有过机会能遇到小偷在光天化日下行窃的情况，所以无从发现，他们干活不仅仅需要一只灵巧的手，还需要能时刻做好准备、保持自我控制的精神力量，需要训练有素，同时又冷静清醒的心理素质，来保证反应疾如闪电。而最重要的，则是荒唐到简直疯狂的胆量。我今天在他这里已经学习了六十分钟，现在算是明白了，一个小偷必须拥有外科医生做心脏缝合手术时的那种敏捷果断，但凡稍有迟疑，都将万劫不复。但话说回来，在做心脏手术的时候，病人至少是躺在手术台上，处于全麻状态，动弹不得，也没法反抗的；而在小偷这里，轻微而突然的入侵动作是要在一个完全清醒的人身上进行的，而且在放钱包的位置附近，恰恰是人尤为敏感的部位。小偷在出击的时候，也就是当他在底下把手闪电般伸出去的时候，恰是整个作案过程中最紧张、最激动的瞬间，但正是在这样的时刻，他必须完全控制住面部的每一块肌肉、每一条神经，必须保持一脸无所谓且近乎有些无聊的表情。他不能泄露出自己的蠢蠢欲动，不能像暴徒、杀人犯在捅出刀子的时候那样，瞳孔里射出残暴的凶光。作为一个小偷，他在把手伸出去的时候，必须以清澈友善的目光看着受害者，在与对方撞在一起的时候，用最正常的语气谦卑地说上一句"先生，对不起"。而且，若是仅仅在作案的一瞬间保持聪明、清醒、机敏，也是不够的。他必须在下手之前，就拥有足够的智慧和识人的能力，做个心理学家，做个生理学家，评估所见之人是否适合成为作案对象。只有那些心不在焉、不加设防的人才能纳入考虑，而其中，又只有上衣扣子没有系上，走路不算特别快，可以在不知不觉中靠近的那些人，才能成为猎物。在过去的一小时里，我数了一下，从这条大街上路过的人不下五百，而能进入"狙击范围"

的，不过一二。明智的小偷只会在那一小撮对象身上动手。只对着他们伸手，则鲜有败露。若有，也是由无数偶然事件共同作用导致的，而且大多数发生在事成之前的最后一分钟。我可以做证，大量的阅人经验、强大的警惕性和自我控制对这门"手艺"起着至关重要的作用，因为还有一个因素是小偷必须考虑到的，那就是他在调动五官六感，高度紧张地挑选、靠近作案对象的时候，他的感官已经紧张得快痉挛了，可与此同时，还必须留出一个心眼，抽筋似的去注意有没有旁人在观察自己"干活"——不论是在街角窥探的警察、侦探也好，还是一直在路上挤来挤去的某个好奇心过盛的路人也罢，所有人都必须注意到。还有这些，也不能逃过他的眼睛：匆忙之间，橱窗玻璃有没有反射出他的手，揭穿他的罪行？商店里，或者某扇窗户里有没有人在监视着他的一举一动？他要付出的努力已然巨大，但在可能要面临的危险面前，又是小巫见大巫，因为任何一次失手，任何一个错误，都会让他三四年内再也踏不上巴黎的这条大道；手指的一次轻微颤抖，紧张之下冒失的一抓，都能让他和自由说再见。我现在才知道，光天化日之下，在宽阔大街之上的行窃，可以算是最高等级的"壮举"。自此以后，我再看到报纸上漫不经心地把这种偷窃行为描述为无关紧要的小事，把这些罪犯归入小小的栏目，只给短短三行的篇幅，我都想替他们喊不公。毕竟，在所有的手艺中——无论是世俗所允许的，还是不允许的——当数它最难、最危险，其登峰造极者，几乎有权能称自己为"艺术家"。我完全可以说自己能为之做证，因为在一个4月的早上，我亲眼见过一次，亲身感受过一次。

我说"亲身感受",这可不是在夸大其词,因为只有在一开始,也就是只有在最初的几分钟内,我才能做到纯粹客观而冷静地旁观这个人实施他的"手艺",而每激情投入地看一次,我的情绪就难以抗拒地波动一次,而这种情绪又会一再地产生关联性。于是,虽然这绝非我所愿,但在不知不觉中,我开始逐渐地与小偷产生共情,在某种程度上,我的灵魂穿透了他的皮肤,进入了他的双手。我从一个纯粹的旁观者变成了他灵魂上的共犯。这种转变过程的开端就是,在观察了十五分钟以后,我惊觉自己已经开始用"适合下手"和"不适合下手"的标准来划分所见的每一个路人了。我会去注意,他们的上衣扣子是系上了,还是敞开着?他们的目光是心不在焉的,还是警惕的?他们鼓鼓囊囊的钱包是不是唾手可得?一言以蔽之:他们值不值得我这位新朋友下手?没过多久,我甚至不得不承认,在这场刚刚打响的战斗中,我早已无法保持中立的姿态,而是内心迫切希望他最终能够得手。没错,我甚至不得不强行压住自己的冲动,差点就想上去帮他干成。就好比赌徒身边有个喜欢乱出点子的围观群众在用手肘轻轻捅他,迫切地尝试提醒他该出哪张牌,我看到那个朋友错过了一个绝好机会的时候,心里正是有这种痒痒的感觉,真想给他使个眼色:快去搞定那个人!就是那边那个胖胖的,手里抱了一大束鲜花的人。或者有一回,我的朋友又一次从涌动的人潮中现了身,此时一名警察出人意料地从一处拐角钻了出来。我似乎觉得自己有义务去向他发出警报。一阵恐慌直逼我的双膝,好像我自己被抓住了一样,我感到警察沉重的大手仿佛已经拍在了他的肩膀上,拍在了我的肩膀上。不过——不用担心！那个瘦瘦的小矮个又已经堂而皇之、悄无声息、一脸无辜地从人群中溜了出来，晃过了那个危险的警察。每分每秒都紧张至极，但我还觉得不够。因为随着我对这个人的共情逐渐加深，见他尝试接近二十次却未果，我开始越发理解他的这门"手艺"，同时也变得越来越不耐烦：他为什么迟迟不下手？为什么永远只是在试探？我开始对他那种愚蠢的犹豫不决和反复的止步不前感到大为恼火。真是见鬼了，倒是下手呀，你个胆小鬼！勇敢一点！去偷那个人，就是那边那个！出手不就得了？

所幸我的朋友对我这种不请自来的关心一无所知，也完全不会有所预料，因此不会被我的焦躁搞得乱了阵脚。说到底，这不就是一个久经沙场的真正艺术家和一个新学徒、门外汉、半吊子的区别吗？艺术家经历了无数次必要的徒劳尝试，明白在每一次真正得手之前，都命中注定般地会有一次决定性的最后时机，得守株待兔，静候时机，这项技能他早已滚瓜烂熟。就好比诗人进行创作，会随意放过几千个看似诱人、颇有希望的灵光，就是为了节省精力，好全力做出最后一击。而只有半吊子，才会一有想法就立马笨手笨脚地死抓着不放。这个瘦小、不起眼的人也是这样，让几百个机会从身边溜走，而我作为这门"手艺"里的半吊子、门外汉，却把它们视为十拿九稳的好时机了。他不断试探、尝试，不断靠近人群。他的手想必已经不下百次地伸进陌生人的提包和大衣了。但他一次也没有抓取，而是耐着性子，不厌其烦地保持着良好的演戏状态，不声不响地在橱窗三十步开外的地方转来转去，警觉地侧目而视，衡量着所有潜在机会，评估着我这个初学者压根注意不到的危险。我虽失去了耐心，但他这种耐心、冷静、前所未闻的坚持精神却还是让我兴致勃勃，同时让我万分确信，他最后一定会成功，因为恰恰是他这股顽强的劲头向我表明，若不得手，他绝不会善罢甘休。而我也同样下定决心，看不到他事成，绝不离场，若要等到半夜，那便等到半夜。

已经中午了，正是人潮汹涌之时。忽然之间，每一条大街小巷、每一处楼梯庭院都涌出一股股由人组成的小溪，涌向林荫大道的宽阔河床。挤在作坊三楼、四楼、五楼的工人、裁缝、小职员，一时间纷纷从车间、工作室、办公室、学校、事务所等处涌到外面，到了街上便四散开来，仿佛一团黑黢黢的蒸汽在空中飘散。工人们穿着白色的衬衫或工作服；时装女裁缝三三两两，叽叽喳喳聊个不停，连衣裙上绣着一簇簇紫罗兰小花；小职员穿着光鲜亮丽的工作服外套，手臂下夹着从不离身的皮包；还有行李搬运工、穿着天蓝色军装的军人，以及大城市神秘无形的喧嚣下无数难辨身份的人。大家都已经坐在那些令人窒息的房间里很久了——简直太久了——是时候伸展一下双腿，出去走走跑跑，和大家摩肩接踵，大口呼吸几下新鲜空气，狠狠抽几支烟，拼命往四处挤。在这一小时，大家同时出现，马路上瞬间变成了一片活泼欢乐的海洋。因为他们只有这一小时的时间，然后就又得回到那些紧闭的门窗后面，削木头、缝衣服、敲打字机、算数列，或是印刷、剪裁、做鞋。这些事情，肌肉知道，身体里本能的渴望知道，所以他们才会如此纵情欢乐；灵魂也知道，所以他们才会如此尽情享受这短暂的一小时。他们好奇地伸手抚摸、抓取光明与快乐。但凡真正的乐子，哪怕只是小小的趣事，他们无不热烈欢迎。所以，橱窗里的小猴子一下子就满足了众人免费娱乐的愿望，倒也一点也不奇怪。玻璃窗前人山人海，现场一片勃勃生气。挤在最前面的是那群女裁缝，她们叽叽喳喳地叫着，声音尖锐而锋利，听起来就像笼中的小鸟在喳喳吵嘴；紧挨着她们的是一群工人和小混混，满口粗俗的笑话，不时用力推一把。围观群众越来越多，挤得越来越紧，逐渐成了结结实实的一团。那身穿淡黄色大衣的小偷就像条小金鱼似的，越发欢快、越发快速地穿游在其中，一会儿出现在这里，一会儿又到那边去了。现在，继续待在这个被动的观察点上是不行的了。必须找一个地方，能让我从近处清清楚楚地看到他的手指，这样才好学到这门"手艺"真正的精髓。但这可不简单，因为这个如灰猎犬般训练有素的小偷有一项特殊技能，那就是让自己变得像鳗鱼一样滑溜，能从人群中最小的缝隙里穿身而过。所以，他分明刚才还在我身边安安静静地待着，一下子就消失不见，眨眼间又出现在了玻璃橱窗前。他稍稍一动，必然就能穿过三四排人。

我当然是紧随其后，生怕在到达橱窗前，他又以自己特有的神出鬼没，从哪边消失不见了。但是没有，他在那儿静静地等着，简直安静得出奇。注意！肯定有玄机！我立刻在心里对自己这样说道，并开始观察他身边的人。他旁边站着一个膀大腰圆的女人，一看就很穷。这女人右手温柔地牵着一个十一二岁、面色苍白的小姑娘，左手挂着一个敞开的购物袋，一看就是廉价皮革做成的，两根长长的白法棍随意地戳在外面。显然，袋子里放的是她丈夫的午饭。这个朴实的寻常妇女没戴帽子，围着一条鲜亮的围巾，身上是自己织的粗布方格长裙。她深深地陶醉在猴戏里，那模样简直难以形容：大笑之下，宽得略显臃肿的躯体猛烈晃动着，连袋子里的白面包都跟着一起摇了起来。她爆笑连连，前俯后仰，没过多久，自己都像那些猴子一样，成了人们获得乐趣的源头。这些人，生命赐予他们的东西如此微薄，可大家都带着天性中纯真原始的乐趣，怀着极大的感激，尽情享受着这场难得一见的表演。啊，只有贫苦之人才能心怀如此纯正的感激，只有在他们眼里，不花钱的东西就是天赐之物，就是最高的享受。这个善良的妇女时不时弯下腰来问她的孩子，看不看得清楚，有没有错过那些滑稽的场面。"你看啊，玛格丽特。"她用浓重的南方口音一再鼓励那个面色苍白的小姑娘。显然，见有这么多人，那个小姑娘都不好意思放声大笑。看着这样一位妇女、这样一位母亲，属实令人高兴。她真是大地之母盖亚的女儿，是法兰西民族健康丰硕的果实。要是能拥抱一下她，抱一抱这位卓越的女性，该有多好！不为别的，就为了她的开怀大笑，为了她的明朗欢乐，为了她的无忧无虑！可忽然有件事使我毛骨悚然。我注意到，那个穿着淡黄色大衣的小偷，袖口正在一点点靠近她那毫无戒备地敞开着的购物袋。毕竟，只有穷人才会不带一点戒心。

　　天哪！你该不会是想去偷这个穷苦老实、无比善良快活的女人袋子里瘪瘪的钱包吧？我突然心里一阵反感。在此之前，我还一直是以看体育比赛时的那种快乐心情观察着这个小偷的，仿佛住进了他的身体，共享了他的灵魂，和他一道思考，与之感同身受，并且希望——

是的，我真心希望他最终能获得一些小小的成功，毕竟他为此付出了这么多努力，鼓起了这么大的勇气，承担了这么高的风险。但现在，我开始第一次不只是把目光锁定在偷窃的尝试上，而是也开始真真切切地关注那个被偷的人，那个纯真到令人动容、无虑到令人幸福的妇女。为了几块钱，她得扫好几小时的房间，擦好几小时的楼梯，一想到被偷的人是她，我就怒火中烧。"滚开！你这个混蛋！"我真想冲他大吼，"去找别人！别碰这个可怜的女人！"思索间，我已经奋力挤到了前面，来到那个女人旁边，欲去保护那个受到威胁的购物袋。可就在我往前挤的这段时间里，那家伙已经转了一个身，靠着我溜了过去。"不好意思，先生。"擦身而过的瞬间，他用极为轻微而谦卑的声音说了声抱歉——这还是我第一次听到他说话呢——那件淡黄色大衣随即溜出了人群。也不知为何，我立刻有了这样一种感觉：他已经得手了。那我可不能让他从我眼皮子底下跑了！"没教养！"——身后有位先生咒骂了一句，因为我重重地踩到人家的脚了——我从人堆里挤了出来，恰好看到那个黄衣小偷转过街角，飘进一条侧巷。快跟上去！跟住他！追紧了！可我得加快脚步才行，因为——我简直不敢相信自己的眼睛——这个我已经观察了整整一个钟头的矮小男人好像突然换了个人似的，之前畏畏缩缩，几乎像醉了一般脚步晃晃悠悠的，现在却轻盈得像只黄鼠狼，沿着墙壁一路飞奔，好像一名瘦削的文书职员，误了公交车，为了上班不迟到，在焦虑地飞跑着。现在我一点都不怀疑了。这就是他得手以后才会跑出的步伐，是小偷特有的第二种步伐，在想尽快悄悄离开作案现场的时候会使用的。不，没什么可怀疑的了：那个穷苦妇女的钱包已经被这个小偷从袋子里扒出来了。

刚开始怒气上头的时候，我差点大喊出来警告大家："抓小偷！"可我没那么勇敢。毕竟，我没目击他偷窃的事实，不能事先推定他有罪。而且，抓住一个人，以上帝的名义执法，需要一定的勇气，而这正是我向来缺少的。我从来不敢去指控、告发别人，因为我很清楚，在我们这个大乱的天下，一切正义都脆弱不堪，想从尚且存疑的单一事件中推导真相，简直是再傲慢不过的事情了。我一边急匆匆地追赶，一边思考着下一步该怎么办。可就在这时，又有一件新的意想不到的事情在前方等我：两条马路开外，那个怪人忽然切换成了第三种步伐。他不再快步奔跑，也不再佝偻着身子，而是突然走得十分平静、悠然自得，似乎只是在独自散步。显然，他知道自己已经离开危险区域了，没人跟踪他，也就没人来把他移交给警察了。我懂了，现在极度紧张的时刻已经过去，他想要轻松自在地呼吸一下。从某种程度上说，他是一个"退役"的小偷，是这个职业的"退休老人"，只是巴黎街头成千上万个人中的一员，刚点了一支烟，正在平静悠闲地散着步。这个瘦削的男人毫无愧疚感，心安理得地踱着舒适慵懒的步伐，沿着安廷大道向前走。我第一次发现，他甚至还在仔细打量着过路的女人，看看她们漂不漂亮，好不好接近。

现在，你又到哪里去了，你这个永远出人意料的家伙？看那儿：是进了天主圣三教堂前那个郁郁葱葱、满是新绿的小广场吗？为什么去那儿？啊，我明白了！你是想坐在长椅上，静静地休息几分钟。有何不可呢？那么长时间不停地来回奔波，你想必累得够呛了吧。但不是，这个不断出乎我意料的人并没有挑一张长椅坐下，而是目标明确地奔向——我得在这里道个歉！——一个专门用来解决生理问题的小房子，小心翼翼地带上了那扇宽宽的门。

一见这一幕，我忍不住大笑起来：如此高级的"艺术"最后竟是终结于这样一个平庸的场所？还是说，恐惧狠狠地侵入了你的五脏六腑？可我再一次目睹，这永远在恶作剧的现实总会玩出最有意思的花样，因为现实比擅长虚构的作家还要敢写。它可以毫无顾忌地把最离奇的和最可笑的放在一起，居心不良地把无法避免的人性和惊为天人的举动置于一处。我坐在长椅上等他从灰色的公共厕所里出来——不然我还能去哪儿？——这时我突然想明白了，这种"久经沙场""技艺娴熟"的贼祖宗，以他这门行当不言而喻的逻辑，在安安全全地独处于四墙之内时，当然要清点战利品，因为身为职业扒手，他必须及时想到，要把所有赃物证据都销毁干净。这也属于我们这种门外汉根本不会考虑的难题。（而对此，我之前确实从未想到。）这座城市永远保持着警觉，有几百万双眼睛张望窥探着。在这种地方，想要找到一处封闭空间，安全躲进去，哪里还有比这更难的事情？如果一个人不怎么读审讯记录，那他一定会次次感到惊讶：为什么就连最微不足道的案子都会有这么多目击证人果断出庭做证，而且个个都有魔鬼般精准的记忆。要是你在马路上撕了一封信，丢进排水沟，就会有十几双眼睛全程盯着你，你却浑然不知；而且五分钟以后，就可能会有闲着没事干的年轻人感觉好玩，把那些碎片捡起来拼回去。要是你在走廊里检查了一下钱包，第二天，假如镇上有人报警说自己的钱包被偷了，就会有一个你见都没见过的女人跑去警察局报案，如巴尔扎克再世一般，对你进行一番完整细致的描述。要是你转进一家饭馆，你根本就不会去在意店里的服务员，但他却会留心你的衣着、鞋帽、发色，甚至还会注意你的指甲盖是圆形还是长形的。每一扇窗户、每一面橱窗玻璃、每一道帘幕、每一个花棚后面，都有好几双眼睛在同时盯着你。当你千百次欣欣然地以为自己是独自在大街上溜达，没人注意到自己的时候，实则到处都有未受委托的目击证人在场。几千双好奇的眼睛织成一张细细密密的网，每天都在更新，我们的一举一动都逃不出这张罗网。你这个手艺精湛的"艺术家"还真是想得不错，花了五块钱，就能在这密不透风的四墙之内待几分钟。没人能来监视你，你于是能把偷来的钱包翻个底朝天，然后把这个会将你告发的空壳销毁。而我，这个世界上的另一个你，这个与你同行的人，也只能在外面等着，既为你高兴，又对你失望透顶。甚至连我都推算不出你到底偷到了多少。

至少我是这样想的，可事实又一次与我的想法相左。他刚一用瘦长的手指把那扇铁门打开，我仿佛和他一起在里面把钱包点了一遍似的，立刻就知道，他失败了——战利品少得可怜！看着他在失望之下，脚步变得拖拖沓沓，整个人显得疲惫不堪、筋疲力尽，目光低垂，眼皮沉重，仿佛要昏昏睡去，我一下就明白了：你个倒霉蛋，整整一上午白忙活了吧？我要是能事先告诉你就好了，那个偷来的钱包，毫无疑问，是一点实质性内容都没有的，要是有两三张捏得皱皱巴巴的十法郎钞票，那就算顶天了。你为这次行动付出了巨大的成本，穷尽你所能，冒了极大的风险，在这些面前，你的收获简直显得太过微乎其微了——只是，那个不幸的打杂女工，实在太可怜了，她可能现在还在贝尔维尔区，哭着向匆匆赶来的邻家妇女把自己的遭遇说了不下七十遍，大骂那该死的小偷，双手颤抖着，绝望地不停翻查那个遭窃的购物袋。而这小偷何尝不是一样惨？我一眼就看出来这次偷窃扑了个空，几分钟以后，我的猜想就得到了证实。因为这个不幸的小矮个身心俱疲，整个人像要融化了似的。他在一家小鞋店前停下了脚步，一脸渴望地久久打量着橱窗里最便宜的鞋子。鞋子，新鞋子，他真的很需要一双来换掉脚上这双已经穿出孔的破鞋，他比无数其他人都更加迫切地需要一双。那些人今天穿的皮鞋，鞋底都结实而完整，或者穿着轻便的胶鞋，在巴黎的大街上逛来逛去；而他迫切地需要一双好鞋，恰恰就是为了能继续自己那见不得光的"手艺"。他渴望又绝望的目光清清楚楚地泄露了实情：橱窗里那样光鲜亮丽的鞋子，一双标价五十四法郎，要想买一双，他方才那次出手是不够的。他的双肩如灌了铅似的沉重，佝偻起身子，从明镜般透亮的玻璃前离开，继续向前走。

向前走，去哪儿？再次开启一场九死一生的行动吗？要再一次冒着失去自由的风险，去换可怜又微薄的战利品吗？别了，你这个可怜人，至少休息一会儿吧。就像心有灵犀似的，他拐进了一条侧巷，最终在一家廉价饭店门前停下脚步。我自然是跟了上去。因为到现在为止，我已经血脉偾张、神经震颤地与他共存了两小时，我想知道这个人的一切。谨慎起见，我快速买了一份报纸，好在后面躲一躲。随后，我故意压低帽子遮住前额，走进那家饭店，坐在他身后的一张桌子上。不过这么谨慎实在是多此一举——这可怜的家伙，已经没力气再好奇地左顾右盼了。他仿佛被抽干了一般，麻木的眼睛无精打采地盯着面前白色的桌布。等到服务员把面包送过来，他才如梦初醒一般，用那瘦骨嶙峋的双手贪婪地去抓面包。他开始大嚼特嚼，那种猴急的样子让我一下惊愕地意识到了一切：这个可怜的人饿了，是真的、实实在在的饿了，想必是从今天一大早，甚至从昨天开始就已经饿得要命。见到服务员又把他点的饮料端上来的时候，我对他的同情突然熊熊燃起——是一杯牛奶。一个小偷，在喝牛奶！其实，能像燃烧的火柴一样照亮我们灵魂深处的，总是一些微不足道的小细节。这一刻，我看见他，这个小偷，和牛奶这种所有饮料中最单纯、最适合小朋友的东西同时出现，看见他把柔和的牛奶喝进肚子里。在我眼中，他立刻就不再是一个小偷了，而只是这个深深扭曲的世界中，无数生活贫苦的、惨遭驱逐的、身患疾病的、深陷不幸的人中的一个。一瞬间，我感到除了好奇之外，我还在一个更深的层面上与他联结在了一起。在尘世间所有共同形式中，不论是赤身裸体、严寒霜冻、睡眠梦境、筋疲力尽，还是任何人体能遭受的苦难，这些情况出现时，将人区分开来的东西就全都消失了，那种区别正义与非正义、贤人与罪犯的人为标准就全都不存在了，只剩下可怜的动物。人终究是动物，是尘世里的生物，会饿，会渴，需要睡觉，知道疲倦，这些是你我以至所有人都无法逃过的命运。他小心翼翼，一小口一小口贪婪地把香浓的牛奶喝个精光，最后还把面包屑也扫光了，我全程就像被施了魔咒似的盯着他看，同时又对自己这种目光有点羞愧。我愧疚，是因为到现在为止已经过去两小时了，我为了满足自己的好奇心，就任凭这个不幸被追逐的人像匹赛马一样，在他黑暗的道路上一路狂奔，完全没有试着去阻止他或帮助他。一种强烈的渴望攫住了我：我想接近他，和他说说话，给他提供点什么帮助。可是，该怎么开始呢？怎么才能和他搭上话？我绞尽脑汁想找出点借口，寻个由头开启一段交流，却丝毫想不出来，痛苦极了。人就是这副样子！每次到了需要做决定的时刻，构想起来那叫一个运筹帷幄，冷静果决，可真要去捅破那层将人与人之间隔开来的窗户纸时，又畏首畏尾，缩手缩脚，即使知道对方身处困境，也不敢主动迈出那一步。但人人都知道，还有什么会比去帮助一个并没有对外求助的人更难的呢？因为这个闭口不提求援的人还拥有最后一项财富——自尊，这是谁都不许去强行伤害的。只有在乞丐那里，事情才会变得简单一些。大家应该为此谢谢他们，因为他们不会在别人帮他们的路上横加阻拦。而小偷却属于那种有骄傲、有自尊的人，他们宁愿把个人自由置于最大的风险之中，也不肯去乞讨；宁愿偷窃，也不肯接受他人的施舍。我要是编一个借口，笨手笨脚地走到他面前，会不会吓到他？算不算谋杀了他的灵魂？再者说，他如此疲惫地坐在那里，任何打扰都会变成一种野蛮的行为。他把椅子推到离墙很近的地方，这样就能把背靠在椅背上，同时脑袋抵着墙壁，铅灰色的眼皮闭上了一会儿。我知道了，我感觉到了，他现在最想要的就是能睡一会儿，哪怕只有十分钟，甚至五分钟也好。他的疲惫与脱力也完全传到了我身上。他苍白的面孔不就像囚室里那面刷了石灰浆的白墙吗？他稍一挪动就会露出衣袖上的窟窿，不正说明，他这辈子从没有得到过女人温柔的照顾吗？我试着想象他的生活：在某栋斜屋顶小楼的五层，有一张脏兮兮的铁床是属于他的，房间里没有供暖，洗脸盆已经碎了，再加上一个小箱子，就算是他全部的财产。在这狭小的房间里，他还得整天提心吊胆，生怕嘎嘎作响的楼梯传来警察沉重的上楼脚步声。趁着他瘦骨嶙峋的身体、略显老态的脑袋靠在墙壁上，就在这两三分钟内，我把一切都看清楚了。可这时，服务员已经开始大手大脚地收拾他用过的刀叉了：他不喜欢这种本来就来得晚，还一直拖着不走的客人。我率先把账结了，快步走出饭店，以躲开他的目光。几分钟以后，他也出来上了大街，我于是跟了上去。不能再让这个可怜的人继续堕落了，我要救他，不惜一切代价。

现在，把我紧紧拴在他身后的力量已经和上午的不一样了，不再是出于好玩、刺激的好奇，不再是出于想见识一种自己不熟悉的"手艺"那种小打小闹的乐趣。现在，有一种闷闷的紧张感顶在我的喉头，是一种可怕的压抑感。我一看到他又一次往林荫大道的方向上去，就感觉那种压抑把我的咽喉扼得更紧了。天哪，你可别是在想去那面有猴子的橱窗前吧？千万别做傻事啊！你想想，那个女人必然早就报警了，肯定已经在那儿守好了，就等着你一出现，立马揪住你这件薄大衣。总之，今天就收手吧！不要再去试一次了，你还不在状态，你已经没力气、没干劲了，你累了。一门艺术，要是在开始做的时候就累了，那必然是做不好的。你还是休息休息，躺下睡觉吧，你这个可怜的家伙。至少今天不要再干了，就今天！我到底为什么会出现这种不安的想法？为什么会亦幻亦真地确信，他只要再试着出一次手，就一定会被抓？我实在是解释不清。但随着我俩离大道越来越近，当我听见街上川流不息、沸沸扬扬的嘈杂声，这种担忧就越发强烈。不行，我无论如何一定要阻止你再次去到橱窗前。我受不了了，你这个蠢货！我都已经来到了他身后，准备好伸出手抓住他的胳膊，把他拽回来了。可他像是再一次理解了我心中发出的命令似的，突然转了个弯，这让我始料未及。他转进林荫大道前的德鲁奥大街，穿过车行道，忽然换上一种笃定的姿态，就好像他的家就在那里，他是走在回家的路上。我随即认出了这栋楼，是德鲁奥酒店，巴黎著名的拍卖行。

我大受震撼。唉！真不知道这个令我震惊的人还要再让我震惊多少次。我用尽全力去猜测他的人生，而与此同时，他的身体里也有某种力量在迎合我内心深处的愿望。在巴黎这座陌生的城市，大厦楼宇千千万，而我今天早上偏偏就打算好来参观这一栋，因为它总能赐予我几小时激动的心情、愉悦的感受，同时还能让人收获满满。它比博物馆更生动活泼，偶尔也会有丰富的藏品，但每一天都富于变化，永远什么都不一样，却又永远什么都没有变。我深爱着这座其貌不扬的德鲁奥酒店，视其为最美的展品，因为它浓缩了巴黎整个的现实世界，令人叹为观止。通常在封闭的四墙之间会结合为有机整体的东西，在这里却会碎成无数片单一的个体，消融殆尽，就仿佛在肉店里被肢解开来的硕大牲畜，一切最少见、最矛盾的，最神圣、最日常的东西在这里都会由同一种最普通的东西联结起来：钱，所有摆在这里展出的东西，都会变成钱。床、十字架、帽子、地毯、钟表、洗脸盆、乌东①的大理石雕像、顿巴黄铜餐具、波斯微型模型、镀银烟盒、脏兮兮的自行车、保尔·瓦雷里②的初版作品，什么东西都堆在一起，留声机旁边就是哥特式圣母像，凡·戴克③的画作紧挨着油腻腻的油印版画，贝多芬的奏鸣曲边上摆着的是破旧的烤箱——最急需的和最多余的，最低级的刻奇④和最珍贵的艺术，大大小小，真真假假，旧物新品，凡是由人类双手和才智创造出来的一切，无论崇高还是愚蠢，都会流入这个拍卖行的旋涡，它会残忍冷漠地将这座大城市的一切有价值的东西都吸进自己的肚子，然后再吐出来。在这个把所有价值都化作钱币和数字的地方，在这处毫无怜悯之心的转运中心，在这个把人性的虚荣和需求展现得淋漓尽致的大型旧物市场，在这个奇妙的场所，人们能比在任何其他地方都更强烈地感受到，我们这个物质的世界是多么纷繁复杂，令人迷乱。困于窘境的人可以在这里变卖一切，丰衣足食的人可以在这里买到一切。不过，人们在这里不仅能买到物品，还能开眼界、长知识。在这儿，只要留心观察，用心看，侧耳听，对什么东西都能获得更深的理解——艺术史相关的知识、考古学、图书馆学、邮票鉴定、钱币学，更重要的是有关人的知识，什么

---

① 乌东（1741—1828）：法国雕塑家。
② 保尔·瓦雷里（1871—1945）：法国象征派诗人，法兰西学士院院士。作有《旧诗稿》《年轻的命运女神》《幻美集》等。
③ 凡·戴克（1599—1641）：佛兰德斯画家。
④ 刻奇：自媚，一种被认为低俗的艺术风格，是高雅艺术的反面。

都能了解到。因为，经由这座大厅，将短暂地摆脱原来主人奴役、转移到他人手里的东西是那样无奇不有。走进这里的人也一样，大家来自各个种族、各个阶级，满怀好奇心和购物欲，费力地在拍卖桌周围挤来挤去，在做买卖的热情和神秘而炽热的收集欲望下，他们的双眼一刻也不得安宁。这边坐着几位大商人，身穿皮草大衣，头上的瓜皮帽洗得干干净净；他们旁边则是身上脏兮兮的几个小古玩商，还有塞纳河左岸的旧货贩，总想着用便宜货塞满自己的售货摊；小投机商和中间商在他们之间穿来穿去，天南地北地闲聊；代理人、起价人，还有"收割机"，也就是战场上不可或缺的"鬣狗"，一件便宜货还没在地上摆好，他们就已经迅速出手抢过来了，或者，如果他们看到哪个收藏家在仔仔细细端详一件价值连城的藏品，他们会互相眨眨眼睛，把价格哄抬上去；自己都已经变得和羊皮纸差不多的图书馆学者戴着眼镜，像只睡眼惺忪的貘，在这里悄无声息地逛来逛去；没一会儿，又扑棱棱飞来几只色彩斑斓的"极乐鸟"，那是高贵优雅、珠光宝气的贵族夫人进来了，她们早已事先派男仆来给自己留好了靠近拍卖桌的前排座位；而真正的行家，收藏家共济会的成员，则目光收敛，如仙鹤一般在角落里安安静静地站着。以上所有这些被吸引过来的人，不管是因为想做生意，还是出于好奇，或是出于对艺术的热爱，都算是真正来参与拍卖的。而除了他们，总免不了有一大群偶尔来看热闹的家伙，只是想来蹭蹭免费的暖气，或者单纯想看看那些不断把数字往上喷的闪闪发光的"喷泉"，找找乐子。不过，每一个来到这里的人，背后都有一定的目的在推动——收藏、博弈、赚钱、占有，又或者仅仅是取个暖、人来疯。在这拥挤而混乱的一大帮人里，世间各种面相充斥其中，应有尽有，各聚一群。但现在，有一种我从没见过，也从没想过会出现在这里的人也来了：小偷。我看到我那朋友凭着笃定的直觉，悄悄溜了进来。我立刻就明白了，这个地方也是一个理想的，嗯，甚至或许是整个巴黎最理想的，能让他大显身手的场所。因为在这里，所有必要元素都美妙地融合在了一起：可怕的人群挤到几乎令人窒息，观望、等待、拍卖的贪婪又一定会分散人的注意力。再者说，除了赛马场，当今世界上，拍卖行近乎是最后一个还需要把现金当场撂在桌子上结清的地方，所以可想而知，每一件大衣的口袋里都藏着塞得鼓鼓囊囊的钱包，好似一个个软软的肿瘤。对一只灵巧的窃贼之爪，此时不出，更待何时？而且也许——我现在算是明白了——对我这位朋友来说，上午的那次小试牛刀只是用来练手的，这里才是真正大展拳脚的地方。

不过，看着他懒洋洋地走上二楼，我还是巴不得抓住他的衣袖，把他拉回来。天哪，你难道没看到那张用英、法、德三种语言写着的布告吗？——"当心小偷！"真没看见吗，你这个肆无忌惮的傻瓜？此地的人肯定知道有你这种人的存在，保不齐有十几个侦探透过密集的人群，时时暗中窥视。而且，就信了我吧，你今天是不会得手的！但是他目光冷冷地扫了一眼这张布告，似乎已经司空见惯，然后这个老奸巨猾的"行家"便悄无声息地上了楼梯。这是一种战术决定，我除了同意，别无他法。因为在下层大厅里拍卖的，都是些粗笨的家用物件，家具、箱子、柜子之类。一帮收入不高的讨厌的旧货贩在下面挤来挤去、大吵大闹。他们可能还遵循着农民的好习惯，会把皮夹子安安稳稳地缠在腰上。靠近这群人，既捞不到多少东西，又不是什么值得推荐的做法。而在二楼大厅，竞拍品都是精妙之作——画作、首饰、书籍、手稿、珠宝——毫无疑问，这里的买家一个个都是钱包鼓鼓、毫无戒心的。

我花了好大力气才跟上那位朋友，因为他进了大门，每走进一个大厅，就开始横七竖八地乱逛，前前后后地游移，在每一处评估下手的机会。其间，他还会耐心十足又坚持不懈地去读贴在墙上的布告，就仿佛一位美食家在研究特别菜谱。最后，他决定在七号厅动手，这边在拍卖"伊夫·德·G伯爵夫人的知名中日瓷器收藏"。毋庸置疑，今天在这里会出现轰动一时的天价珍品，因为大家把这个厅挤得水泄不通，站在入口处只能看见一堆大衣和帽子，根本看不见拍卖台。眼前是一堵密不透风的人墙，大概有二三十排，挡住了能看到那张绿色长桌的任何一个视角。我们只能站在入口门边的一个地方，这里恰好还能看到拍卖师搞笑的动作：他站在高高的讲台上，手持白槌，像乐队指挥家一样指挥着整场拍卖会的节奏，把一段段令人不安的长休止一次又一次地引向最急板[①]。他可能也像住在梅尼蒙坦或者其他哪片郊区的某个小职员一样，两个房间、一台煤气灶，一台留声机就算是他最值钱的财产，窗前还摆着几株天竺葵。每天有那么三小时，得靠他拿着一把小小的槌子一锤定音，把巴黎价值连城的珍品变成现

---

① 最急板：音乐的速度术语。

金。在这三小时里，他能站在一大群声名显赫的观众面前，西装笔挺，大油头梳得整整齐齐，他的脸上写满了极致的幸福与享受。他带着杂技演员那种练习到刻进骨子里的亲切盛情，左右开弓，一会儿从台前，一会儿从大厅深处优雅地接收不同的报价："六百！六百零五！六百一十！"然后又把它们像彩球似的一个个抛出去，元音饱满圆润，辅音连接顺畅，这些数字仿佛都得到了升华。在此期间，他就像个陪笑女郎一样，每当报价遇到"瓶颈"，数字的旋风停下不转的时候，他就给出一种诱人的微笑，提示道："右边的各位？左边的各位？还有人吗？"或者在眉间挤出一道极具戏剧意味的皱纹，右手举起那柄用来定音的象牙小槌，威胁道："我可要成交了。"又或者微微一笑，说："来吧，各位，现在价格还一点都不高呢。"整个过程中，他还会和几个认识的老熟人打打招呼，朝几个出价人狡黠地眨眨眼睛，以示鼓励。每次新拿上来一件竞拍品，他都会不带感情地喊出必要的编号，比如"三十三号"，一开始语气总是干巴巴的，但到后来，随着价格不断飙升，他的男高音就越来越高，越发有意识地添加戏剧效果。在这三小时里，有三四百号人屏气凝神、虎视眈眈地一会儿盯着他的嘴唇，一会儿盯着他手上的魔力小槌看，而他对此的享受跃然脸上。其实，他不过是人们随机报价需要借助的工具，可他却产生了一种虚妄的错觉，以为是自己在主宰这里的一切，从而获得了一种心醉神迷的自信。他像孔雀开屏一样，大秀口才，却无法将我迷惑丝毫。我心里深知，他所有这些夸张的手势动作，对我那位朋友来说，不过是起到一种很有必要的、转移大家注意力的作用，和上午那三只滑稽的小猴子无异。

　　台上那位"同谋"的帮助，我那胆大的朋友暂时还没法用上，因为我们至今还只能站在最后一排，束手无策。我试想着如何穿过这道热烘烘的、严密结实的人墙，挤到拍卖台前的位置，却总觉得毫无成功的希望。但我再一次注意到，在这个"有趣的行业"里，自己真是个连门都还没入的"小学生"。我那位朋友，那位经验丰富的大师、行家，老早就发现，在槌子最终落下去的那一瞬间，也就是台上男高音欢呼"七千二百六十法郎"的一刻，密不透风的人墙会短暂地松动几秒。那些激动不已的脑袋低垂下去，交易人把价格标进目录，时不时有些来凑热闹的人离场。有那么一瞬间，空气在挤得水泄不通的人群中再次流通起来。他就是完美地利用这一瞬间，迅速出击，低下头，像鱼雷一样挤到前面的。一瞬间，他就挤过了四五排人。而我，之前还在暗暗发誓，绝不能让这个冒冒失失的家伙擅自行动，突然一下就孤身一人站在那里，不见他的影子了。我虽然也跟着向前挤过去，但下一轮拍卖又开始了，大家又聚拢到一起。我像一辆陷进泥潭的小推车，被卡在严严实实的人群中间，无可奈何。这种热烘烘、黏糊糊的压力真的太可怕了，我的前后左右全是陌生的身体和陌生的衣服。大家靠得那么近，以至于旁边人的一声咳嗽都能吓得我一震。而且，四周的空气也令人难以忍受，在灰尘、霉味、酸味，最重要的是汗味的共同作用下，空气里弥漫着怪味。有钱的地方，这种味道总是难免的。我热得直冒汗，试着解开上衣，想要拿出手帕——白费力气，挤得太紧了，根本动不了。但是我没有放弃。我缓慢却持续地向前去，一排人一排人地过。可是来不及了！那件淡黄色的大衣早就消失不见了。他肯定是藏在人群中某个看不见的角落，没有人发觉他这个危险的存在，只有我！在神秘的恐惧感影响之下，我的每一条神经都在颤动。我感觉今天这个可怜鬼必然要倒大霉了。每分每秒，我都在期待有人忽然大喊："抓小偷！"期待一时间一片混乱，人声鼎沸，然后众人将那小偷押出来，紧紧控制住他的两条胳膊。我说不清楚心里为什么会出现这样可怕的感觉，确信他今天——恰恰就是今天，一定会失手。

但是你看，什么都没有发生，没人大喊，没人尖叫。恰恰相反，说话声、扒拉声、嗡嗡声，顷刻间消失，万籁俱寂。很奇怪，周遭一下子变得安静得出奇，就仿佛这两三百人约好了似的，一同屏住了呼吸，所有人的目光加倍紧张起来，齐刷刷地望向拍卖师。台上那人向后退了一步，来到聚光灯下，额头闪闪发光，显得格外庄重。一切都是因为这场拍卖的重头戏要来了———一尊巨大的花瓶，这是三百年前中国皇帝亲自派遣使者，以最高礼仪送给法国国王的礼物。和其他好多物件一样，这尊花瓶也在法国大革命期间以某种神秘的方式，从凡尔赛宫流入了民间。四名身穿制服的工作人员将这件珍稀宝贝抬到了桌上。他们的动作格外小心，还带着一点展示的意味。只见圆润的瓶身闪着白色的柔光，其上点缀着些许蓝色条纹。拍卖师庄严地清了清嗓子，大声宣告起拍价："十三万法郎！十三万法郎！"面对这个后面跟了四个零的神圣数字，人群报之以敬畏的沉默。没有人敢立刻出价，没有人敢说一句话，甚至连脚都不敢动一下。在敬畏之下，挤得又闷又紧的人们齐刷刷给出了一个目瞪口呆的表情。最后,拍卖台左边终于有一位矮矮的白发男子抬起了头,几乎有一丝尴尬,快速地轻声说了一句:"十三万五千。"拍卖师随即果断回了一句:"十四万。"

这下,激动人心的游戏开始了:美国一家大型拍卖行的代表每次只是伸出手指往上空一指,报价数字就像电表一样,立刻向上跳五千;而在台子的另一头,一位大收藏家的私人秘书立马加上一倍,有力回击。其间,有人已经轻轻说出了那位收藏家的名字。到后来,这场拍卖渐渐变成了那两位之间的较量,他们相对而坐,却又执拗地刻意回避对方的目光:两人都只是把各自的报价朝拍卖师的方向喊去,而拍卖师则显然心满意足地接收着。最后,报价到了二十六万,那个美国代表第一次犹豫了,不再伸出手指。声音仿佛凝固了一般,这个数字悠悠地悬在空中。气氛越发紧张,拍卖师一连重复了四遍:"二十六万……二十六万……"他似猎鹰扑食一般,把这个数字高高抛入空中,随后稍事等待,紧张地盯着台下,略带失望地环顾左右——啊!他还想让这场游戏继续下去!——"没有人继续出价了吗?"沉默,沉默,还是沉默。"没有人继续出价了吗?"他的声音里几乎透出绝望。沉默在大厅里回荡,好似一根无音之弦。他慢慢地举起槌子。两三百颗心脏随之停住了跳动……"二十六万法郎第一次……二十六万法郎第二次……二十六万法郎第……"

这片沉默像一整块石头卧在沉寂的大厅,谁都不敢换一口呼吸。那拍卖师几乎带着一种宗教式的庄严感,把象牙小槌举到默不作声的众人头顶,再一次威胁道:"我要成交了。"没人出声!没人回答!

随后:"第三次!"小槌干脆地一落,几乎带着一点恶意。结束了!二十六万法郎!这小小的、干脆的一击,砸得人墙开始晃动、倒塌,众人的脸上又恢复了生动的表情,开始激动、呼吸、大叫、悲叹、喃喃低语。挤作一团的人群仿佛合为一体,置身于激浪之中,被向前推了一阵,律动,松开。

这阵推力也传到了我这边,确切来说,是有一只陌生的胳膊肘正中我的前胸。我随即听到一声低低的道歉:"不好意思,先生。"我一怔。这个声音!哦!多么美好的奇迹!是他,是我彻底跟丢的人,是我苦苦寻找的人。这得有多巧,才会让这阵松动的浪潮正好把他推到我的面前。谢天谢地,现在我又找到他了,再一次离他这么近。我终于可以密切监视他、保护他了。当然,我藏得很好,没有公然直视他的眼睛,只是悄悄在一旁用余光瞟他,并且不是去看他的脸,而是关注他的双手,也就是他的作案工具。但是,他的手竟诡异地消失了!没过多久我发现,他大衣的两只袖子紧紧地贴在身上,手指像挨了冻似的缩在袖子里以求保护,这样一来,手就看不见了。在这种状态下,他要是去接触目标,对方也只会以为是某件软软的衣服无意间碰到了自己,丝毫不会感知到危险,而实际上那只蠢蠢欲动的窃贼之手就藏在衣袖下面,像猫咪的利爪收在毛茸茸的爪垫里。"干得真漂亮。"我暗自赞叹。但这回,下手的对象会是谁呢?我小心翼翼地朝他的右边瞥去。那里站着一位骨瘦如柴的先生,衣服从上到下扣得严严实实,他前面还有一个人,后背宽得根本没法下手。于是,我一下子有些理解不了,对这两人中的一个下手,他怎么能成功呢?可是突然,我感到自己的膝盖被轻轻顶了一下,我脑子里瞬间有了一个想法,顿时感觉浑身上下像被冰雨浇透了似的:这些准备,莫非最终都是冲着我来的?说到底,你这傻瓜居然想对整个大厅里唯一一个了解你的人下手?而我现在——真是令人费解的最后一课!——居然要在自己身上试试他的手艺?确实,这个绝望的苦命人看来寻找的对象偏偏是我,偏偏是我这个思想层面的战友,这唯一一个深谙其手艺的人!

没错,没什么可怀疑的了,现在我再也骗不了自己了,因为我已经清清楚楚地感觉到,身边有条胳膊在轻轻从侧面朝我逼来,藏着贼手的衣袖正一寸一寸地向我靠近,或许就等着人群的下一次涌动,准备冲着我大衣和背心中间的地方火速出手。我现在虽然只需稍稍反抗一下,就完全能确保财物安全,只要微微转身,或者把大衣扣上,就足以让他停手,但好奇怪,我居然一点力气都没有,又激动又期待,整个人像被催眠了一般。我的每块肌肉、每条神经都仿佛被冻住了似的僵在原地,一边荒唐地期待着,一边飞速地思考自己钱包里有多少钱。脑子里想着钱包的时候,我能感觉到它还在我胸前,暖暖地、稳稳地放着。毕竟人一想到钱包,身体的每个部分——每颗牙齿、每根脚趾、每条神经,都会立即变得极度敏感起来。嗯,它暂时还在我这儿,我已经完全准备好了,可以从容不迫地接受他的攻击。但很奇怪,我根本不知道自己是希望被他偷,还是不希望被他偷。我的心里完全乱了,像是分裂成了两半。一方面,我希望这个傻瓜放过我,这也是为了他好;另一方面,我紧张得要命,就像等待牙医拿着钻牙器靠近自己作痛的牙齿时的那种心情，等待着他施展手艺，完成决定性的一击。但他却像是要惩罚我的好奇心似的，一点都不着急出手，反而只是一直紧紧挨着我，却始终收敛动作，从容不迫地一寸一寸靠近。虽然我的意识始终牢牢牵挂着他的逼近，但也清清楚楚地听着从拍卖台那边传来的、不断攀升的竞拍出价："三千七百五十……没有人继续出价了吗？三千七百六十……七百七十……七百八十……没人了吗？没人再出了吗？"随后，槌子落下。人群再次出现了一次小小的松动，就在这一瞬间，我感到一阵人潮向我涌来。他出手了，但那感觉算不上伸手一碰，倒更像一阵蛇行，像谁哈的一口气在我身上滑过，那么轻，那么快，若不是好奇心让我处于警戒状态，我是绝对不可能感觉到的。只有我的大衣上起了一道褶皱，仿佛是偶然的一阵风留下的痕迹。我只感觉到了什么柔柔的东西，好似一只飞鸟从身边略过……

忽然，一件我绝对想不到的事情发生了：我自己的手在下方被撞了一下，然后我竟在大衣下面将那陌生人的手抓住。如此粗暴的防御其实完全不在我的计划之内，而是属于一种我自己也感到惊讶的肌肉条件反射。只是出于纯粹的身体防御本能，我的手就那样机械地抓上去了。太可怕了，连我自己都觉得太不可思议、太可怕了——现在，我的手竟抓着对方的手腕，控制着那只陌生的、冰冷的、颤抖的手。不！这绝对非我所愿！

我不知该如何描述这一瞬间。我完全吓呆了：自己竟突然一下，把一个陌生人活生生、冷冰冰的一块肉狠狠抓在了手里。他也和我一样,吓得动弹不得。也正如我没有力气,冷静不了,松不开他的手一样,他也没有勇气,镇定不了,无法挣脱开去。"四百五十……四百六十……四百七十……"台上那拍卖师还在激情满满地高声大喊。而我还一直抓着那只陌生的、冰冷发抖的贼手不放。"四百八十……四百九十……"旁人始终没有注意到我俩之间发生了什么,也没有人会想到,在这里,在我们两个人之间,命运会如此紧张地展开——仅仅在我们之间,两人绷紧的神经正在进行一场残酷的无名之战。"五百……五百一十……五百二十……"数字喷涌得越来越快。"五百三十……五百四十……五百五十……"终于——整个过程最多不超过十秒——我终于又能呼吸了。我松开了那只陌生的手。它立马抽了回去,缩进淡黄色大衣的衣袖,消失不见了。

"五百六十……五百七十……五百八十……六百……六百一十……"台上还在不停地吵吵嚷嚷,我俩还紧挨着站在原地,一场秘密行径的两个同伙,双双由于同一件事情动弹不得。我还能感受到他暖烘烘的身体挤在我身上。这一次,当激动的情绪松弛下来,我僵硬的膝盖开始颤抖,我仿佛觉得这种轻微的抖动也传到了他的膝盖上。"六百二十……三十……四十……五十……六十……七十……"数字涨得越来越高,我们却一直站着没动,恐怖感似一只铁环,将我俩锁在一起。我终于找回了一点力气,至少能转过脑袋去看他了。也正是在同一时刻,他朝我看来。我直勾勾地盯着他的眼睛。"求求您了,求求您了!不要揭发我!"那双泪眼婆娑的小眼睛似乎在乞求,他深受压迫的灵魂里全部的恐惧,一切生物最原始的恐惧都从那对圆圆的瞳孔里涌出，那撮小胡子不住地颤抖，翻涌着惊惶。

我满眼清晰可见的只有那双圆睁的眼睛，在如此惊恐的表情之下，他的面部特征仿佛消失了，我从未在人类身上见过此等惊惶，之后也再没见过。竟会有人如此奴颜婢膝，像条狗一样地抬头看我，就仿佛他的生死尽在我手中，我感到无地自容。在他的惊恐面前，我感觉受到了侮辱，只得一脸尴尬地把眼睛偏向一边。

不过，他也懂了。他现在知道，我是绝对不会揭发他的。这让他找回了一点力气，轻轻一动，就从我身边脱离开去。我感觉到，他这辈子都想要远离我。他先是松了松下面挤在一起的膝盖，随后，我感觉到压在我手臂上的温度离开了。突然之间，身边的位置已是空空如也，我感觉似乎某样属于我的东西一下消失不见了。

刹那间，我那不幸的伙伴就腾出了一片空地。我先是感觉到周围又有了空气，但是下一秒立刻陷入了惊恐：那个可怜的人，现在该怎么办？他依然需要钱啊。他赐予了我如此紧张刺激的几小时，我还欠他一个人情。而我，一个并非出于本愿的同伙，必须帮助他！于是我匆匆向外挤，想要追上他。但是，糟糕！

那可怜的家伙误解了我的好意，见我从远处来追他，怕得要命。还没等我来得及挥手示意请他放心，他就飞快地沿着楼梯一溜烟下去了，消失在大街上的茫茫人海之中。我的这节课啊，就这样出人意料地结束了，正如它始料未及地开始。

象棋的故事

Schachnovelle

一艘大型客轮计划于午夜时分从纽约启程开往布宜诺斯艾利斯。距离启航只有一小时了，船上和往常一样，大家忙忙碌碌，东奔西走。岸上的人挤来挤去，为亲朋好友送行；电报员帽子斜戴，大喊着乘客姓名，声音响彻休息室；人们拖着行李箱，抱着鲜花，四处穿行；小孩子沿着楼梯好奇地跑上跑下；管弦乐队雷打不动地在甲板上演奏着乐曲。我和一位老相识稍稍远离骚乱的人群，站在游步甲板上聊着天，此时，不远处有闪光灯忽然急促地闪了两三下——大概是有哪位名人趁着出发前的最后时刻，还匆匆接受了一下记者采访，拍了两张照片。我的朋友往那儿看了一眼，微微笑了一声："您这艘船上倒是有位稀罕人物。琴多维奇居然在这里。"听了这话，我想必是露出了一脸茫然的神情，他于是向我解释道："米尔科·琴多维奇，国际象棋世界冠军。他在锦标赛上由东向西横扫了整个美国，现在要去阿根廷，准备再创佳绩。"

他这样一说，我确实想起了这位年轻的世界冠军，甚至还记起了他一路扶摇直上的一些细节。我朋友读报纸比我仔细，可以讲出一系列逸闻趣事，帮我把想起的细节补充完整。大约在一年前，琴多维奇就已经一举成名，能与阿廖欣、卡帕布兰卡、塔塔科维尔、拉斯克、波戈柳波夫等老一辈棋坛大师相提并论；自从1922年纽约国际象棋锦标赛上七岁的神童雷舍夫斯基惊艳亮相以来，还没有哪个名不见经传的新手闯入过这个大名鼎鼎的圈子，引起过如此巨大的轰动。琴多维奇并非智力出众者，这似乎从一开始就预示着他的职业生涯不可能有这般光辉灿烂。很快，一个秘密不胫而走：在私下里，这位世界冠军无论用哪种语言书写，连一句没有正字法错误的句子都写不出。也不乏心怀怒气的同行不满地嘲讽道："不管在哪个领域，他都是一样知识匮乏。"琴多维奇的父亲是南斯拉夫人，生活赤贫，在多瑙河上当船夫。有一天晚上，他的驳船与一艘运粮货船相撞，船毁人亡。父亲去世时，琴多维奇年仅十二岁，他们那个偏远村庄的牧师出于同情，将其收养。这位善良的牧师尽心尽力在家给他补课，想让这个沉默寡言、麻木愚钝的大脑门小孩学点在村里学校没能学会的知识。

但一切努力都是徒劳。琴多维奇傻呆呆地盯着那些已经给他讲解过千百遍的字母，永远觉得陌生；即使是课上最简单的内容，他迟钝的脑子里也留不住一点东西。都已经十四岁了，做算术题还要扳着手指；都已经是进入青春期的小伙子了，看书读报还特别费劲。但这绝不是因为琴多维奇主观抵触或者任性叛逆，他很听话，别人让他干什么，他就干什么——挑水、劈柴、下田、收拾厨房——绝无怨言。虽然动作慢得叫人恼火，但每一件交给他的事情最终都能可靠地完成。

但最让那个好心的牧师恼火的是，这个愣头愣脑的小男孩对世上绝大多数事情完全是一副漠不关心的样子。要是没人特意给他提要求，他便什么都不干，什么都不问，从来不去和别的小朋友一起玩耍；只要没人给他下达明确的指令，他就从不会主动给自己找点事情干。一做完家务，琴多维奇就呆呆地坐在房间里，两眼无神，完全像牧场里的绵羊，对周围发生的一切丝毫不感兴趣。每到晚上，牧师会抽着农民常用的长烟斗，总要和宪兵队的警官下三盘象棋，而这个金发小伙子就会安安静静地蹲坐在旁边，垂着厚重的眼皮，睡眼惺忪、心不在焉地盯着棋盘。

一个冬日的夜晚，牧师和他的棋友正全神贯注地沉浸在日常对局中，忽闻街上传来一阵急促的雪橇铃铛声，而且越来越急促。一个农民匆匆跑了进来，帽子上沾满了雪花，他说自己的老母亲快不行了，求牧师趁还来得及，赶紧去给她举行临终涂圣油仪式。牧师毫不犹豫地跟他走了，而此时警官杯中的啤酒还没喝完，他在临走前又点了一袋烟。正当他穿上厚重长筒靴准备回家时，突然发现琴多维奇目不转睛地盯着棋盘上那副残局。

"嘿，你想把它下完吗？"他开玩笑地问道，深信不疑地认为，这个睡意蒙眬的笨小子一步都走不对。男孩怯生生地抬起眼睛，然后点了点头，坐到了牧师的座位上。仅仅十四步，警官便败下阵来，而且他不得不承认，自己的失败绝不是因为一不小心走错一着。再下一盘，亦是如此。

"巴兰的驴子开口说话了！"牧师回家听说这事，惊讶地喊出了声。警官不怎么熟悉《圣经》的典故，牧师于是解释道，两千多年前发生过类似的奇迹，一头不会说话的驴子突然开口，说出的话句句充满智慧。尽管天色已晚，但牧师还是没有忍住，向他半文盲的养子发起挑战，要与他杀上一盘。同样，琴多维奇两三着便轻松获胜，他下得坚毅、缓慢，没有丝毫动摇，宽宽的额头始终垂着，正对棋盘，自始至终没有抬起过头。但他每一步都毫无破绽，之后一连几天，牧师和警官都没赢过他一盘。牧师比谁都有资格评判说，他的这个学生在其他方面有多么冥顽不灵，而现在他真心想知道，养子在象棋上单方面的奇才异能到底可以经得起多严峻的考验。他请来村里的理发师，把琴多维奇乱蓬蓬的金色头发修理了一番，让他看起来勉强能上台面，随后就带着他坐雪橇去了附近一座小城。牧师知道，这座城的中心广场有家咖啡馆，象棋发烧友总聚在店里一角。从之前的经验来看，他自己绝不是这帮人的对手。牧师把这个头发金黄、脸蛋通红、身着羊皮大衣、脚蹬厚重长靴的十五岁小伙子推进咖啡馆，随即在店里的常客圈子里引发了不小的惊奇。少年羞涩地垂着眼睛，怯生生地站在角落里不动，一直等到别人喊他去桌前下一盘。第一局，琴多维奇败了，因为他在和善良的牧师对战时，从未见过所谓西西里开棋法。到了第二局，他就已经能和最强的棋手打成平局。从第三局、第四局开始，他便一个接一个地击败了所有对手。

在南斯拉夫的小城里，极少会发生什么激动人心的事情。现在，一个来自农村的象棋冠军初绽锋芒，消息立刻传遍了城里的绅士圈子，成了大新闻。大家一致决定，一定要将这个神童留下，待到明天，召集象棋俱乐部里的其他成员都来见见，特别是要去城堡通知老伯爵西姆契奇，他可是位象棋狂热爱好者。牧师看着自己的养子，眼里满是前所未有的骄傲。不过，发现养子是天才固然心中喜悦，可第二天就是周日，责任心又不允许他误了礼拜仪式。最后，他同意让琴多维奇留下，接受更多考验。俱乐部出资为年轻的琴多维奇安排了宾馆，这天晚上，这个孩子第一次见到了抽水马桶。翌日下午，棋室里人山人海。琴多维奇在棋盘前一动不动连坐四小时，一言不发，头也不抬，将对手一一击败。最后，有人提议举行车轮战。大家颇费周折才让这个学习能力极差的孩子明白，所谓车轮战，就是要他一个人同时和多人对局。可琴多维奇一了解规则，就立马知道了自己该干什么，拖着吱嘎作响的沉重长靴，缓慢地从一张桌子挪到另一张桌子前。最终，一共八局，他赢了七局。

于是，俱乐部内部开了一场大会进行讨论。虽然从严格意义上讲，这位新晋冠军并不是本城的人，可当地人的民族自豪感却已油然而生。有了他，或许这个在地图上根本看不到的小地方终于有望能首次把一颗明星推上世界的舞台，获得"名人故里"的荣耀。有个叫科勒的经纪人原本只为驻防部队的小型歌舞场介绍唱小曲的歌女，现在他表示自己在维也纳认识一位小有名气的象棋高手，只要有谁肯支付他一年的补贴，就愿意把这个少年送去接受棋艺专训。老伯爵西姆契奇棋龄已有六十年，天天下棋却从未见过如此奇特的对手，他立刻应下了这笔款项。那一日，便是这个船夫之子飞黄腾达的起点。

半年时间，琴多维奇就掌握了象棋技术的所有奥秘。不过他身上有一个奇怪的局限性,而这一点,后来很多圈内人士都注意到了,他也因此备受嘲笑:这个人从来做不到将棋局记在脑子里,哪怕一局都记不住——用行话来说,就是"下盲棋"。他完全没有能力在无限的想象空间里将棋盘再现,而是必须将六十四格的黑白棋盘和三十二颗棋子实实在在地摆在眼前。即使已经名扬天下,他身边也常带一副可折叠袖珍象棋。这样,他若想要重现一盘大师局,或者想自己解决一个什么问题,就能直观地将棋子的位置摆在眼前。这个缺陷本身虽然不值一提,却暴露出了他想象能力的匮乏,象棋界这个小圈子内部对此议论纷纷,就好比在音乐界,一位杰出的演奏家或指挥家要是被人发现离开了谱子就无法演奏或指挥,必然难逃非议。不过这个奇怪的缺点并没有耽误琴多维奇一路崛起。年仅十七岁,他已赢下了十几个奖项;十八岁就成了匈牙利锦标赛冠军;二十岁时,终于赢得了世界锦标赛冠军。那些夺过冠的狂妄棋手,论智力天赋、想象能力、胆识气魄,个个比他厉害不知多少,结果碰上他坚毅冷酷的逻辑,无一不甘拜下风,正如拿破仑败给笨拙迟钝的库图佐夫、汉尼拔不敌"拖延者"费边[①]。根据古罗马著名历史学家李维的记载,费边在童年时期也同样明显地表现出迟钝、低能的特质。象棋圈本是一个群英荟萃的地方,各方面的智力精英齐聚于此,哲学家、数学家辈出,是计算力、想象力,甚至创造性特质的舞台。而这回闯进来的,却是个对智力世

[①] 费边(约前280—前203):即"法比乌斯"。古罗马统帅。数度担任执政官。由于善用拖延战术,人们戏称他为"康克推多"(Cunctator),意即"迟疑不决的人"。

界来说十足异类的家伙——一个笨头笨脑、沉默寡言的农村少年。即使是最精明的记者，也没法从他嘴里套出一句能写进新闻稿里的话。当然，琴多维奇虽然没有向媒体提供什么箴言警句，但有关他的各种奇闻逸事很快就帮忙填上了这个漏洞。毕竟，坐在棋盘边，琴多维奇是无与伦比的大师；可一站起来，他就无可救药地原形毕露，怪诞到几乎有些滑稽可笑。尽管他身穿华丽的黑西装，打着浮夸的领带，别着碍眼的珍珠别针，指甲修得整整齐齐，可在举止风度上，他仍然是那个在村子里帮养父牧师打扫房间的农村男孩，没什么大格局。他绞尽脑汁利用自己的才华和名气来攫取钱财，处处表现出小家子气，甚至常常显得庸俗不堪。捞钱的时候笨手笨脚，简直到了厚颜无耻的程度，引得同行感到又可气又好笑。他从一座城市到另一座城市，住的永远是最便宜的旅馆。只要给钱，他可以在最寒碜的俱乐部下棋。他允许肥皂广告使用自己的肖像，甚至将自己的姓名有偿授权给出版社，出了一本名为《国际象棋哲学》的书。其实，这本书是一个出版商嗅到了商业气息，雇了加里西尼亚的某个穷大学生撰写的。他的竞争对手无不嘲笑他，因为大家都很清楚，他连写对三个句子的能力都没有，可他却毫不理会。正如所有天性坚韧的人一样，他不懂什么是"荒谬可笑"。自从赢了世界锦标赛，他便自以为成了世界第一重要人物。他意识到，自己在擅长的领域击败了所有那些才高八斗、耀眼夺目的演说家、作家，尤其是再加之自己挣得比这些人都多这一无可辩驳的事实，就一改原先的局促不安，变得恃才傲物，对谁都很冷漠，多数情况下又很笨拙。

"可如此迅速地一夜成名,任哪个空虚的脑袋能不昏了头呢?"我的朋友给我举了几个经典例子,来说明琴多维奇有多幼稚,多会炫耀自己的优势,这句话就是他的结论。接着又说道:"一个来自巴纳特的二十一岁农村少年,只要挪一挪棋盘上的棋子,一周赚到的钱就能超过全村老少辛辛苦苦地砍一年柴、累死累活干一年苦工的收入,他怎会不染上虚荣的习气呢?再者说,一个人要是根本不知道历史上曾经出现过伦勃朗、贝多芬、但丁、拿破仑这样的人物,那把自己当成一代伟人不也是很自然的事情吗?那家伙闭塞的脑子里只知道一件事情,那就是几个月以来,自己没有输过一盘棋。既然他完全不知道这个世界上除了下棋和赚钱还有其他有价值的事情,那么如此妄自尊大,也是完全可以理解的。"

朋友的这番评论成功引起了我强烈的好奇心。我向来对各种各样脑袋一根筋的偏执狂很感兴趣,因为一个人越是将自己局限于某一方面,从另一个角度来看,就越是接近于无限。正是这类看似脱离世界的怪人,用他们特殊的材料,像白蚁一样构筑起了一个古怪稀奇又独一无二的浓缩版小世界。我于是毫不掩饰地表示,在接下来前往里约热内卢的十二天行程中,一定要好好观察一下这个智力单向发展的奇特样本。

可朋友提醒我说:"恐怕比较难。据我了解,还从来没有人能从琴多维奇口中套出过一丁点有用的东西来用作心理分析。这个狡猾的乡下人,看似愚蠢狭隘到令人发指,背后其实聪明得不得了,丝毫不会把自己的缺点暴露给别人。其中的秘诀很简单,那就是除了在小旅馆里碰到和自己阶级差不多的同乡人以外，他会尽量避免和其他任何人交谈。但凡感觉遇见的这个人接受过一定教育，他就会像蜗牛一样缩进壳里。所以，谁也不能夸海口说自己从他那里听到过一句蠢话，而他的无知也终究是传说，也没有人能够估量出他究竟到了什么地步。"事实证明，我朋友说的没错。旅途的最初几天，若不是死皮赖脸硬要去和他讲话，想要接近琴多维奇是根本不可能的，而我又完全不擅长强行和人搭讪。有时候，他也会在游步甲板上四处走走，但每回都是双手背在后面，满脸高冷，一派深思熟虑的模样，宛如那幅著名的拿破仑画像；而且，他走路的时候总是步履匆匆、横冲直撞地转来转去，别人要是想上去搭讪，就不得不跟在他身后一路小跑。在休息室、酒吧、吸烟室，又从来看不见他的身影。我悄悄向乘务员打听了一下，对方告诉我，一天的大部分时间里，他都坐在自己的舱位，面对一个巨大的棋盘，研究或者复盘棋局。

　　三天以后，我发现他坚定的防御技术比我想接近他的意愿更厉害，属实有些恼火了。我这辈子还从没有过机会亲自去结识一位象棋大师。而现在，我越想去具体地了解这一类人，就越是觉得人一辈子脑子只围着那块六十四个黑白方格的棋盘转，有多么不可思议。我自己也玩过象棋，深知这种"国王的游戏"有一种神秘的诱惑力。因为在人类发明的所有游戏中，只有它能够完全不受任何偶然性的影响，让胜利的桂冠只戴在智慧，或者更准确地说，戴在某种特定天赋的头上。但把象棋称为一种"游戏"，不就限制了它的意义吗？这难道不是一种侮辱吗？它难道不是一门科学，一门艺术吗？象棋在此二者之间游走,就像穆罕默德的棺材浮于天地之间,是所有矛盾对立的独特结合;古老悠远却又历久弥新,设计机械,但只有借助想象力才能使其发挥出应有的效果;死板的几何空间处处有限,但棋局的组合方式却有无限可能;不断发展,却不会有什么成果;它是劳而无功的思想,是计算无果的数学,是不留作品的艺术,是没有物质的建筑。尽管如此,事实还是证明,它就是比所有的书籍和作品存在得更为长久。它是唯一一种属于所有民族、所有时代的游戏。没人知道,是哪位神灵将它带到了人间,助人散闷消愁、磨砺心性、振奋灵魂。它始于何处,又将终于何方?任何一个小孩都能学会它浅显的几条规则,任何一个新手都能上棋盘试着走两步,但是在那永世不变的狭窄方格里,它却能催生出一种特殊的大师,无人能与之同日而语。这群人有着独特的、仅为象棋而生的天赋,他们是专门的天才。在他们身上,远见、耐心、技巧共同生效,就好比在数学家、诗人和音乐家身上这些特质也会一起发挥作用,只不过是角度层面、结合方式不同罢了。要是放在早些年间相学大行其道的时候,说不定就有哪个名叫"加尔"的相士,把象棋大师拿来解剖一下,来确定这种天才的大脑灰质里到底有没有什么特殊的脑回结构,是不是有某种所谓"象棋肌"或者"象棋丘"比常人脑子里的更加明显。哪个相士要是遇到了琴多维奇这样的案例,该有多兴奋啊!这个人,其他方面的智力绝对愚钝,象棋的特殊天赋却喷涌迸发,仿佛千钧一文不值的岩石中蕴藏了一块金矿。原则上,我一直都明白,如此别具一格的天才游戏必然能孕育出与众不同的斗士,但要我去想象这样的场景,简直难如登天:一个人，思维活跃，却画地为牢，全世界只剩下黑白相间的单行轨道，对毕生事业的追寻仅存于三十二枚棋子前后左右的移动之间。我难以想象会有这样一个人，对他来讲，做先手时第一步走马而非走兵已是一大壮举，在象棋教程里占据卑微一角就意味着名垂青史。这个人，这个有思想、有才智的人，在十年、二十年、三十年、四十年之间，一次又一次全心全意地投入一项荒唐的事业，那就是把木头国王棋逼到木头棋盘的角落，而他本人竟然还没有发疯！

而现在，这种事情，这种古怪的天才——或者说，这种谜一般的傻瓜，第一回与我近在咫尺，同坐一艘船，就在六间船舱开外。而我这个可怜虫，明明对精神方面的事情十分感兴趣，这种好奇到最后总会演化成一种纯粹的激情，现在却压根想不出办法去接近他。我的脑袋里开始蹦出各种荒唐的伎俩：比如，假装成记者，邀请他接受一家重要报纸的采访，以此勾起他的虚荣心；或者，抓住他贪婪这一特点，建议他去苏格兰参加一场奖励丰厚的比赛。最后，我终于想起了打猎最有效的技巧：想要吸引松鸡，就得模仿其求偶的叫声——还有什么能比自己会下棋更能吸引象棋大师注意的呢？

我这辈子还从来没有认真下过象棋，原因非常简单，我每次玩棋都只是随随便便的，完全是为了自娱自乐；如果说有哪次我在棋盘前坐了一小时，那根本不是为了让自己集中精神紧张起来，恰恰相反，我一定是为了缓解大脑紧张才这样做的。我才是真正意义上的"玩"棋，而其他人，那些真棋手，却是在"较真"，甚至"下"象棋都作为一个新词引入了我国的语言。真要说起来，下棋和谈恋爱一样，必须有一个搭伙的,而我那个时候甚至还不知道,这艘船上除了我俩以外还有没有其他象棋爱好者。为了引蛇出洞,我在吸烟室里简单地布了一个局。我让妻子与我对坐,在棋盘边"张网罗雀",尽管其实她的水平比我还差。果然,还没走六步,就有过路的人停了下来,还有人请求我们允许他们在一旁观战。最终,我们得偿所愿找到了棋友,对方向我发起挑战。他叫麦克科纳,是一位从事地下工程的苏格兰工程师,据说在加利福尼亚钻探石油的时候赚了一大笔钱。此人敦实强壮,下颌棱角分明,几乎呈正方形,牙齿坚固,肤色绯红,大概是因为喝了大量威士忌,再怎么说也有一部分是因为酒精作用。他的肩膀宽阔、健硕,夺人眼球,几乎能与运动健将媲美,可惜在下棋的时候也表现得太过招摇。因为这位麦克科纳先生属于那种自恋型成功人士,即使比赛再微不足道,他也认为败下阵来会有损人格和身份。这个白手起家的大块头习惯于不顾一切地贯彻自己的想法,再加上现实生活中的成功经历助长了他的气焰,他的优越感坚不可摧,任何不顺心意的事情在他眼里都是在故意与他作对,甚至是对他的羞辱,会引得他火冒三丈。刚输第一盘,他就变得闷闷不乐,还开始絮絮叨叨、霸道蛮横地强行解释说,这只是因为自己一时疏忽。输到第三盘,他就怪隔壁房间声音太大,影响自己比赛。每输一次,他就立刻要求再开一局,期待翻盘。一开始,我还觉得他这种死也不服输的蛮劲挺有意思的,可到后面只能硬撑下去。毕竟,为了达到自己的真实目的,把世界冠军吸引过来,承受一点"副作用"也是不可避免的。

　　第三天,计划成功了,但只成功了一半。可能是琴多维奇在外面的甲板上透过舷窗观察到了我们,也有可能是他碰巧走到了吸烟室——不管是哪种情况,他一看到我们这种无名小卒竟敢班门弄斧,就不由自主地靠近了一点,在合适的距离之外,向我们的棋盘投来审视的目光。正好轮到麦克科纳走。仅仅看了这么一步,琴多维奇似乎就已经知道,我们这种外行人的小打小闹根本不值得自己这样的大师产生兴趣。好比我们在书店里遇到有人推销垃圾侦探小说,看都不会看一眼,随手就丢下了一样,他就是如此自然地离开了棋盘,走出了吸烟室。"他掂量过了,觉得没什么分量。"我这样想着。他那冷漠轻蔑的眼神让我有些恼火,为了发泄心里的不快,我对麦克科纳说:"看起来,世界冠军对您这步棋不怎么欣赏嘛。"

"什么世界冠军?"

我向他解释道,刚才从我们身边经过,带着唏嘘的目光看我们下棋的先生,就是象棋世界冠军琴多维奇。又补充说,人家如此杰出,鄙视我们也很正常,不必感到伤心,忍忍就过去了。水平不行嘛,也只能这样了。但让我惊讶的是,我随口几句话竟然在麦克科纳身上起到了完全出人意料的效果。他一下受了刺激,把眼前这盘棋忘得干干净净,我似乎都能听见他狂野的好胜心在咚咚狂跳。他之前根本不知道琴多维奇也在船上,既然如此,那就非要和他下一盘不可。他这辈子还没跟世界冠军对弈过,只有一次和另外四十位棋手开展过一场车轮战,就是那一场也已经非常紧张了,而且他差点还赢了。他问我和冠军认不认识,我说不认识。他又问我,难道不想和琴多维奇打个招呼,邀请琴多维奇和我们一起来下一盘吗?我拒绝了。我给的理由是，听说琴多维奇不太喜欢交新朋友；再说了，我们这种三流棋手，有什么魅力能引得一位世界冠军屈尊纡贵呢？

现在回想起来，我真不该对麦克科纳这种自尊心极强的人说什么"三流棋手"之类的话。他气冲冲地往椅背上一靠，没好气地表示，自己不相信如果有绅士彬彬有礼地去邀请，琴多维奇会拒绝，他会想出办法的。应他的要求，我向他简单描述了一下这位世界冠军。听完，他立刻弃了残局，急不可耐地冲出门，跑到甲板上去追琴多维奇。我再一次感觉到，肩膀如此宽阔的人，一旦想要做什么事情，必然是谁也拦不住的。

我心急如焚地等待着。十分钟后，麦克科纳回来了，不过看上去不怎么快活。

"如何？"我问道。

"您说的没错，"麦克科纳有些恼火地说道，"这人确实不怎么讨人喜欢。我主动做了自我介绍，告诉他我是谁，而他居然连手都不伸出来。我试图跟他说，如果他愿意和我们进行一场车轮战，那么整艘船的人都会感到无比骄傲和荣幸。可他腰杆挺得直直的，傲慢得简直令人发指。他说，真是遗憾，他和经纪人签过合同，明确规定在整个巡回比赛期间不得无偿与他人下棋，最低酬劳是每盘两百五十美元。"

我笑了："我还从来没想过，把棋子从黑格到白格这样挪一挪，居然能赚这么多。咳，不过我猜，您和他告辞的时候也没忘了礼貌吧。"

但麦克科纳还是一脸严肃的样子："比赛定在明天下午三点，就在这间吸烟室。希望我们别死得太快吧。"

"啊?您真的答应给他两百五十美元啦?"我惊呼出来。

"有什么不能答应的?他就是干这个工作的呀[1]。如果我在船上碰到一名牙医,我也不会要求人家免费给我拔牙。他完全有理由开天价。不管在哪个领域,真正的巧匠能手也一定是最厉害的生意人。要我说的话,生意越是大大方方地讲清楚就越好。我宁愿当场把钱给琴多维奇结算清楚,也不想受人恩惠,最后还得对人家感恩戴德。毕竟,我自己在俱乐部里一晚上输的钱也不止两百五十美元,那又不是在和世界冠军下棋。一个'三流'的玩家被琴多维奇打败一点都不丢人。"

真有意思,我用"三流棋手"这个词的时候心里没带丝毫恶意,可它竟如此深重地刺痛了麦克科纳的自尊心。不过,既然他乐意为这种昂贵的消遣买单,对他这种不合时宜的虚荣心我也就没什么可说的。而且,我最终还得靠他的这种虚荣,来结识一下那位我感兴趣的怪才呢。我们赶忙把这件事情告诉了四五位到目前为止自称棋手的先生。为了尽可能避免过路旅客打扰,我们不仅提前预订了要用来比赛的这张桌子,还把周围一圈的桌子全都订下了。

到了第二天约定的时间,我们这个小团队的所有人都准时到场。正中间面对冠军的座位当然是麦克科纳坐的。他一根接一根地抽着高浓度雪茄,时不时焦虑地看看手表,试图排解内心的紧张。但那位

---

[1] 原文为法语:C'est son métier。

世界冠军——听朋友讲了他的故事以后，我其实早就猜到会出现这种情况——他让大家等了整整十分钟。这样一来，他出现的时候就更显得光环加身。他镇定自若、闲庭信步地走到桌边，没有自我介绍——"你们都知道我是谁，而至于你们是谁，我也不关心。"他的傲慢无礼背后似乎藏着这样一句潜台词——随后，他开始以一种行家的口气干巴巴地讲出具体安排。由于这里棋盘不够，没办法一列排开进行正规的车轮战，于是他建议，大家不妨同时和他对局。他每走完一步，可以到房间另一头的角落里回避一下，免得打扰我们讨论。可惜由于手头没有桌铃，我们每走完一步，就得用勺子敲一敲玻璃杯。他建议，如果大家没有异议，每一步最长思考时间就定为十分钟。大家自然是像害羞的小学生一样，同意了他的每一条建议。琴多维奇选择了黑棋，他坐都没坐下就接了我们一着，随后立刻转身去了刚才自己说的位置等待，懒洋洋地仰靠在那边，随手翻看一本插图杂志。

这盘棋没什么可细说的，自然而然是以我们惨败而告终，也必然是这样。其实，仅仅走了二十四步，对局就结束了。身为世界冠军，轻轻松松就打败了五六个中等或者中下水平的对手，本身不足为奇；真正惹恼我们所有人的其实是琴多维奇那副趾高气扬的态度，他特意让我们明显地感觉到，自己打败我们根本就是轻轻松松的事情。他每次都用一种看似漫不经心的目光随意往棋盘上瞥一眼，再朝我们随便一扫就走了，就好像我们也是没有生命的木头象棋一样。此等无礼之举让人不由自主地联想到，人们给一只癞皮狗扔骨头的时候，都不会正眼去瞧它一下。我想，但凡他能稍微体谅一下他人的感受，就完全可以提点一下我们在哪里犯了错，或者说点善意的话让大家振作起来。然而，一直到对局结束，这个没有感情的下棋机器也没有发出过一点声音，只有在最后来那么一句"将军！"，之后便一动不动地待在棋桌前，看看有没有人还想再来一盘。我已经站起来了，准备打一个无奈的手势以示告辞。毕竟，遇到这种冷漠无情又粗鲁无礼的家伙，也只能这么来对付。至少对我来讲，钱一结清，这场愉快的相识便到此为止了。可就在此时，我听见坐在旁边的麦克科纳用嘶哑的嗓音吼道："不服，再来！"真是气死我了。

而让我结结实实吓一跳的，是麦克科纳那种挑衅的口吻。说真的，那一瞬间，他简直像一个准备出拳的拳击手，而不是一位彬彬有礼的绅士。这是因为琴多维奇对待我们的态度太过恼人，还是因为他那病态暴躁的自尊心在作祟？——不管怎么说，麦克科纳仿佛完全变了一个人似的。他满脸通红，一路红到额上的发际线，心情激动导致鼻孔大张，满头的大汗显而易见，嘴唇紧咬，一道皱纹锋利地向下延伸，直插那向前突出、显得咄咄逼人的下巴。我发现他的眼睛里闪着一种难以遏制的冲动，心里有些不安。这种冲动往往只在轮盘赌桌旁边的赌徒眼里才能看到，而且得是他每回都加倍下注，却连着六七次都没有出现想要的颜色的那种情况下。那一刻我就意识到，不管是单倍下注还是双倍下注，疯狂的野心会推着他不停地和琴多维奇下棋，直到他至少赢一盘为止，即使耗尽全部资产，他也在所不惜。如果琴多维奇坚持玩下去，那麦克科纳简直就成了他的金矿，在他到达布宜诺斯艾利斯之前，从麦克科纳身上挖到几千美元完全不成问题。

琴多维奇仍然一动不动。"请吧。"他礼貌地回了一句。"这回，你们执黑棋。"

第二盘也没带来什么改观，唯一的区别就是，又来了几个凑热闹的人，不仅围观群众变多了，气氛还更活跃了。麦克科纳死死地盯着棋盘，仿佛想要用求胜的意志去感化那些棋子。我感觉，为了对那冷酷无情的对手心情舒畅地大吼一声"将军！"，就算要砸进一千美元，他也完全乐意。说来也怪，他那股执着激动的劲不知不觉竟传到了我们每一个人身上。每走一步，讨论都比之前更加激烈，总是要争论到最后一刻，才能同意喊琴多维奇回到我们的桌前。渐渐地，我们走到第三十七步了，出人意料的是，局势现在似乎对我们非常有利，因为我们已经成功把 c 线上的兵推到了倒数第二格，也就是 c2 的位置上，只要再把它推到 c1，我们就能赢下一个后了。当然，这个取胜机会过于显而易见，我们都有些不放心，一致怀疑我方只是表面处于优势，实则是琴多维奇故意布下了陷阱，毕竟他看棋局的眼光要比我们长远太多。然而，尽管大家一起用尽心思研究探讨，也还是没能看出其中暗藏的玄机。最后，规定的思考时间快结束了，我们决定大胆走一步。麦克科纳的手都已经摸到了兵，准备把它推进最后一块方格里。突然，一个人猛地抓住了他的手臂，轻声却强硬地说道："别！千万别这么走！"

所有人都情不自禁地转过头去。说话的是一位四十五岁左右的先生，脸庞窄长削尖，面色如石灰般苍白，简直白到惹人注目的程度，我也因此在甲板上散步时就注意过他。想必此人是几分钟前，在我们全神贯注讨论走法的时候来到了我们身边。他感受到了大家灼灼的目光，赶紧匆忙补充道："如果您现在把兵变成后，他就会立刻用 c1 的象来吃，然后您一定会再用马来吃他的象。但与此同时，他可以把不受影响的兵走到 d7，这就对您的车造成了威胁。即使您想用马去将军，也依然无力回天，再走九步或者十步，他就能把您将死。现在的局势，几乎和 1922 年皮耶什佳尼锦标赛上阿廖欣对战波戈柳波夫的那场一模一样。"

麦克科纳一脸震惊地把手中的棋子放下，和大家一样，又惊又奇地盯着这位如天使般从天而降的救星。能提前九步预判到结局的人想必是一流的高手，甚至可能与世界冠军难分伯仲，也正在赶赴琴多维奇要参加的比赛。在如此关键的时刻，他忽然出现，介入我们的比赛，简直给人一种超自然的感觉。大家还沉浸在震惊中，是麦克科纳第一个回过神来。

"那您建议怎么走？"他激动地轻声问道。

"现在先不要让兵前进，暂时避一下！最重要的是得让王从 g8 走到 h7，离开危险区。这样一来，他很有可能就会转攻另一侧。但此时您就可以把车从 c4 挪到 c8 来抵挡攻击，这样他就会丢一个兵，失两步先手，也就丧失了全盘的优势，之后就会形成两兵对垒的局面，如果您防守得当，尚有可能以平局告终。至于再多的，也实在做不到了。"

众人再一次瞠目结舌。此人计算之精确、速度之快简直令人难以置信，就好像在照着象棋指南一步一步念出来一样。不管怎么说，由于他的介入,我们竟然有机会能和世界冠军下成平局,这简直堪称奇迹。大家不约而同地退到一边,好让人家看得更清楚。麦克科纳再问了一遍:"所以说,是把王从 g8 走到 h7,对吗?"

"没错!现在避其锋芒是首要任务。"

麦克科纳听他的建议走完,我们敲响了玻璃杯。琴多维奇照常迈着镇定自若的步伐向棋桌走来,只朝棋盘上瞥了一眼便回了一着。他将王一侧的兵从 h2 移到了 h4,和我们那位尚不知名的帮手预测的一模一样。那人随即兴奋地低声说道:"进车,进车,从 c4 走到 c8,这样他就不得不先去保兵了。但即使他这么走也无济于事!进攻,不必去管他的兵,把马从 d3 走到 e5,就能恢复势均力敌的状态了。全力进攻,不必防守了!"

我们没理解他是什么意思。对我们来说,他讲的全是天书。但大家已经被他迷住了,麦克科纳想都没想,立刻就按照他说的走。我们又一次敲响了玻璃杯,通知琴多维奇过来。他第一次没能立刻做出决定,而是紧张地盯着棋盘,眉头下意识地紧锁在了一起。随后,他走了一着,再次和那陌生人预测的完全一致。下完,琴多维奇转身要走。可在他迈步离开之前,一个意想不到的新情况发生了:他居然抬起眼睛,仔细打量了一番我们这群人——显然是想知道,到底出现了什么人,竟然一下子能如此强劲地抵挡住他的着数。

那一刻,我们的兴奋之情瞬间高涨到难以估量。在此之前,我们下棋其实根本没有抱多少希望,可现在,一想到自己或许真能挫一挫那冷酷高傲的琴多维奇的锐气,大家顿时就血脉偾张。而我们的新朋友已经在指挥下一步怎么走了，我们又能把琴多维奇叫回来了。拿勺子敲玻璃杯的时候，我的手指甚至有些微微颤抖。这回，我们取得了第一步胜利。琴多维奇，这个之前一直站着下棋的家伙，犹豫来犹豫去，终究选择了坐下认真思考。他坐下的动作很慢、很沉重，可光凭这一个举动就能证明，他对我们那种睥睨的视角已经被扭转。我们成功逼得他与我们平起平坐，至少从空间的角度来看是如此。他沉思了好久，眼睛一动不动地盯着棋盘，黑黑的眼皮低垂着，旁人几乎看不见他的瞳孔。在紧张的思考之下，他的嘴巴渐渐张开，滚圆的脸上增添了一丝头脑简单的味道。琴多维奇思考了几分钟，随后走了一步，站了起来。而我们的朋友已然立刻轻声说道："他在玩拖延术！想得真不错！但别被他影响了！逼他兑子，一定要兑，然后我们就能和他打平了。神仙来了也帮不了他！"

麦克科纳按照他说的做了。接下来的几步棋，就是他们两个人之间的事情了，在我们眼里完全就是无法理解的来来回回——我们其他人早已沦为闲置的龙套。七步过后，琴多维奇思考良久，终于抬起头来说了一声："平了。"

刹那间，万籁俱寂。忽然之间，浪花拍船的翻腾奔涌声、沙龙收音机里传出的爵士乐声、甲板上每一个行人的步履踢踏声、海风穿过窗户缝隙的轻柔细语声，声声入耳。没有人呼吸，这一切来得太突然了。我们输掉比赛明明已经半成定局，一个陌生人竟能在这种情况下力挽狂澜，而对手还是个世界冠军！太不可思议了，大家都惊呆了。麦克科纳猛地向后一仰，憋了许久的一口气终于大声长舒了出来，嘴里愉快地"啊!"了一声。我又去观察了一下琴多维奇。方才在走最后几步的时候,我已经觉得他的脸色变得苍白了一些。不过,他还是懂得如何自持的。他依然保持着那种呆呆的神情,似乎内心毫无波澜,手稳稳地将棋盘上的棋子推到一边,用极其随意的口气问道:"各位先生还想不想下第三盘?"

他问出这个问题的时候,语气是纯粹的就事论事,绝对的公事公办。但奇怪的是,他的眼睛并没有看向麦克科纳,而是用那锋利的目光直戳我们的救星。就仿佛一匹马通过其稳健的骑姿,辨认出新来的那位骑手比其他人的技术更加高超一般,他一定是借着最后几步棋找出了自己真正的对手。众人也都情不自禁地随着他的目光,热切地望向那个陌生人。可他本人还没来得及思考或者回答,麦克科纳就已经豪情万丈地大喊起来,仿佛在吹响胜利的号角:"当然!不过这回得是您单独与他对弈!您一个人,对战琴多维奇!"

然而这时,意想不到的事情发生了。那个陌生人一直死死盯着被清空的棋盘,紧张得有些诡异。大概是因为所有人的目光都集中在他身上,又听见麦克科纳如此有激情地对他说话,他一下子给吓住了,乱了阵脚。

"绝对不行啊,各位先生。"他开始结结巴巴,显然有些忐忑不安。"绝对不可能……我完全不该在各位的考虑范围之内……我已经二十年,不对,二十五年没上过棋桌了……哎,我现在才算是反应过来,未经各位允许就介入你们几位的比赛有多不礼貌……请各位原谅我这么性急无礼……我不能再打扰诸位了。"还没等我们从惊讶中缓过神来，他已经离开了吸烟室。

"绝对不可能！"性烈如火的麦克科纳大吼一声，挥拳猛砸了一下桌子。"这人怎么可能二十五年没下过棋?! 他的每一步落子、每一步反击，不都是提前预计了五六步的成果吗?! 这种事情绝没有谁能够轻而易举做到！绝对不可能！各位说对不对？"

说到最后一句时，麦克科纳下意识地转向了琴多维奇。但这位世界冠军始终一脸冷淡。

"我给不了什么定论，但不管怎么说，这位先生下棋能打破常规，很有意思，所以我故意给他露了一个破绽。"说着，琴多维奇潇洒随意地站了起来，用他一贯的那种就事论事的语气又添了一句："我明天三点以后有空，如果各位还想继续，随时奉陪。"

大家憋不住了，都轻轻笑出了声。谁都知道，琴多维奇绝不可能宽宏大量地给我们那位不知名的帮手露个破绽，他这样说，只不过是想掩饰自己的失败而找了个幼稚的借口罢了。我们于是更加迫切地想要看到有人来挫伤这个棋王难以撼动的傲慢与锐气。一瞬间，某种狂野原始、野心勃勃的战斗欲冲上了我们这帮素性平和、随性懒散的乘客心头。毕竟，一想到在这茫茫大海，就在这一轮孤船之上，象棋界的世界冠军将败于我手——这一壮举必然会经由各家报社传遍世界的每一个角落——大家就难免群情激动，开始肆意畅想。而且，我们的大救星恰好就在关键时刻出人意料地介入了比赛，他近乎胆怯的自谦又和那职业选手不可动摇的自负形成了鲜明的对比，这种神秘感撩动了所有人的心弦。他究竟是谁？是机缘巧合让我们发现了一位被埋没已久的象棋天才？还是某位赫赫有名的大师出于一些不可告人的原因，故意在我们面前隐姓埋名？大家讨论得热火朝天，想尽了各种可能性，但即使是最大胆的假设，对我们来说还是太过保守，他那谜一般的羞涩胆怯和令人诧异的陈述自白，怎么想都没法和他一眼便知的超强棋艺联系起来。不过，有一点是大家一致同意的：无论如何都不能放弃再观一场大战的机会。我们决心要想尽一切办法，来说服那位帮手第二天和琴多维奇一对一地下一盘。麦克科纳承诺，物质上的风险尽可以交给他。与此同时，已经有人从船组人员那里打听到，此人来自奥地利，而我作为他的同乡人，于是受众人委托，去向他转达我们的请求。

没花多久，我就在甲板上找到了那个匆忙溜走的人，他正躺在躺椅上看书。趁还没走近，我赶紧利用这个机会，先好好观察他一番。他削尖的脑袋枕在软垫上，神态略显疲惫——我再一次惊异地注意到，那张还算年轻的面孔真是苍白得有些异常，两鬓的白发也白得有些耀眼。不知为何，我就是产生了这样一种印象：此人必定是一夜之间白了头。我一走近，他马上彬彬有礼地站了起来，自我介绍了一下。我听到他的名字，立刻就觉得很熟悉——是奥地利一个古老的名门望族的姓氏。我记得，舒伯特最亲近的挚友中，就有一人来自这个家族；先皇有一位御医，也是这个家族的成员。不妨称他B博士吧。当我向B博士转达，大家希望他能接受琴多维奇的挑战时，他显然吃了一惊。原来，他根本不知道自己刚才是在和一位世界冠军对局，并且对方在当今棋坛是如日中天的存在，而他下得精彩绝伦。不知是什么原因,这个消息似乎给他留下了特别深刻的印象。他一再询问我,是否能百分之百确定他的对手真是世界公认的棋王。我于是很快意识到,这样一来,我的任务就变得简单不少。只不过,我同时也感觉到了眼前这人的敏感周到,所以决定,万一他输了比赛,麦克科纳会承担物质损失这件事,现在还是先不要告诉他为好。犹豫一阵,B博士最终同意应战,但明确请我务必要和其他几位先生讲清楚,不要对他的棋艺寄予过高的期望。

"因为,"他陷入了沉思,浅笑一声补充道,"说实在的,我也不确定自己还能不能完全按照规则把棋下正确。我之前说过,自从上高中起,也就是二十多年以来,我再也没有碰过象棋。这不是什么虚伪的谦虚之辞,而是事实,请您一定要相信我。而且即使是在那个时候,我也只是一个天赋平平的普通棋手而已。"

他说话的样子毫不做作,我对他的诚意没有产生一点怀疑。可尽管如此,想到他能如此精准地记得各位大师下过的每一种棋局排列,我依然不禁要对他表达自己的惊异万分。不管怎样,他至少在理论层面对象棋颇有研究。B博士脸上有一次露出了梦幻却奇怪的微笑。

"颇有研究!——谁知道呢?或许确实可以说,我研究了挺多象棋方面的东西吧。不过都是在一些非常特殊——嗯,甚至可以说是在前无古人、后无来者的情况下发生的。这个故事要讲起来可就复杂了,不过充其量只是我们这个美丽大时代里的一段小小插曲。如果您愿意腾出半小时时间,耐心听我讲讲的话……"

他指了指旁边的躺椅,向我发出邀请,我欣然接受了。四周无人，B博士取下老花镜，放在一旁，开始了他的故事。

"您方才说自己是维也纳人，记得我们家的姓氏，真是太客气了。但我猜，您大概是没有听说过我的律师事务所吧。那家律所一开始由我父亲和我共同经营，后来变成我独自主持了。您没听说过很正常，因为我们从不受理任何公开登报的案件，而且原则上尽量避免接待新的客户。实际上，到后来我们都不从事普遍意义上的律师事务了，而是仅限于提供法律咨询，主要关注几家大型修道院的资产管理，因为我父亲曾经在那里做教会政党议员，和这些修道院过往甚密。另外，我们还受托管理过一些皇室成员的资产。如今，既然君主制已经成为历史，那么这种陈年往事也可以翻出来谈谈了。我们家与皇室和教会的关系能够追溯到两代人以前——我叔叔是先皇的御医，家里还有一位是赛滕施泰滕的大修道院院长。我们这一辈只需要维护这层关系就已足矣。这是一项无须兴师动众的，甚至可以说，是一项悄无声息的工作，是世袭的信任赋予我们的铁饭碗。其实我们并不需要做太多事情，只要保证严守秘密、忠实可靠就行，而这正是先父具有的最优秀的品质。无论是在通货膨胀的动荡年代，还是推翻帝制的混乱年间，他都凭借自己的谨慎周到，属实为委托人保住了可观的资产。后来，希特勒在德国上台掌权，开始大肆掠夺教会和修道院的财产，为了至少能保证流动资产不被没收，许多与国外的谈判和交易也都是经由我家之手进行的。对教廷和皇室的某些秘密政治谈判，我和父亲知道的远比普罗大众要多。但正是由于我们的律所毫不起眼——门上甚至连牌子都没有挂——加之我们谨言慎行，在明面上特地避免与一切君主制的拥护者来往，这样的行为给我们提供了最安全的保护，保证没人会来无端询问。事实上，这么多年来，从来没有哪一届奥地利政府在那些年代怀疑过，皇室的秘密信使其实一直在我们这个某幢大楼五层一家不起眼的事务所里收发信件，传递最重要的消息。

"您也知道，纳粹分子在建立武装军队进攻全世界之前，早就开始在德国的所有周边国家组织另一支同样危险、同样训练有素的军队了，那是由遭到歧视、被人抛弃、饱受冒犯的人组成的军团。他们所说的'小组'遍布每一个办公室、每一家企业，他们的窃听哨、间谍渗透在每一个角落，就连陶尔斐斯和许士尼格的私人府邸都不放过。即使在我们这种不起眼的事务所里也有他们的眼线，可惜我发现得太晚了。当然，那人只是一个可怜、平庸的小办事员，是通过一位神父介绍我们才雇用了他的。收下他，只是为了让律所在外人看起来更像一个普通机构。实际上，我们只会派给他一些无关紧要的差事，接接电话、理理文件之类的，而且都是些无关痛痒、不会引人怀疑的文件。而邮件是绝不允许他拆的。所有重要信件都由我亲自在打字机上打出来，不留副件；所有要紧文件我都会亲自带回家；秘密会议只在修道院院长办公室或者在我叔叔的医生专用办公室里进行。多亏这些预防措施，那个窃听哨没有看到过任何重要的东西。但很不幸，发生了一桩巧合，可能是哪天我不在的时候，某位信使把'陛下'两个字说漏了嘴，忘了要按约定好的说'费恩公爵'，也有可能是那个流氓偷偷违规拆了信件，那个狼子野心、爱慕虚荣的家伙想必是由此注意到了大家对他很不信任，而且背着他在搞一些有意思的事情。总之，还没等我起疑心,他就从慕尼黑或柏林接到了监视我们的命令。直到很久以后,我才想起来,那人最初来值班的时候懒懒散散,在我出事前的几个月里却突然变得格外热情卖力,有好几次自告奋勇坚持要把我的信件送到邮局去,甚至都有些热心过头了。可惜想起这些的时候,我早就被捕入狱了。哎,我还是有些疏忽了,没有理由为自己开脱。但话说回来,即使是当今世界最伟大的外交家、军事家,不也被希特勒的这些走狗暗算了吗?就在许士尼格宣布退位的当天晚上,也就是希特勒进驻维也纳的前一天,我正好被党卫军抓走了。这不是恰恰就能证明,盖世太保早就盯紧我了吗?不幸中的万幸,我在收音机里听到许士尼格的辞职演讲以后,立刻动手,及时烧光了最重要的文件。至于剩下的几份文件,还有修道院和两位大公爵在国外存放资产的必要收据,我都藏在一个衣篮里,托我忠诚可靠的老管家送到了叔叔家里。这一连串动作完成还没过一分钟,党卫军就砸开了我家的门。"

B博士停了下来,点了一支雪茄。在飘忽不定的火柴亮光之下,我注意到他右边的嘴角紧张地抽了一抽。这个细节我之前就留心到了,而且我发现,每隔几分钟,他嘴角的痉挛就会出现一次。虽说只是个稍纵即逝的细小动作,轻微得如同呼吸,却让他整张脸都显得出奇地焦躁不安。

"您大概会以为我接下来要讲一些集中营里的事情了吧,比如所有效忠于我们古老奥地利的人都被转移到集中营,在那里受尽屈辱、拷打和折磨之类的故事。但类似的事情在我身上都没有发生。我被归入另一种囚犯门类,没变成那些最不幸的人。纳粹军对他们施加肉体和精神的双重折磨,以此发泄自己积蓄已久的怨气,这些我都没有经历过。我被分配到另一个极少数的群体之中,纳粹希望能从我们这些人身上榨取点钱财,或者逼出点重要情报。当然,盖世太保对我这种卑微的小人物本身是丝毫不会感兴趣的。但他们肯定已经听说,我们是挡箭牌,是他们最痛恨的对手的委托人和心腹。他们想从我这边逼供得到的,是罪证材料。他们想挖出点材料来反对修道院,试图指证修道院隐瞒资产;他们还想反对皇室以及一切在奥地利为君主制献身的人。他们怀疑——他们的猜测也确实不无道理——经我们之手的资金还有一大部分被藏匿得很隐蔽,放置在其无法触及的地方。正因如此,他们在第一天就把我抓过去,企图用那些屡试不爽的手段逼我说出这些秘密。就是因为从我们这类人身上或许能逼出'重要材料'或者勒索到大笔钱财,所以我们没被送去集中营,而是被单独留下,特殊对待。您也许还记得,我们国家的总理和罗斯柴尔德男爵,由于纳粹想从他们的亲戚那里敲诈几百万克朗,就没有被关进集中营的铁丝网里,而是看似得到优待,被带到大都会酒店里,每人单独分一间房。盖世太保的总部也在那里。就连我这个不起眼的小人物也获得了这一'殊荣'。

"在酒店里有一间属于自己的房间——听起来非常人性化,不是吗?他们没有把我们这些'重要人物'二十几人捆作一堆塞进冰冷的窝棚,而是安置在一个尚有供暖的单人间里,但请您相信我,这绝不是什么比较人道的待遇,而是一种更加老奸巨猾的恶毒手段。毕竟,想要从我们这儿逼出所需的'材料',就得采用一种比野蛮殴打或肉体折磨更微妙的手段,也就是那种最为纯粹的隔离。他们对我们什么都没有做,只是把我们完全置于虚无之中。毕竟众所周知,世界上没有任何东西能像虚无一样,给人的灵魂造成如此巨大的压力。他们把我们每个人都关在彻头彻尾的真空当中,那个房间全然与世隔绝,在这种情况下产生的压力完全是发自内心的,而不是来自殴打和寒冷这种外部因素,他们就想靠这个最终撬开我们的嘴巴。乍看起来,分配给我的房间好像没什么令人难受的地方:有一扇门、一张床、一把扶手椅、一个洗脸盆,还有一扇装了栅栏的窗户。但房门日夜紧锁,桌上完全没有书本、报纸,就连纸张、铅笔都不许有;窗外矗立着一堵防火墙。在我周围,甚至在我本人身上,全都空无一物。所有的个人物品都被没收了:没了手表,我便无法知道时间;没了铅笔,我便无法写字;没了小刀,我便无法割腕自尽;就连香烟这种最微薄的慰藉都没有给我留一根。除了看守,我没见过任何一张其他人的脸,而看守也不许同我说一句话、回答我一个问题;我也没听见过任何人的声音。从早晨到夜晚,从夜晚又到早晨,我的眼睛、耳朵,我的一切感官都得不到一丝一毫的滋养,唯有一个人与自己、影子,还有桌、床、窗、盆这几个不会说话的物件相守对望,孤独到无可救药;就仿佛身边是一片寂静的黑色大海,而我就是那片海下玻璃潜水罩里的潜水员,逐渐意识到通往外界的绳索已经断了,永远不会有人带我离开这片无声的深海。无事可做,无声可听,无景可看,我的周围是无处不在、无时不有的虚无,是越过空间、超脱时间的空虚。我只能在房间里走来走去，思想于是也跟着我走来走去，来来回回，周而复始。但即使是思想，不论它看上去再怎么缥缈无形，也需要一个支撑点，否则就会绕着自己开始毫无意义地兜兜转转。就连思想也忍受不了这彻头彻尾的虚无！到了那里，人就是会从早到晚都期待着发生些什么，可什么都没有发生。一直在等，却始终无事。等啊等啊，想啊想啊，直到头昏脑涨。可什么都没有发生。始终是孤独一人。只有自己一个人，一个人。

"这样大约持续了十四天。在这段时间里，我一直活在时间之外、世界之外。就算当时外面爆发了一场大战，我也不会知道；我的世界只有一张桌子、一扇小门、一张床、一个洗脸盆、一把椅子、一扇窗户和一张壁纸。我就日复一日地盯着同一面墙上的同一张壁纸看，盯得实在太久了，以至于上面的锯齿状图案就像一把把刻刀，每一条线都深深地刻进了我大脑褶皱的最底端。后来，审讯终于开始了。我突然就被传唤了出去，却根本不知道那时是白天还是黑夜。有人来叫我，带我穿过了几条走廊，我压根不知道要去向何方，随后又在某个地方等候，也不知在何处。突然，我就站在了一张桌子前面，身边坐着几个穿军装的人。桌上放着一堆纸张，是档案，我也不知道里面是什么内容。然后，提问开始了，有真有假，有明确可答的，有暗藏玄机的，有打掩护的，有布陷阱的。回答的时候，那些陌生恶人的手把档案翻来翻去，我却不知道里面是什么内容；那几双手又在纸上写着审讯记录，我也不知道他们写了什么。但对我而言，这些审讯最可怕的是，我永远猜不到，也推断不出盖世太保对我在事务所里干的工作到底知道多少，他们又想从我嘴里套出什么。之前和您说过，我在最后一刻，托管家把真正足以构成罪证的文件交给了我叔叔。但他真的收到了吗？还是其实没有收到？那个卧底员工又透露了多少信息？纳粹拦截下了多少信件？委托我们代理事务的德国修道院里，会不会有哪个嘴笨的牧师在此期间已经在逼供之下就范了呢？他们不断地盘问我：为各家修道院买了哪些证券？和哪些银行有过来往？认不认识某某？有没有收到过来自瑞士或者来自比利时斯滕奥克尔泽尔的信件？由于根本无从得知他们到底已经探听到了多少实情，我的每一句回答都背负了极其重大的责任。要是承认了他们尚未知道的事情，就有可能无谓地把某个人架到刀刃上；要是否认太多，又会害了自己。

"但审讯还不是最难受的部分。最难受的是，审讯结束后，我又得回到那个虚无的世界里去，回到同一个房间，面对同一张桌子、同一张床、同一个洗脸盆、同一张壁纸。只要一陷入独处的状态，我就会尝试在脑子里重构审讯的场景，思考怎么回答才最明智，若是因一句不经意的话而招致怀疑，下一次应该怎么说才能打消敌人的疑虑。我认真思考、仔细推理、深入研究、来回复盘自己对审判法官说过的每一句口供，回忆对方提出的每一个问题以及我给出的每一个回答，试着猜测他们从中挑了哪些记录下来。但我很清楚，我是永远猜不准的，也是永远不可能知道的。但在那间空空荡荡的房间里，这些想法一旦蹦出来，就会在我脑子里不停地旋转徘徊，不断排列组合出新的情况，甚至连做梦的时候都摆脱不了。每次被盖世太保审讯过后，我的脑子就会接过他们的工作，以同样残酷的审问、刺探、酷刑来折磨自己，而且残酷程度甚至有增无减。毕竟，现实生活中的审讯一小时就结束了，而我脑子里的审讯无休无止——全怪那孤独感的阴毒折磨。在我身边的永远只有桌椅床柜、壁纸窗户，没有任何东西能帮我分心，没书没报，没有新面孔，没有笔可以用来涂涂写写，没有火柴来划划玩玩，没有，没有，什么都没有。事到如今我才意识到，把人单独关在酒店房间的这套体系是多么阴险恶毒，多么聪明高效，对人的心理有多么大的杀伤力。若是在集中营，我大概就要去推车运石头，干到双手淌满鲜血，双脚冻僵在鞋里；可能和二十几个人挤在一起，躺在恶臭与严寒之中入睡。但是在那边，可以看到一张张面孔，可以凝望田野、推车、绿树、繁星，总有东西的，总有什么可以看看的；而在这里，周围的一切永远不会改变，每天都是一模一样，是令人毛骨悚然的一成不变。在这个房间里，没有任何东西可以分散我的注意力、我的思绪，帮我排解妄想和已成病态的场景重建。而这恰好就是他们想要达到的目的，他们要让我的思想无处安放，借此让我感到窒息。这样一来，到最后我终将忍不住把所有知道的都吐出来，供出一切，他们想听什么，我就说什么，直到最后供出所有材料和相关人员。在这种虚无的恐怖强压下，我渐渐感到自己的神经开始松动。我意识到这样很危险，于是拼命绷紧神经，几乎要将其崩断，努力去寻找或者想出点什么可以分散注意力的方式。为了让自己忙起来，我开始试着背诵自己以前背过的所有东西，把它们重新回忆起来并大声朗诵出来——儿时听过的民歌童谣、高中学过的荷马史诗、民法典里的章节条款，什么都不放过。之后我就尝试做算术题，随便想几个数字出来加减乘除，但在那一片空虚之中，我思维无力，一点东西都记不住，思想没法集中在任何事情上，总是算着算着，又闪回到那些想法上去了：他们知道什么？我昨天说了什么？下次该怎么说？

"这样着实无法形容的状态大约持续了四个月。哎！——四个月写起来多容易，'四个月'，也就三个字；说起来多简单，'四个月'，也就三个音节。嘴唇稍稍一动，花上四分之一秒就飞快地说完了：四个月！但有谁能够想象，有谁能够估量，有谁能够讲清，在失去时空意识的状态下，这段时间能拉得多漫长！对任何人都讲不明白的，甚至对自己也理不清、道不明。也解释不明白，这片虚无、空虚能把一个人撕裂、摧毁成什么样子。每天所见就是一张桌子、一张床、一个洗脸盆、一张壁纸，其余就是无休无止的寂静，日日不换的看守，他看都不会看你一眼，把食物随意往里面一丢就算完事了。还有，那一成不变的思想，在虚无之间萦绕在脑中，日夜盘旋，直到把人逼疯。由于一些微小的征兆，我发现自己的大脑已经陷入了混乱的状态，这让我深感不安。一开始，我在接受审讯的时候还能保持内心清醒，能保证深思熟虑之后，再镇定自如地给出答案。每次开口前都尚且可以做到再三考虑什么该说，什么不该说。到后来，就连最简单的句子，我都要结巴一番才能说出来，因为在录口供的时候，我仿佛被催眠了似的，紧紧盯住那支在纸上写记录的笔，就好像要去追逐自己说出的话一样。我能感觉到，自身的力量在渐渐消退。我预感，终会有那么一刻，我为了自我拯救，会把自己知道的全部供出去，甚至可能为了摆脱那种空虚带来的窒息感，会招认一些根本不存在的事情；我会出卖十二个人的名字和他们的秘密，而这样做，也只不过是让自己获得片刻喘息，再没有别的好处——我感到这一时刻在步步逼近。有一天晚上，我确实离这一刻仅有一步之遥了：那天，在我难受得快要窒息的时候，看守恰好给我送饭过来，我突然冲他尖叫起来：'带我去审讯！我什么都说！我什么都招！我要告诉他们文件在哪儿，钱在哪儿！我全都说！一字不落！'幸运的是，他没等我发完疯，就走了。或许人家也不想听我说呢。

"就在这最紧要的危急关头，一件意想不到的事情发生了。这件事情挽救了我，至少挽救了一段时间。那是在7月的最后几日，一个乌云密布的昏暗雨天。这一细节至今历历在目，是因为我穿过走廊被带去审讯的时候，雨点正猛烈地砸在玻璃窗上。我得在审讯官的办公室前厅等候。每次都得等：让人等着也是他们手段的一环。他们会先来传唤，大半夜里猝不及防地把人从房间里提走，让我们神经瞬间高度紧张；然后，等大家准备好了要接受审讯，调动起理智和意志来进行抵抗了，他们又会让我们等着，这种等待对我们来讲毫无意义，从他们的角度来说却很有效果。一等就是一小时，两小时，三小时，等得我们身体疲倦、心力交瘁。那一天是周四，7月27日，那天他们让我等待的时间格外地长，我在前厅站了足足两小时。这个日期我也记得如此清楚，是一个特殊的原因导致的：在这个前厅里——当然了，我肯定是不被允许坐下的，两小时，站到我双脚僵硬——不远处挂了一个日历。我简直无法向您尽述，自己在读那份印刷物的时候，有多么如饥似渴；看着墙上简简单单的'7月27日'这几个字的时候，是多么目不转睛。我几乎是一口把它们吞进肚里,刻在脑中。随后我又等了很久,紧紧盯着那扇门,看它什么时候才会打开;与此同时心里在想,审判官们这回可能会问些什么问题。不过我心里也明白,他们问的,必然是我完全准备不到的。尽管如此,这种等待和站立的痛苦也可以算作一种幸福、某种乐趣。毕竟,这个房间再怎么说也和关我的那间有所不同:空间大一些,带两扇窗,而不是像我那间一样只有一扇;这里没床,没有洗脸盆,窗台板上也没有那道特殊的裂痕。那条缝,我已经仔仔细细看了不下千百万遍了。另外,刷门的油漆不一样,墙边放着的沙发也不一样;左边有一个档案柜,里面放着几份文档;还有一个衣帽架,上面挂着几个衣钩,衣钩上悬挂着三四件湿漉漉的军大衣,那是那些折磨我的人穿的衣服。不管怎样,我都有点不一样的东西可以看了,我那枯槁索然的眼睛终于能看到点新的东西了,它们于是贪婪地攫住每一个细节。我观察着这些大衣上的每一条褶皱,甚至连挂在衣领上的一滴水珠之类的东西都不放过。您现在听我说这些,也许会觉得有些可笑吧,但我当时死死盯着,看这滴水珠会不会最终沿着褶皱流下来,还是说它能抗住地心引力,在衣服上多留一会儿,我激动得都有些荒唐了——没错,我死死盯着它,一盯就是好几分钟,连气都不敢换一口,就仿佛我的生命一同挂在了上面。后来,水珠终于滚落下来,我又去数军大衣上有多少颗纽扣,第一件上面有八颗,第二件上面也是八颗,第三件上面是十颗;数完,我又去比较它们的翻领有什么异同;所有这些可笑的、毫无意义的、微不足道的细节都被我那双饥渴的眼睛贪婪地抚摸着、把玩着,不肯放过丝毫,我都不知该如何描述那种感觉。突然,我的目光黏在了一样东西上。我发现,其中一件衣服的侧袋里有些鼓鼓囊囊的。我走近几步,见那块凸起四四方方的,我感觉可以猜出口袋里面藏的是什么:是一本书!我激动得膝盖都开始颤抖起来:是一本书啊!我都整整四个月没有碰过书了,光是想象我能拥有一本书,翻开就能看到一行行排列整齐的字,能一连看上好几行、好几页、好几张;翻开就可以读到其他人新鲜、新奇、能助我排忧解难的思想,可以去追随那些思想的演变,将其刻在脑中——单单这样,我就已经痴心陶醉、意乱神迷了。我像是被催眠了一般,眼睛死死盯着那块鼓起的地方,那可是书本藏在里面印出的形状啊,看似不醒目,但我的眼里都快迸出火光来了,几乎像是要把衣服上面烧出一个洞。最后,我终于克制不住自己的贪婪,鬼使神差地越靠越近。哪怕是隔着布料,用手摸一摸它也好啊!一想到这里,我整只手上的神经,甚至连指甲盖都兴奋起来。不知不觉中,我的身体越来越往那边去了。好在看守没有注意到我这种极其诡异的举动;也有可能是他觉得,一个人笔直地站了两小时,身体想往墙上靠一靠也是很自然的事情。最后,我离那件大衣已经近在咫尺,于是故意将双手背在背后,这样就可以悄悄摸一下大衣了。我的手碰到了布料,真的隔着它感受到了一块四四方方的东西,而且有一定的柔韧性,可以发出窸窸窣窣的轻微声响——就是一本书!是一本书啊!一个念头像子弹一般闪过:把它偷来!说不定真的能成功呢?然后就可以把它藏在房间里,慢慢地读,反复地读,我又有书可以读了!这个念头一出现,就像烈性毒药一样立刻开始生效。我随即感受到了嗡嗡的耳鸣、咚咚的心跳,双手瞬间变得冰凉,开始不听使唤了。第一阵眩晕过去之后,我便立马行动起来,蹑手蹑脚,巧妙地靠近那件大衣,一边挪动,一边两眼紧盯着看守,藏在背后的手一点一点把书向上托,让它露出衣袋。然后,伸手一抓,极其小心地轻轻一抽。刹那间,那本又小又薄的书就到了我的手中。我这下才对自己的所作所为感到后怕,但是已经没有退路了。书是到手了,可该藏在哪里呢?我悄悄在背后把书塞进裤子里系皮带的地方,然后一点点挪到髋部。这样,走路的时候我的手就可以像站军姿一样贴紧裤缝,把它夹住。那么,就看第一道考验了。我从衣架边上挪开,一步,两步,三步。很好,成功了。看来,只要手紧紧贴住皮带,在走路的时候是可以把书夹住的。

"然后,审讯开始了。这次审讯,我花费的力气比之前任何一次都要大,因为在回答的时候,我并没有把全部的精力都集中在说辞上,而是主要在尽力不动声色地把书夹稳。幸运的是,这次审讯时间不长,我顺利把书带回了房间——我不太想把所有的细节都告诉您,否则就会浪费您太多时间。我只想说,走到半路,书从我的裤子里滑下来过一次,简直太惊险了,我只得装出剧烈咳嗽的样子,弯下腰去,再把它安安全全地塞回皮带下。最后,我带着这本书重新踏入我的地狱,终于只剩我一个人了,可这回再也不是孤身一人了!那一刻,我有多幸福啊!

"您现在大概在猜,我一定会马上抓起书本,仔仔细细观看,认认真真阅读。才不是呢!我首先要好好感受一下拥有了这本书,而并不立即开始享受阅读的快乐,这种故意延迟满足的愉快万分神奇地让我的心情更加激动,我不禁开始畅想,这本偷来的书最好是什么类型的呢?首先,当然最好是印得密密麻麻,有好多好多字,有好多好多薄薄的纸页,这样我就可以读更长时间了。然后,我还希望这是一部能让我精神亢奋的大作,不要是什么平淡无奇、轻轻松松的作品,而是可以从中学到东西、有值得背诵内容的著作,比如诗歌之类,最好——我是多么痴心妄想啊!——是歌德或者荷马的著作。可最终,我再也控制不住自己的贪欲和好奇了。我仰天躺到床上,这样就算看守突然开门闯进来,也不会发现什么端倪。然后,我颤颤巍巍地把扎在皮带下的书取了出来。

"看了一眼,我就大失所望,甚至还有些恼怒:我冒了这么大的风险,抱着这么炽热的期待,延迟了这么久才享受的书,居然只是一本象棋棋谱,仅仅是一本收集了一百五十盘大师棋局的集锦而已。要不是我现在被关在房间里,门窗锁得严严实实,我一怒之下可能就要开窗把这本书丢出去了。这种没意思的东西,值得我看吗?我看它干什么呀?以前上中学的时候,我像大部分小孩一样,会在无聊的情况下试着下下棋,但这本纯理论的工具书对我有什么意义?没有对手怎么下棋?更何况,我现在连棋子、棋盘都没有!我气冲冲地把书从头到尾翻了一遍,企图找到点可读的东西,比如一段引言,或者阅读指南之类。但我什么有意思的内容都没找到,只有几盘光溜溜的、方方正正的大师棋局图示,下面则是一些我一开始完全看不懂的符号,什么 a2—a3、g1—g3 之类的。这一切在我眼里都仿佛是某种代数题,而我根本不会解。到后来,我才慢慢摸透,字母 a、b、c 代表的是纵列，数字 1 到 8 则代表了横列，字母与数字组合起来就代表了每一颗棋子所在的位置。明白了这些，这种纯粹的图示在我眼里也就成了一种语言。我暗自思忖，或许可以在自己这间牢房里构建一张棋盘，然后试着按照这些棋局的样式，自己跟着下一遍。好巧不巧，我的床单正好是粗格子花纹的，这简直是上天赐予我的旨意。如果叠得妥当，最后绝对可以正好摆出六十四个格子。于是，我先把书藏在被褥下面，只把第一页撕下来。然后开始省着吃面包，用留下来的碎屑塑出王、后等各类棋子，当然，捏出来的样子是很搞笑的，一点都不完美。不知花了多大力气，我终于在格子床单上造出了一个书上那样的棋盘，并且把棋子摆上了相应的位置。为了做区分，我拿出一半的棋子粘上灰尘，把它们染黑一点。可当我第一次试着用它们按着棋谱依样画葫芦整盘下一遍的时候，却完全失败了。最开始几天，我老是走着走着就乱了。光是这一盘棋，我就要推翻重来五次，十次，二十次。可试问世间还有谁会像我这个虚无的奴隶一样，拥有如此多未加利用却又毫无用处的时间，心里满是无尽的贪婪与耐心？六天以后，我就能照着棋谱完美地一口气下到底了；又过了八天，我连面包屑象棋都不用摆在床单上，就能想象出书上各处棋子的位置；再过八天，格子床单对我来说都是多余的了。书里那些最初在我眼中极度抽象的符号——a1、a2、c7、c8 什么的——现在都可以在脑子里面自动生成图像，摆到具体位置。我完全实现了蜕变，到后来完全可以做到把整张棋盘连同棋子一并投射到脑中，而且多亏这些抽象公式，只需要看一眼全局，就可以将每处位置都记得一清二楚。就好比一个老练的音乐家，仅需扫一眼总谱，就足以让所有的旋律、和声入耳。又过了十四天，我就已经能毫不费力地把书上的每一盘棋都背出来——或者，用行话来讲，就是下盲棋。到那时我才明白，我胆大包天的偷窃行为给自己带来了多么无可估量的享受。因为，我一下子就能有事情做了——如果您非要说的话，它确实可以算作一种毫无意义、毫无目的的事情，但它到底还是帮我把死死困住我的虚无消灭得一干二净了啊。有了这一百五十盘大师棋局，我就仿佛拥有了绝杀武器，能够对抗时空上无比压抑窒息的单调无聊。为了将这件新鲜事的刺激感经久不衰地保留下去，我从此把每一天的时间进行精准划分：上午下两盘，下午下两盘，晚上再快速复习一遍。我的日子原本已经变得像明胶一样稀烂，只会无尽地延长、充斥每一个角落；而现在，我觉得日子又充实起来了，每天孜孜不倦地下棋。毕竟，象棋有一个非常明显的优点，那就是要人全心全意地投入一片极为有限的'战场'，即使绞尽脑汁，大脑也不会感到疲劳倦怠，只会更加灵敏、兴奋。最开始，我只是机械地模仿大师的走法，可现在，我渐渐自主地生发出了一种艺术的、有趣的理解。我领悟到了其中的精妙之处，在进攻与防守之间学会了谋略与手段，领会了未雨绸缪、步步为营、转守为攻。很快，我就能通过个人棋风准确无误地判断出这一盘棋是哪位大师的作品，就像品鉴诗歌，稍微读几行，就能知道是哪位诗人的手笔。起先，我下棋只是为了消磨时间，后来却成了一种享受，阿廖欣、拉斯克、波戈柳波夫、塔塔科维尔这些顶级象棋战略家都走进了我孤独的世界，成了我亲爱的同志。这无穷无尽的消遣让我这间沉闷的牢房日日充满生机,也正是因为我极有规律地进行练习,原本受到巨大冲击的思维能力又找回了一丝安宁:我感到自己的大脑又有了精神,甚至由于接连不断地训练思维而胜过了从前。我的思路更清晰,思想更集中了。关于这一点,最集中的体现就是在审讯上:不知不觉间,我借着棋盘上的经验教训练就了本领,能自如地抵御虚张声势的威胁、暗藏玄机的虚招。自打那时起,我在受审的过程中,就能做到不露一丝破绽,我甚至感觉那群盖世太保渐渐带着一丝敬意,对我刮目相看。他们在私下里可能还很诧异,为什么在他们手里,其他人都崩溃了,唯有我还能坚定不移地顽强抵抗?到底是哪个神秘的源泉,让我能够不断汲取到力量?

"我就这样日复一日地按照自己的规律,把那一百五十盘棋下了一遍又一遍。这段幸福的时光大概持续了两个半月到三个月。然后,我又意想不到地踏入了一个致命关卡,忽然之间,再次陷入了茫茫的虚无。毕竟,每盘棋都下过二三十次以后,它们难免会失去新鲜感。我再也无法为之感到兴奋了,之前那种激动人心、振奋鼓舞的力量枯竭了。我早就把每一步都背了下来,再把同样的几局棋一遍又一遍地下,又有什么意义呢?只要一开局,之后的进程就会自动在脑子里面走完,再也没有惊喜、没有刺激,也没有值得思考的问题了。为了让自己忙起来,为了再给自己创造一点已经变得不可或缺的劳碌与调节,我真的好想再获得一本新书,看看不一样的棋局。可那毕竟是痴心妄想,于是只剩下一条路能带我走出这片不寻常的困境了:我要摈弃老对手,创造新棋友。也就是说,必须尝试和自己下棋——或者说得更准确一点,与自己对抗。

"我不是很清楚,对这种'戏中戏'的精神状态,您之前有没有思考过,想得有多深,不过,但凡您稍稍想一下就能发现,象棋属于一种纯粹的思维游戏,全然排除了偶然因素的影响。所以说,从逻辑上讲,自己与自己博弈完全就是荒唐事。象棋最无与伦比的吸引人之处就在于,双方棋手的大脑要分别制定不同的战术。在这场智力之战中,黑方在不知道白方会进行什么操作的情况下,不断尝试猜测并挫败对方的行动;而与此同时,白方也费尽心思地想要辨别出黑方的隐秘意图,实现抵御、超越。如果黑白双方是同一个人,不就乱套了吗?就那么一个大脑,既要知道,又要不知道;在充当白方的时候,又要命令自己完全忘记一分钟以前充当黑方时候的目的和计划。其实,要有这样的双重思考,前提是人的意识完全分裂,能做到像机器一样,可以随心所欲地把大脑功能开启、关闭。所以说,要想自己与自己博弈,简直就等同于跳过自己的影子,是彻头彻尾的悖论。但是,跟您简单地说一下,我在绝望之中,竟然把这项不可能完成的任务、这件荒唐至极的蠢事一连尝试了好几个月。可是除了干这种违背情理的事,我也没有别的选择了,否则绝对会陷入癫狂,或者精神彻底枯竭。那种可怕的境地逼着我至少试一试把自己分裂成黑白两方,好让自己不至于被周遭一片恐怖的虚无彻底压垮。"

B博士一仰身靠在了躺椅上,闭目养神了一分钟,似乎是想狠狠地把这段痛苦恼人的回忆压制下去。他左边嘴角周围的抽搐再次一闪而过,他无力控制这个小动作。随后,他又坐直了身子。

"嗯——说到这里,我希望这段经历算是完完整整地给您讲明白了。但可惜,我自己也不确定,接下来的事情还能不能讲得同样好。因为这个新活要求大脑保持绝对的紧张,甚至紧张到使其失去自控能力。之前和您提到过,我早发现自己与自己下棋根本就是在胡闹了。但即便是如此荒唐的事情,假如面前真有一个棋盘的话,我尚且还有一线机会去实现,毕竟,实体的棋盘真真切切出现在眼前的时候,会给人带来一定的距离感,其物质性使人感到疏离。坐在真实的棋盘前,看着摆在上面的真实棋子,人至少能留出一点思考的空当,身体可以一会儿走过来,一会儿走过去,坐在桌子的两边,用眼睛切切实实地一会儿从黑方的角度,一会儿从白方的角度来观察局势。但是在我当时那种情况下,自己与自己对抗着博弈——或者您要是愿意的话,也可以说成,自己与自己合作着博弈——把棋局投射在大脑的想象空间里,我也就被迫纯靠意识把六十四个格子上的每一步记得清清楚楚。而且不仅要记当下的布局,还要算出双方各自接下来几步的可能走法。而且——我知道,每一个环节听起来都很离谱——还得把想象扩大两倍、三倍,哦,不,是六倍、八倍、十二倍,只有这样,每一个我,不管是充当黑方还是白方,才都能提前预设四步到五步棋来。我必须——实在抱歉,我竟要苛求您也跟着我一起把这件荒唐的事情从头到尾想一遍,也来体会一下在幻想的抽象空间里既要当白方,预先算出四五步棋;又要当黑方,再干同样的事情。也就是说,从某种程度上讲,我必须在不断变化的局势中把脑子一分为二,提前做出整体思考,用白方的脑子和黑方的脑子分别都想一遍。但在我整段荒谬离谱的试验中,最危险的并不是自我分裂,而是无凭无据地编造棋局,这导致我一下子失去了脚下的实地,踏入了万丈深渊。如果一直像我在过去的几周干的那样,只是单纯地把大师棋局照着走几遍,那终究不过是在做一种简单的复刻劳动,纯粹是将已有的物质再现出来,不会比背诵诗歌、默诵法条费劲多少。它是一种极为有限、照本宣科的活动,最多算是训练脑力的好方法。上午下两盘,下午下两盘,这已经成了我的必修课,而我不费吹灰之力就能完成。这样的练习代替了其他事情,成了我的日常活动。再说了,就算我下着下着弄混了,或者不知道怎么继续走了,那本书也永远是我坚强的后盾。照书下棋为我饱受摧残的神经提供了疗愈,或者更确切地说,是镇静安抚作用,毕竟,复刻别人的棋局,我就不会把自己搅进去。不论是黑方胜,还是白方赢,在我眼里都一样。反正是阿廖欣和波戈柳波夫在那儿争夺桂冠,而我本人,我的理智,我的灵魂都只是在一旁,以观众的身份、行家的眼光享受每一局的风云变幻和艺术美感。但从我试着与自己博弈的那一刻起,我就在不知不觉中开始给自己下战书。两边的我,也就是执黑棋的我和执白棋的我,都想斗个你死我活,都野心冲天,迫不及待地想要赢。每次换到黑棋,我都会绞尽脑汁地去想一会儿要当白棋的我接下来可能会怎么走。两个我,只要有一方走错一着,另一方就会欢呼雀跃,而同时这一方则为自己的笨拙失误而懊恼不已。

"一切看似都毫无意义,而且实际上,这确实是我自己硬生生制造出来的精神分裂,而且这种意识分裂还有可能伴随着危险的情绪过激,正常状态下的普通人是绝对难以想象的。但您可别忘了,我早就被暴力地扯走,告别了一切正常生活。我是一个囚犯,没犯什么罪就被人监禁了起来,经受了长达数月的寂寞之苦。我这人啊,早就想对着什么东西把自己心中的积怨狠狠发泄一下了。但我什么都没有,只有这与自己博弈的荒谬游戏,于是只能把愤怒和复仇的欲望狂热地倾注到其中去。我内心总有什么东西想要让自己保持理智,可我又有另一个自己存在于心中,供我对抗,所以我下棋的时候往往激动到几乎是陷入了癫狂。一开始,我还能够保持平静和深思熟虑,在下完一盘以后会给自己一些间隔,从紧张的状态中缓一缓。可渐渐地,我激动的情绪一分钟都不允许我多等,刚刚走完白棋,黑棋就已经迫不及待地出去了;一盘刚刚结束,我就急不可耐地要开始下一盘,因为无论如何,两个我之中的一方,总有一方会被另一方打败,非要一雪前耻不可。我一点都讲不清楚,在这种发狂似的贪得无厌的驱使下,我在蹲牢房的最后几个月里,到底与自己对局了多少盘——可能有几千盘,甚至可能更多。这是一种成瘾行为,是完全不受我控制的。从早到晚,什么别的事情我都不想,满脑子就是车、兵、象、王、a、b、c,将军、王车易位,全身心地扑到棋盘的咫尺方格之间。原本单纯的乐趣变成了欲望,后来,欲望又变成了某种强迫症,某种恶魔,某种带着怒气的狂热。不仅在清醒的时候如此,它甚至一步步侵入了我的梦境。我满脑子只有象棋,只有棋子的运动、棋局的问题。有时候从梦中醒来,额头上全是汗,这时我就意识到,自己甚至在梦中的无意识间都在不停地下棋。如果我梦见了人,那他们运动起来也都会和车、象那样，前前后后跳着马步。即使是在受审讯的时候，我也没法集中精神想着自己的责任了。我感觉，在最后几次受审的时候，我说出来的话想必令人费解，因为审判官们时不时会面面相觑，摸不着头脑。但其实，在他们审问我、互相讨论的时候，我暗自望眼欲穿地等着他们把我带回牢房，好让我继续下棋，继续我那疯狂的游戏，再开一局，再下一盘，再来一次。任何打断我下棋的事情在我眼里都是一种干扰，就算是看守进屋打扫的十五分钟和给我送饭的两分钟，都会让我感到心烦意乱、如坐针毡。有时候，午饭就一直晾在饭盆里，一直到晚上都没碰过一口——我下棋下到饭都忘了吃。而我身体唯一有的感觉就是渴得要命，想必是一刻不停地思考、下棋导致我上火了吧。我三口两口就能把整整一瓶水喝干，逼着看守给我加水，结果没过两秒，又觉得口干舌燥了。到后来，我没日没夜地下棋，其他什么事情都不干了。终于有一天，我情绪激动到了一刻都不能安安静静坐着的地步，脑子里一边思考着棋局，一边不停地走来走去。不停地走，不停地走，而且越是接近见分晓的时刻，就走得越快、越急。那种想要获胜，想要打败自己的欲望一点点演化成了某种怒气。急躁之下，我甚至开始浑身颤抖，因为我体内总有一方会嫌弃另一方反应太慢，会催着对面快点落子。要是我体内的一方觉得另一个我回棋不够快，就会责备起自己来：'快点！快下啊！'或者：'走啊！等什么！'——这在您听起来应该很可笑吧？当然，如今再回想起来，我很清楚这种状态完全就是一种精神过分紧张的病变症状，但我至今在医学上没找到相应的名称，只能擅自将其命名为'象棋中毒'。最后，这种近乎偏执的痴迷不仅攻击了我的大脑，甚至影响到了我的身体。我日渐消瘦，睡眠不安，噩梦常伴，每次醒来都要花好大的力气，才能把如灌了铅一般沉重的眼皮睁开。有时候，我感觉身子简直太虚了，连拿个水杯都会手抖个不停，要费好大劲才能把它送到嘴边。可一旦开始下棋，就会出现一股狂野的力量瞬间占据我的全身，它让我攥紧拳头，来回踱步。有时，我会感觉仿佛隔着一片血红的雾听见自己的声音在沙哑地冲自己凶恶地嘶吼：'将军！'或者'将死你！'

"这种难以描述的恐怖状态到底是如何演变成危机的，我自己也说不清楚。我只知道，一天早上醒来，我有一种与之前都不一样的感觉。我的身体好像与灵魂剥离开来，软绵绵地躺着，很舒适。一种沉沉的、醉人的倦意压在我的眼皮上，暖暖的，很舒服，我已经好几个月没有过这种感觉了，甚至一开始都不能下决心把眼睛睁开。明明已经醒了好几分钟了，却一直懒洋洋地躺在床上，享受着昏昏沉沉的感觉，感官麻木却很幸福。恍惚间，我仿佛听见身后有人说话，是活生生的人的声音。您根本无法想象我当时有多欢喜，毕竟我已经有好几个月——快一年了吧——没有听过别人说话了，只有审判席上传来的那些僵硬、尖锐、凶恶的盘问。'你在做梦。'我对自己说道，'你在做梦！千万别把眼睛睁开！让梦再长一点吧，否则又要看到把你困住的这间牢房了，还有该死的洗脸架、桌子，以及那张花纹万年不变的壁纸了。你在做梦——那就继续做下去呗！'

"可好奇心还是占了上风，我缓缓地、小心翼翼地睁开了眼睛。眼前出现了奇迹：我发现自己躺在另一个房间里，这个房间十分宽敞，比我那间酒店的小牢房要大好多。窗上没有栅栏，光线自由地流淌进来；窗外的防火墙没了，一眼望去，树木郁郁葱葱，在风中微微摇摆；四周的墙壁洁白光滑，闪着亮光；头上的屋顶高悬空中，亦是洁白明净的——真的，我真的躺在一张崭新的、陌生的床上。是真的，这不是梦，我身后确实有人在窃窃私语。惊喜之下，我的身子肯定是不由自主地猛抽了一记，因为我听到背后有脚步声渐渐靠近。一个女人，头戴一顶白帽，迈着温柔轻盈的步子走来，应该是个护理员，或者是护士。一阵狂喜涌上我的心头：我已经有一年没见过女人了！我目不转睛地盯着眼前这个妩媚的身影，大概是目光太过狂野兴奋了，面前的女人赶紧安抚我道：'冷静点！请您冷静一点！'而我满耳朵只在乎她的声音——这是有个人在说话吗？这个世界上竟然真的还有人会不审问我、折磨我？而且——多么不可思议的奇迹啊！——这还是一个温柔、温暖，甚至还有些娇弱的女人的声音！我贪婪地盯着她的嘴唇看。毕竟，在经历了这地狱般的一年之后，我甚至觉得一个人对另一个人如此好声好气地说话简直是不可能的事情。她冲着我微笑——没错，她在微笑！这个世界上竟有人还会和蔼地微笑！——然后，她把食指竖在嘴唇前，示意我安静下来，随后轻轻地走了。但我可听不进她的示意。这个奇迹，我还没看够呢！我奋力挣扎着，想从床上坐起来，好让目光追上她的背影，追上这个和善可亲的人，追上这个奇迹。但是任凭我多么努力地想在床边支起身子，就是怎么都坐不起来。我的右手手指和关节处有一些异样的感觉，原来是缠了厚厚一大块白色的布料，显然是扎了好大一团绷带。我看着手上这块厚重的白色异物,一开始还有些不解,后来才慢慢反应过来自己在哪里,才开始思考自己之前大概是遭遇了什么不幸。一定是那帮人把我弄伤了,或者我自己伤到了手。我现在是在医院。

"中午,医生来了,是一位和蔼可亲的老医生。他知道我们家族的姓氏,提到我那位御医叔叔的时候,话里充满了敬意,我瞬间就感觉到,他对我是善意的。在接下来的谈话中,他向我提了形形色色的问题,其中最让我震惊的是,他竟问我是不是数学家或者化学家。我说都不是。

"'这就怪了……'他喃喃自语道,'您在烧糊涂的时候总在大喊着一些奇怪的公式,什么 c_3、c_4 之类的。我们谁都没听懂您在说什么。'

"于是我开始打听自己到底怎么了。他轻笑了一声,让我摸不着头脑。

"'也没什么大事。只是有点急性神经错乱而已。'他小心翼翼地环顾了一下四周,又悄声补充了几句,'说到底,这是完全可以理解的。是从 3 月 13 日开始的,对不对?'

"我点了点头。

"'受了那种手段,倒也难怪。'他接着喃喃道。

"'您不是第一个。但也不必太过担心。'

"他低声安抚我,再加上他的目光如此令人安心,我便知道,在他这里,自己很安全。

"两天以后,那位好心的医生直言不讳地把事情全都告诉了我:

看守听见我在房间里大喊大叫，一开始还以为是有人闯了进来，和我起了争执，可他一出现在门前，我就立刻扑了过去，疯狂地大吼。内容大致是：'走啊！你个流氓！你个懦夫！'一边喊，还一边试图去掐他的脖子。最后，我攻击得实在太猛，他不得不喊了救命。大家把盛怒之中的我拖去做检查，此时，我猛地挣脱开来，朝走廊的窗口冲去，一拳砸向玻璃，我就是在这个时候把手割伤了的——您看，伤疤不浅，现在还没消下去呢。在医院的头几天晚上，我一直处于发烧昏迷的状态，但现在我的意识已经完全清醒了。'当然，'他轻轻地补充了一句，'这事我还是不要向那些军官汇报为好，否则他们到最后又要把您抓回去了。请您信任我，我会尽力的。'

"至于那位乐于助人的医生到底向那些折磨我的人汇报了什么，我就无从知晓了。但不管怎么说，他想实现的事情最终成功了：放我出狱。或许他说，我已经神志不正常，无法为自己的所说所为负责了；也有可能是在这段时间里，盖世太保已经觉得我没多大用了，因为那时希特勒已经占领了波希米亚，对他来说，奥地利的事情已经解决了。所以我现在只需要签字，保证自己在十四天内离开自己的祖国就行。而在这十四天里，我就顾着办理成千上万个手续了，这些都是一个曾经的世界公民如今出国所不可或缺的——军方文件、警方文件、缴税证明、护照、签证、健康证——根本没时间去仔细回顾之前发生的事情。人的脑子里似乎有某种神秘的调节机制，会自动屏蔽掉那些让灵魂受苦受害的内容，因为每次我想试着回忆那段在牢房里度过的时光，脑子里就变得昏暗一片。直到过了好几周之后，其实是到现在，上了这艘船之后，我才重新拾起勇气，去思考自己到底经历了什么。

"为什么我会在您的朋友面前表现得如此没礼貌，甚至让人感到有些匪夷所思，您现在应该明白了吧？我当时只是在散步，恰巧路过吸烟室，正好看到您的朋友们坐在棋盘前。我心里一惊，一瞬间慌了神，下意识地感到走不动了，就好像脚下生根、扎进了地板里。因为我已经完全忘记，原来大家还可以坐在一张真实存在的棋盘面前，用真正的棋子下棋；我忘了，下棋其实是要由两个完全不同的、活生生的人对坐着进行的。我真的花了好几分钟才想起来，这些棋手在那边干的事情，正是我在长达数月的绝望无助之中以自己为对手试着玩的游戏；那些助我完成残酷练习的字母数字组合，其实只不过是一种用来代替那些象牙棋子的标记而已。我发现，在棋盘上移动棋子和我在想象空间里挪动棋子其实就是一回事，那一瞬间我瞠目结舌，就好比一位天文学家用极其复杂的方法在纸上埋头苦算一颗新行星的位置，结果一抬头，真的看到天上闪着一颗晶莹透亮、真真切切存在的星星。我紧紧盯着棋盘，仿佛被磁铁吸住了一样，愣愣地看着我脑子里的图示，那些马、象、王、后、兵都成了真实存在的棋子，都是用木头做的。为了看到整盘棋的形势，我控制不住自己，下意识地想先把自己脑中的抽象字母和数字重新换回来，变回可以用手挪动的棋子。渐渐地，好奇心就压倒了我，我好想看一盘由双方都是真人来进行博弈的真正棋赛。于是发生了那样尴尬的事情，我完全忘了礼貌，干涉了各位的比赛。但是您的朋友差点走出的那一步，仿佛一把刀刺进了我的心。我纯粹是出于本能才拦下了他,是一时冲动。就好比大家看到一个小孩弯腰把头探出栏杆,想都不想就会伸手去抓住他一样。直到后来我才反应过来自己有多粗鲁无礼。我太咄咄逼人了,实在是对不起各位。"

我赶紧向 B 博士保证,能意外与他相识,大家都很高兴。而且,他向我倾吐了这么多往事,我现在更加希望能看他参加明天那场临时起意的棋赛了。B 博士动了一下,显得局促不安。

"别,您真的别对我抱太大希望。明天的比赛对我来说只不过是一场试验……来试试看,我是不是……我到底是不是还有能力去正常地下一盘棋,用真正的棋盘、实体的棋子和一个活人对弈……因为我现在越来越怀疑,我和自己下的几百、几千盘棋是不是真的符合规矩,而不仅仅是做梦梦见的某种象棋,某种'象棋热',一种烧糊涂的时候乱玩的游戏。这种游戏总会跳过好多中间过程,就像做梦一样。希望您不是认真地奢求我,让我过分地要求自己给象棋大师下战书,更何况对方可是当前的世界第一呢!真正让我感兴趣、吸引我的,只是一种马后炮式的好奇,我想确定一下,自己当时在牢房里玩的到底是不是象棋,还是说,只是在发疯而已;想看看,自己到底是差点越过那块危险的暗礁而有惊无险,还是已经越过去了——就是这样,仅此而已。"

说话间,船尾传来一阵锣声,叫乘客们去吃晚饭。B 博士讲的要比我在这里所转述的详尽得多——大概聊了得有两小时。我衷心地谢过他便告辞了。但我还没沿着甲板走多远,他就追了上来,脸上显然非常紧张,甚至嘴里有点结巴地补充了几句:"还有一件事!请您一定要提前和各位先生讲清楚,免得我明晚又要显得失礼了。我只下一盘……只是为了把旧账一笔勾销——是为了了结往事,不是为了重新开始……我不想再一次陷入这种疯狂的'象棋热'了。现在回想起来,我只觉得恐怖……而且……而且当时医生也警告过我……很明确地警告过我,一个人只要有一次陷入过狂躁状态,一辈子都有复发的风险。中过'象棋毒'的人,就算痊愈了,也最好不要再靠近棋盘了……所以说,您懂的吧……我就下一盘,算是为自己试一试,不再多下了。"

第二天三点,约定的时间一到,吸烟室里准时聚齐了人。而且队伍里又多了两个象棋爱好者,是船上的两位指挥管理人员,他们特地花了两天年假,来看这场比赛,就连琴多维奇这一次也没有像之前那样故意让大家等他。双方选完颜色之后,这场划时代的大赛便开始了——默默无闻的小兵对战鼎鼎大名的冠军。实在是可惜,这场比赛的观众只有我们这群完全无法得其精髓的外行,没能记录下整个过程,收入哪本棋艺年鉴,恰如贝多芬的即兴弹奏没能留在音乐界。虽然在之后几天的下午,大家齐心协力,努力尝试靠回忆把那一盘棋复刻出来,但最终都是徒劳;或许是在他们对局的时候,我们太过热情地关注着二位棋手,而没有注意到棋局本身的进展吧。因为随着比赛的进行,双方那种由行为习惯反映出来的智力差距,越来越生动地体现在其身体动作上。琴多维奇作为一名久经沙场的老将,在整个过程中不动如山,双目低垂,紧紧地、死死地盯着棋盘。沉思对他来说似乎是一种需要耗费体力的事情,全身上下的每一个器官都要高度集中注意力。而 B 博士则会完全放松、极其自然地时不时动动身体，和琴多维奇形成了鲜明的对比。B 博士完美地诠释了"业余爱好者"这个词的含义，亦即把游戏仅仅当作游戏，获得了"爱好"这个词缀所代表的快乐。所以，他的身体完全是放松的，还在开局几步的间隔时间里和我们聊天，向我们讲解，轻松自在地点了一支香烟，只在轮到他走的时候才会去看一分钟棋盘。而且每一次，他似乎都早就预判到了对手的走法。

开盘必然躲不过的几步棋很快就过去了。到了第七步、第八步，才看得出局势似乎是按照双方制定好的章法一点点展开。琴多维奇思考的时间越拖越长。大家于是感觉到，争夺先手之战现在算是真正打响了。但实不相瞒，这次局势的逐步演变也逃不过真正大型棋赛的规律，我们这群门外汉有些扫兴。因为那些棋子越是互相交织，组成一个奇怪的图案，我们就越难参透真正的局势。我们既看不出对手的目的是什么，也看不懂我方的想法如何，更不知道优势到底在谁那边。我们只能感觉到，有一些棋子推出去的时候宛如在推操纵杆，想把敌方阵营的前线炸开来，但我们实在无法理解这样前前后后挪棋到底目的何在——毕竟，老谋深算的棋手下的每一步，其实都是预先规划好的，能牵动好几步。而且，大家越看越困，几乎都要睡着了，这主要是因为琴多维奇思考的间隙越来越长，简直没完没了，连我们那位朋友也显然开始有点生气了。我在一旁惴惴不安地看着，发现时间拖得越长，他就越坐不住，在椅子上扭来扭去，时而感觉紧张得不行了，必须掏出香烟，一支接一支抽个不停；时而抓起手边的铅笔，随便写了些什么东西。然后，他又点了瓶气泡水，一杯又一杯急匆匆地往肚子里灌。显然，他布局的速度比琴多维奇快上百倍。每当琴多维奇终于结束了他无尽的思考，抬起沉重的手把棋子往前一推，我们那位朋友就要微微笑一笑，就仿佛看到了一件期待已久的事情终于发生了一样，接着瞬间就回完了棋。他的脑子想必是在一刻不停地飞速转动，早就把对手一切可能给出的着数预先想了个遍。琴多维奇越是犹豫不决，他就越发没有耐心，等着等着，他的双唇就绷紧了，脸上写满了怒气和敌意。但是琴多维奇一点都不急，他执拗地默默思考着，从棋盘上撤下来的棋子越多，他的停顿时间就越久。下到第四十二步的时候，距离开局已经过去两小时四十五分钟了，大家无不筋疲力尽地坐在旁边，对比赛的进展几乎完全失去了兴趣。那两位船员已经走了一位，另一位拿了一本读物来看，只在有人出着的时候稍微朝棋盘瞥一眼。可是突然，轮到琴多维奇下的时候，意想不到的事情发生了。琴多维奇拿起马准备跳，B博士一见他这样，随即像猫准备起跳前似的把身子缩成了一团，整个人开始颤抖。对方一落子，他就把后用力往前一推，大声发出胜利的欢呼："就这样！你完了！"说完，把身子往后一靠，双手往胸前一抱，用挑衅的眼光看着琴多维奇，双眸中突然燃起灼灼烈焰。

大家都不由自主地弯腰凑近棋盘去看，试图理解B博士为何如此欢欣鼓舞地宣布这一着能够制胜。乍一眼看过去，这一步似乎并不能构成什么直接的威胁，所以我们的朋友这么说，想必是和接下来的局势发展有关系，是我们这些头脑简单的业余爱好者所无法算及的。众人中，唯有琴多维奇听了这句挑衅却纹丝不动。他坐在那边，依旧如故，就仿佛完全没有听见那句极具侮辱性的"你完了！"，一时间，无事发生。所有人都在无意识间屏气凝神，那一刻，只剩下那只放在桌上计算对局时间的手表在嘀嗒作响。三分钟，七分钟，八分钟过去了——琴多维奇一动不动，但我似乎看见内心的重压把他那粗鼻孔撑得更大了。我们那位朋友似乎也和大家一样，实在受不了这无声的等待，他忽然唰的一下站了起来，开始在吸烟室里转来转去，一开始走得很慢，到后来越走越快，越走越快。所有人都向他投去惊讶的目光，却没有人像我那样忐忑不安。因为我注意到，他的脚步虽然很紧，但是只在相当有限的一片空间里走，就仿佛在这间空房的正中央，他走几步就会撞到一道看不见的栏杆，因而不得不转身往回走。我忽然意识到：在不知不觉中，这样来来回回的步履不正好画出了他待过的那间牢房的大小吗？我顿时毛骨悚然。在长达数月的监禁时间里，他一定就是像这样在房间里踱来踱去，犹如笼中困兽；一定就是像这样双手抽搐、肩膀紧缩。他在那边想必是千百次像这样——也只能像这样——前前后后走来走去，双眼血红，闪着僵硬而兴奋的疯狂。尽管如此，他思考的能力似乎毫发无损，时不时极其不耐烦地把头转向棋桌，来看看琴多维奇决定好了没有。九分钟，十分钟又过去了，琴多维奇终于有了动作，却超乎了所有人的意料。他缓缓抬起了那只一直搁在桌上一动不动的笨重的手。大家全都聚精会神地期待着他会怎么走。可他竟没有去挪动棋子，而是把手一翻，干脆地用手背缓缓一扫，把棋子全都打到地上去。我们缓了一阵子才反应过来：琴多维奇放弃这一盘了。为了不在众目睽睽之下被将死得太过明显，他投降了。不可能完成的事情变成了事实：这位世界冠军，这位在各项国际锦标赛中获奖无数的冠军，在一个无名氏，一个二十年甚至二十五年没有碰过棋盘的无名氏面前，挥了白旗。我们的朋友，这位无名小兵，这个隐形人，在一场公开比赛中战胜了当今世界最强的棋手！

大家心潮澎湃，在不知不觉中一个接一个地站了起来。每个人都感觉得说点什么、做点什么，来制造一点气氛，宣泄一下自己又惊又喜的心情。唯一一个自始至终岿然不动、保持冷静的，是琴多维奇。沉默许久，他抬起头来，用石头般冷漠的目光望向我们那位朋友。

"再下一盘吗？"他问。

"当然啦。"B博士兴致盎然地答道。我听了有些不悦。我还没来得及提醒，之前是B博士自己说过只此一盘，他就坐了下来，心急火燎地把棋子重新摆上棋盘，摆得太急了，甚至有一个兵从他颤抖的手指间滑落到地上两次。我本就有点不太高兴，见他如此反常的激动模样，这种不愉快更是上升成了一种担忧。毕竟，此人之前一直情绪稳定，安安静静的，而这一刻，他近乎病态的兴奋完全溢于言表，嘴角的抽搐出现得越发频繁，整个身体不停地哆嗦着，仿佛发了严重的高烧，忍不住在打寒战。

"别！"我在他耳边悄悄说道，"现在先别下了！今天差不多了！否则您恐怕就要太累了！"

"太累？哈哈！"他恶狠狠地放声大笑起来，"要不是他这么拖拖拉拉,这段时间都够我下七十盘了!唯一能让我感觉累的事情,就是在这种节奏下还得控制自己不要睡着!——行了!您可以开棋了!"

最后几句话是冲着琴多维奇说的,那语气简直强烈到有些粗鲁。琴多维奇只是静静地、矜持地看了他一眼,可他那石头般僵硬的目光仿佛一只紧紧攥起的拳头。霎时,两位选手之间的气氛已经和之前不一样了——某种危险的紧张、强烈的仇恨油然而生。他们不再是两个在轻松游戏的氛围中互相试探本领的棋友,而成了针锋相对、立誓要拼个你死我活的仇敌。琴多维奇犹豫了好久才走了第一步,而我强烈地感觉到,他是故意等这么长时间的,这个训练有素的兵法家显然已经发现,自己恰恰可以通过放慢动作来激怒对手、耗其心力。于是,他花了四分多钟,才用一种最普通、最常见的方式开了局,也就是把王前兵往前推了两格。我们的朋友立刻也把自己的王前兵移了上去,而琴多维奇再次陷入了无休无止的停歇,简直让人受不了,就仿佛一道强闪电过后,人们心惊肉跳地等待隆隆的雷声,可雷鸣就是迟迟不来。琴多维奇岿然不动,默默地、慢慢地思索着,我越发清楚地感受到,这种缓慢里充满了恶毒的心思。不过这样一来,我也有了充足的时间,能好好观察一下B博士。他已经灌下第三杯水了。我不禁想起他之前说的,自己在牢房里有多么燥热口渴。反常的激动该有的一切症状都清晰地表现了出来。我看到他的额头上沁出了汗珠,手上的伤疤比方才更红、更深了。不过,他还是把持住了自己。可是到了第四步棋,琴多维奇依然是那样没完没了地思考着。这下,B博士终于失态了,忽然冲着琴多维奇大声怒吼起来:"您倒是下啊!"

琴多维奇冷冷地抬起头看着他:"就我所知,我们之前约好了,每一步可以想十分钟。从原则上说,我下棋不会少用时间。"

B博士咬紧了嘴唇。我注意到,他的脚后跟在桌子底下躁动不安地摇晃着摩擦地板,而且晃得越来越焦躁。我有一种预感,怀疑他的体内有什么荒唐的东西正在生发,于是自己也控制不住地变得越来越紧张。果然,到了第八步的时候,又出了一点岔子。B博士越等越失控,再也控制不住自己的紧张、焦虑了。他整个人晃来晃去,并且开始不由自主地用手指敲桌子。琴多维奇又一次抬起了他那笨重粗野的脑袋。

"能否请您别敲桌子?您干扰我思考了。这样子我是下不了棋的。"

"哈!"B博士短促地一笑,"您不说,大家也都看见了。"

琴多维奇的脸唰地红了。"您这话是什么意思?"他用尖锐的语气恶狠狠地问道。

B博士再次短促地笑了一声,也带着恶意回道:"没什么意思。只是想说,您太紧张了,大家有目共睹。"

琴多维奇沉默了,又把头低了下去。足足过了七分钟,他才又下了一步。整盘棋就是以这种慢到窒息的速度拖拖拉拉地向前推进的。琴多维奇仿佛"石化"得越来越厉害了。到最后,他每次都要把约好的思考时间用足,才肯走一步。一段段间隔时间过去,B博士的行为变得越来越诡异。他看上去似乎已经一点都不关心这盘棋了,而是完全在忙另外的事情。这回,他没有再匆匆忙忙地走来走去,而是坐在座位上一动不动,瞪大眼睛注视着面前的空气,显得有些迷茫,嘴里一刻不停地低声呢喃着,自言自语地说着些令人费解的话。他要么就是迷失在无尽的棋局组合中,要么就是——我内心深处其实一直存在这样的怀疑——他完全在思考另外的棋局。因为每次等到琴多维奇终于下了一步,大家都要提醒他一下,才能把他从神游的状态里叫回来。然后,他总要花上几分钟,重新辨识一下棋盘上的局势。有一种怀疑一次次向我袭来:莫不是他的疯癫已经换上了冷静的外衣,而脑子里其实早就把琴多维奇和我们大家都忘了?可这种精神错乱仍然有可能随时激烈地暴发。果不其然,下到第十九步的时候,危机爆发了。琴多维奇刚一挪动棋子,B 博士都没有好好往棋盘上看一眼,突然把象往前移了三格,然后大声尖叫起来,在座各位无不吓一大跳。

"将军!将您军!"

大家以为他刚才走的那步能够一击致命,都赶紧向棋盘看去。然而一分钟以后,又发生了一件谁都想不到的事情。琴多维奇非常缓慢地抬起头来,把所有人环顾了一遍——这是他之前从未有过的举动。他似乎是在尽情享受着什么,嘴角渐渐勾起一抹满意的,显然带着嘲讽意味的微笑。等到把这个我们仍然感到不明所以的胜利纵情享受完了以后,他才假惺惺地做出一副礼貌的样子,转向我们这群人说:"实在抱歉——可是我看不出来,怎么就'将军'了?各位,或许有哪位先生看见我的王受到威胁了吗?"

众人看了看棋盘,又不安地看了看 B 博士。琴多维奇一方摆着王的那一格——就连小孩子都看得出来——确实由一枚兵守得严严实实,完全不可能被"将军"。大家不安起来。是我们的朋友一时心急,把棋子落偏了吗？是远了一格，还是近了一格？我们的沉默引起了 B 博士的注意。这下，他也盯着棋盘，说话结巴得厉害："可是王不应该在 f7 上面吗？……他错了，完全错了。您走错了！棋盘上每一枚棋子的位置都不对……这个兵应该在 g5 而不是 g4……这完全就是另一盘棋……这……"

他突然停住不说了。我用力抓住他的手臂，或者更准确地说，狠狠掐住了他，好让他在疯魔迷乱之间也能感受到我的抓力。他转过头来盯着我，仿佛在梦游："您……您干什么？"

我什么都没多说，只是用英语大喊了一声："别忘了！"同时用手指摸了一把他手上的伤疤。他不由自主地学着我也去摸了一下，眼睛呆滞地望着那条血红的疤痕。然后，他忽然颤抖起来，全身上下一阵战栗。

"我的天哪。"他双唇惨白，低声喃喃道，"我刚刚说了什么，或者做了什么离谱的事情……我是不是又没忍住……"

"没有。"我轻声回答道，"但您必须立刻中止这盘棋，再不停下就来不及了。别忘了医生是怎么叮嘱您的！"

B 博士唰的一下站了起来："各位，我为自己犯的蠢事道歉。"他的声音又恢复了之前的彬彬有礼。然后，他对着琴多维奇鞠了一躬："我刚刚说的话，纯粹就是胡言乱语。这一盘，不必多言，当然是您赢了。"随后他又转向众人："也请各位先生原谅我。不过，我之前已经提醒过各位了，不要对我抱有太大的希望。抱歉，我给大家丢脸了——这是我最后一次尝试下象棋了。"

他又鞠了一躬，走了，还是那样谦逊、神秘，亦如从前他第一次出现在我们面前时的那样。只有我一个人知道，此人为何一辈子不会再去碰棋盘。而其他人只是迷茫地愣在原地，隐隐约约地感觉到，方才离发生某些不愉快，甚至是危险的事情只有一步之遥。"蠢死了！"麦克科纳失望地嘀咕了一句。

琴多维奇也随之离开椅子站了起来，朝着棋盘上突然终止的残局又望了一眼。

"可惜了。"他豁达地说了一句，"进攻部署得属实不错。对业余爱好者来说，这位先生确实是百年难遇的天才。"